Fan
ファン文庫

JN145033

元町クリーニング屋
横浜サンドリヨン

洗濯ときどき謎解き

著　森山あけみ

マイナビ出版

PLH31
JAPAN COAST GUARD

Contents

Motomachi
Cleaning
Yokohama Cendrillon

洗濯ときどき謎解き

元町クリーニング屋

横浜サンドリヨン

Yokohama Cendrillon

Presented by
Akemi Moriyama

森山あけみ

プロローグ

晴れた日に、洗濯物を干すのが好きだ。

青空の下で、洗いたての服が風にそよぐのを見ていると、何ともいえない幸せな気分になる。そういえば子供の頃、裏庭の芝生に腰を下ろして、物干し竿の服が乾くのを、何時間も見ていたっけ。もちろん、今はそんなことはしないけれど、キレイになった服を見ると、やはり嬉しくなってしまう。服が喜んでくれているような気がするから。

「お姉ちゃーん、ブツが届いたよ」

コットンのブラウスを干していると、家の裏口から妹が呼びにきた。

「ブツなんて……紬《つむぎ》ちゃん、きちんと『品物』って言ってちょうだい」

やんわり釘をさすと、「だってさー、めっちゃくたびれているんだよね、今回の服」と妹は顔をしかめてみせた。

お店に行き、宅配便で届いたダンボール箱の中身を取りだしてみる。妹が「くたびれている」と表現した服は、古いスタジアムジャンパーだった。

中には手紙が添えられている。

『二十五年前、大学時代に購入したものです。息子がラグビーを始め、また着たくなりました。クリーニング、よろしくお願いします』

――大丈夫よ。また綺麗にしてあげるからね。

心の中でつぶやきながら、そっと服に触れてみる。

たしかに、時の経過による劣化はみられるけれど、けっして形は崩れていない。カビや虫食いの跡もない。きっと大切に、クローゼットの奥にしまわれていた物なのだろう。

「さて、どうしようかしら」

私は服を観察しながら、これからの手順を考えてみる。

まずは、素材が違う襟《えり》、袖、身ごろをバラバラに解体しよう。布製の襟は水洗い。革製の袖は、擦れた部分を人工表皮で補修して、胸元のワッペンは色が褪《あ》せているから、薬剤で洗ったあとで補色をする。

うん、いい感じ。

でき上がりのイメージが見えてきた。

私は作業用のエプロンを着けると、表に行き、ドアに掛けてある「休業中」の札を「開店中」に返した。

『横浜サンドリヨン』。それがこの店の名前である。

おおよそクリーニング店とは思えない店名だが、創業は明治十九年。私で六代目になる。

この店には、さまざまな服が持ち込まれてくる。

色褪せた服、シミで汚れた服。ほつれてしまった服、穴の空いた服。

服はとてもおしゃべりだ。着ている人の暮らしを物語ってくれる。

「ねえ、うちのご主人、酷いのよ。ラーメンの食べこぼし放っておくから、シミになっちゃって。あたし、お気に入りのはずなのに」

「俺なんか、虫食いだよ。防虫剤も入れずにタンスに入れっぱなしにされて、嫌んなっちまうぜ、まったく」

「こっちは型崩れよ。雨に濡れたまま、ハンガーにもかけず置いておかれたのよ。スタイルが自慢なのに、直るかしら、心配」

ブラウス、セーター、ワンピース……そんな服たちの声が私には聞こえる。

――みんな安心して。元どおりにしてあげる。また輝かせてあげるから。

心の中でそう話しかけると、服たちは嬉しそうに微笑んでくれる気がした。

さあ、今日はどんな服に出会えるかしら。

何だか不思議な予感がする。

何か素敵なことが始まりそうな予感が……。

幽霊ジミが浮かぶジャケット

1

「……わさん……不破《ふわ》さんってば……起きてくださいよぉ」

鼻に抜けるような声と、肩を揺さぶられた感覚で不破は眠りから覚める。

寝ぼけ眼《まなこ》をうっすら開けると、天井をバックに清人《きよと》が上から覗きこんでいた。

「また飲んだんですか？　こんなになるまで酔っ払うって信じられないなあ」

呆れたように顔をしかめる清人に軽い苛立ちをおぼえながら、不破はマットレスの上に身を起こす。途端にみぞおちから苦い液が込みあげてきた。

「……コーヒー」

寝癖のついた髪をかき上げて、無愛想につぶやく。

「人遣いが荒いんだからな、もう。僕はお手伝いじゃないんですよ」

キッチンへ消えていく清人の背中を見送り、不破は昨夜のことを思い出してみる。

夕刻、ひと仕事片付いたご褒美《ほうび》に伊勢佐木町へとくり出した。一軒目は立ち飲みで喉をうるおし、二軒目は居酒屋で腹ごしらえ、三軒目は小料理屋ののれんをくぐったが、店を出たあたりから記憶がない。

やはり昨夜は少し酒が過ぎたようだ。

玄関、廊下、オフィスの順に、まるで虫が脱皮を繰り返したかのように、身に着けていたものが点々と落ちている。そんな光景を一番奥の私室から眺めながら不破は、アンダーシャツとトランクスというあられもない姿でマットレスの上に座りこけていた。

「もうお昼ですよ。早くシャワー浴びてください」

コーヒーメーカーをセットした清人が戻ってきて、サッシ窓を開ける。通りを行く人々のざわめき、話し声、笑い声、「タベテッテヨー」という片言の呼びかけ、エネルギッシュな喧騒が飛び込んできた。ここはアジア最大のチャイナタウン、横浜中華街。

その外れにある小さな雑居ビルの二階に不破は自宅兼、探偵事務所をかまえている。会社名は『不破リサーチ』。会社といってもスタッフは不破と、気が向いた時だけやって来るバイト助手の清人しかいないのだが。

ぼんやりしていた頭が次第にクリアになってくる。今夜は七時にクライアントが来る予定だ。それまでに掃除をして、たまった洗濯物を片付けなければならない。その前に何か腹に詰め込もう。いや、まずはシャワーだ。行動が決まると、不破は毛布を抜け出し、服を拾い上げながら風呂場に向かう。脱衣所のドアを開け、一歩踏み出した瞬間――。

グニュ。

右の踵《かかと》に妙な感触をおぼえた。驚いて視線を落とすと、足の下には無造作に脱ぎ捨てられた服がある。カーキ色のミリタリーコートは昨夜街に出る時に着ていたものだ。訝《いぶか》しげに右足を持ち上げてみると、踏んでしまった服から赤い色が滲《し》み出していた。

「うわ、どうしたんですか!?」

気づいた清人が驚きの声をあげる。

「……インクだ。プリンターの」

顔をしかめてコートを拾いあげる不破。シミが広がっている左脇のポケットの中を見ると、壊れたカートリッジから赤いインク液が飛び出していた。インクは昨日、飲み屋に行く前に文房具店で買ったものだ。どうやらそれを上から踏みつぶしてしまったらしい。

「あーあ、クリーニングですね。でも、落ちるかなあ」

眉をひそめる清人に不破は素っ気なく答える。

「いい。こいつは捨てる」

「えっ、でも、お気に入りじゃなかったんですか？」

「着まわしが利くから着ていただけだ。それより」

シャワーが終わったら昼メシに行こうと言い置いて、不破は脱衣所の中へ消えた。

服だけでなく物全般に対して、不破は驚くほど執着がない。それは人や街に対しても言えていた。付き合いが長くなると関係が深まり、安心する半面、なぜか妙な息苦しさを感じてしまうのだ。そうなると不破は、それまで築いていた関係を捨てて次の街へ移る。

横浜には一ヶ月前に流れてきた。

探偵というのは極端な話、電話ひとつあれば始められる仕事だ。そこが気に入っている。熱い湯を頭から浴びると、しみ付いたタバコと酒の匂いが流れ落ちていくようだ。さっぱりすると急に空腹をおぼえ、不破はシャワールームを後にした。

昼時の中華街は賑やかだ。湯気を立てている饅頭《まんじゅう》のセイロや、ガラスケースの中でローストされている北京ダックを横目に見ながら、不破は歩みを進める。本当は今すぐにでも道路脇の店に飛び込みたいところだが、今日は清人の提案で、新しくできたカフェでランチをとることになっている。

前を行く清人は、今日はパナマ帽に若草色のシャツ、ギンガムチェックのスリムパンツというカラフルないでたちだ。二週間前、推理小説家志望だというこの若者がバイトの面接に現れた時、不破は服装の派手さに目を丸くした。探偵というのは尾行や張り込みが多く、目立ってはいけない仕事である。

他に応募者がなかったので採用したが、不破は幾度となく「もっと地味なものを着たらどうだ?」と注意してみた。しかし清人はどこ吹く風である。一度ガツンと言ってやりたいが、このご時世にファストフード並みの時給で探偵助手をやろうという人物はそうはいない。試用期間中のアルバイトはお客様だと自分に言い聞かせ、気持ちに折り合いをつける不破だった。

帽子のつばを直しながら、清人が「落ちるといいですね」と笑いかけてくる。どうやらシミのことを言っているようだ。不破の手には、汚れたコートの入った紙袋がある。捨てずにクリーニングに出そうと思い直したのは、今月は寒の戻りがあると気象予報士が言っていたからだった。シミが落ちなくてもダメ元だ。その時は迷わずゴミ箱行きだと決めている。

「不破さん、あそこに」

清人が道端にある店を指さした。それは不破でも知っている、全国にフランチャイズ展開しているクリーニング店だった。

ガラスの自動ドアを入ると、カウンターの中から女性店員が「いらっしゃいませ」と愛想良く声をかけてくる。不破は紙袋からコートを取りだし、「これなんですが、落ちますかね?」と見せる。

軽く目で確かめた店員は、「シミ抜きですね?」と汚れた部分を洗濯バサミでつまんだ。

「え、落ちるんですか?」

あまりに酷い汚れなので、洗いを拒否されるかも知れないと思っていた不破は驚いた。

店員は朗らかな笑顔で答える。

「恐れ入りますが、お洋服を洗ってみないとわかりません。落ちなかった場合は、クリーニング代はいただきますが、シミ抜き料はいただきません」

なるほどと思いながらも、不破は釈然としない。シミが落ちなければ捨てるつもりなので洗う必要はない。クリーニング代を損するではないか。今ここでシミが落ちるかどうか知ることはできないのか訊ねてみると、店員は、にわかに表情に困惑をのぞかせた。

「残念ですが、ここは受付だけですので。チェーン店はほとんどがこのシステムかと思います。よろしければ洗いもやっている個人経営のお店に行かれたらいかがでしょうか」

ものいいこそ丁寧だが、店員の態度は、面倒臭い客は帰れといわんばかりだった。


「まったく、あれでもプロか？　よくクリーニング屋の看板が出せたな」

店を出て通りに歩きだすと、不破は不愉快そうにつぶやく。

「しょうがないですよ。あのひと、カウンターだけでしょ？　キレイになるとか言ってダメだったら、でかいオジサンに怒られると思ったんじゃないですか？」

「誰がでかいオジサンだ」

これでもまだ三十四だぞと不破は顔をしかめる。身長は百八十三あるので、大きいことは否定しないが。

「ま、クリーニング屋は後で探すとして、ランチに行きましょう。お店、こっちですよ」

うながす清人について行くと、前方に西洋風の街並みが見えてきた。

横浜・元町――明治時代、異国に開かれた数少ない港町として横浜が賑わいを見せていた頃、山手に住む異人を相手にした商人や職人たちが住んでいたエリアだ。靴のミハマ、洋服のフクゾー、バッグのキタムラなど、今もその伝統を受け継ぐブランドがここに本店を置き、元町で生み出されるファッションは昭和の一時期、俗にいうハマトラ、横浜トラディッショナルとして一世を風靡した……と、この程度の知識は不破にもあるものの、近所だというのに実際に足を踏み入れるのはこれが初めてだ。ここがメインストリートですよと清人に教えられた通りは、西洋のプロムナードを思わせるお洒落なものだった。

空腹に堪えかねて、不破が「店はまだか？」と声をかける。「もうすぐですよ」とスマホをいじりながら大通りを折れる清人。やがて道は緩やかな傾斜を帯びてきた。この辺りは坂が多く、上りきると高級住宅街として名高い山手エリアである。

「うーん。おかしいなぁ」

清人が戸惑いの声を漏らしたのは、ゆるやかに長い坂を五分ほど上がった頃だった。どうやら目的の店が見つからないようだ。不破が「それなら別の店に」と言いかけたのと、数メートル先を歩いている清人が素っ頓狂な声をあげたのは、ほぼ同時だった。

「へえ、こんな建物があったんだ！」

清人は突っ立って、横にある何かを見ている。坂道がカーブを描いているポイントなので、下にいる不破からはそれが見えない。いいかげん重くなってきた足を引きずりながら追いつくと、道の脇にはこぢんまりとした洋館が建っていた。

小さな前庭を抱いた古い洋館だ。道との境目には高さ三メートルほどの広葉樹が植えられている。風に枝葉をざわめかせている木の脇には、真鍮《しんちゅう》製の風見鶏がカラカラと勢いよく回っている。しかしよく見ると、風受けの羽の上にあるのは鶏ではなく、ハイヒールをかたどったプレートだった。

洋館は木造の二階建てで、外壁は淡いクリーム色、屋根は深緑の瓦葺《かわらぶ》きだ。一階中央部にはポーチが張り出し、その奥に重厚な木の扉という、ハイカラな造りだ。

『ランドリー・横浜サンドリヨン』

のぞき穴の位置に吊るされた、木製の看板らしきものにはそう書かれていた。

「ランドリーってことは、クリーニング屋さんですよね？」

清人は吸い込まれるようにその洋館を見ている。

「……の、ようだな」

不破も、いきなり降って湧いたようなレトロな建物から目を離せずにいる。

「いいタイミングですね。入ってみましょうか」

好奇心に満ちた目を向けられて、不破は初めて自分がシミのついた服を持っていることを思い出した。たしかにクリーニング店を探してはいたが、お洒落な洋館でくたびれたコートを出すのは、どうにも気が引ける。

「気が乗らないな。どうせ女性客を見込んだ格好ばかりの店じゃないのか？」

難癖をつけて立ち去ろうとするが、清人は「いいじゃないですか。ダメならさっきみたいに引き取れば」と受け流して、さっさと歩き出してしまった。


――ギィ……。

ドアを押すと、そこには不思議な空間が広がっていた。

室内は二十畳ほどの広さで、板張りの床が脇の出窓から入る陽射しをまばゆく反射させている。壁は下半分が板張りで、上は白い漆喰塗りだ。窓辺には小さな白い丸テーブルを挟んで二脚の椅子が向き合っている。

そして何よりこの空間で圧倒的な存在感を放っているのが、正面奥に設《しつら》えてある、長さ五メートルほどのカウンターだ。老舗のバーを思わせる重厚なものだ。バーなら背後の壁には酒のボトルが並んでいるのだろうが、ここはシンプルな木の壁が広がっているだけだ。

しかしよく見ると、壁には規則正しい配列で真鍮の取っ手がいくつも付いていた。薬簞《くすりだん》笥《す》と呼ぶのだろうか。どうやら壁一面が備えつけの引き出しになっているらしい。

全体としてはエレガントだが、素っ気ないほど飾り気がなく簡素な空間。ここがクリーニング店であることを示すものは、何一つ見当たらない。

「……留守ですかね？」

人のいないカウンターに目をやりながら、清人が不安げにつぶやく。

「いや、いるみたいだぞ」

不破はカウンターの隅に置かれている押しボタンに目を止めた。テーブルには手書きの貼り紙がしてある。

《お客様へ　ご用の際はこちらを押してください。　店主敬白》

「休憩中か？　悠長《ゆうちょう》なもんだな」

不破がテーブルのボタンを押すと、ピンポーンという乾いた音が店内に響いた。

ひとしきり待つが、誰も現れない。

「聞こえないんですかね？」

清人がもう一度ボタンを押してみる。……が、やはり人が来る気配はない。

どうやら留守のようだ。

「帰るか」

「ですね」とうなずき合い、踵《きびす》を返したその時、

「あーっ、待って。います、いますーっ!!」

叫び声と同時にカウンターの後ろのドアが開き、人影が現れた。――と思った途端、

「ひゃっ」と声がして、その姿が視界から消えた。

呆気にとられる不破と清人。言葉を失っていると、細い指がテーブルの縁ににゅっと掛けられた。

「いたた……」

腰を押さえながらカウンターの下から立ち上がったのは、小柄な女性である。

「すっ、すみません、気がつかなくて。ブラウスの色修正をしていたら夢中になってしまって……素材はポリエステルとレーヨンの混紡なんですけど、化学繊維って染めにくいんです。でも、何とか上手く」

まくし立てるように一気に喋るが、不破と清人が面食らっているのに気づいて、女性はコホンと小さく咳払いをした。カウンターの中央に行き、改めて姿勢を正す。

「失礼しました。ようこそ横浜サンドリヨンへ。わたくし、店主の白石更紗《しらいしさらさ》と申します」

――えっ、店主？

驚く不破と清人。カウンターの中ではにかんだように微笑む女性をまじまじと見る。

若い。年齢は二十歳か、少し前といったところか。ストレートに伸ばした長い髪を首の後ろで束ね、前髪は額の上に自然に下ろしている。胸当て付きのエプロンを着けているが、その下はシンプルな白いブラウスと紺のプリーツスカート。総じて見ると、家庭科の実習授業中の女子高生のようだ。手も脚も折れそうなほどに細い。こんな少女がクリーニング屋をやっていていいものかと、不破は心配になる。

「君が洗いの仕事もしているのか？」

睨んだつもりはないが、相手は叱られた子供のように首をすくめる。

「すみません……うちは家族経営なので、作業は全て私が……ときどき妹がカウンターを手伝ってくれるんですけど……まだ高校生なので……」

声は後ろにいくほど小さくなり、やがて消え入るかと思われたが、少女はいきなりカウンターの上に身を乗り出した。

「でも、大丈夫です、資格はちゃんと持っていますから。お客様の大切な服をお預かりするのですから、誠心誠意、心を込めて洗わせていただきます」

「そ、そうか……」

相手の勢いに圧《お》されて、不破はつい、相槌を打つ。

「はいっ、そうです。安心していただけましたか？」

「ああ」

「そうですか。良かったです……！」

更紗と名乗ったその女性は、心から安堵したように両手で胸を押さえた。

そんなふたりのやりとりを見ていた清人がクスクスと笑い出す。

「大丈夫ですよ、怒ってないから。この人、元々こういう顔なんです」

「え、そうなんですか？　私てっきり、何か不満があるのかと思って……」

――悪かったな、おっかない顔で。

密かに舌打ちする不破を押しのけて、清人が人懐っこい笑顔を更紗に向ける。

「ここ、いい店ですね。こんな所があったなんて知らなかったな」

「半年ほど閉めていたんです。前の店主が――私の祖父なんですけど、病気で入院していたものですから。今は私が店を引き継いで、二ヶ月前から営業しています」

「そうなんだ。すごく古そうですね」

「私で六代目になります。初代は明治十九年に店を開いたそうです」

「えっ、明治十九年？　じゃあ、元町のウチキパンより古いんだ」

「ウチキさんが二十一年創業ですから、ほぼ同じ頃ですね」

「へえ、すごいなあ！」

そんなふたりの会話を聞きながら、不破は「ふん、くだらねえな」と心の中で悪態をつく。故郷の京都では、伝統に胡坐《あぐら》をかいて企業努力を怠っている店を嫌というほど見てきた。古ければありがたいってもんじゃない。

白けた気持ちで傍観していた不破は、突然、あることに気づいた。初めて見た時から更紗の顔に妙な違和感をおぼえていたのだが、その原因がわかったのだ。

オッドアイ。たしかそういうはずだ。

右は髪と同じ漆黒だが、左はわずかに虹彩が薄い。注意して見なければわからないほどの違いだが、顔の角度によって、ときどき左目が宝石のキャッツアイのように明るい茶色の光を帯びる。まるでそこだけ別の人格が宿っているようだ。

不破の視線に気づき、更紗が微笑みかけてくる。

「すみません、話しこんでしまって。クリーニングのご依頼でしたね？」

不破は密かに焦りながらも「ああ、これなんだが」と紙袋からコートを取りだした。

「拝見します」

うやうやしく受け取る更紗。まずは服の裏側に縫い付けてある製品タグを見る。

「素材はコットン八〇パーセントとポリエステル二〇パーセントの混紡……裏地はなし、パーカー付きのミリタリーコート」

確認するようにそう言うと、今度は左脇にあるポケットの赤いシミに目を止める。

「これは絵の具……いえ、インクでしょうか」

どうしましたか？と首をかしげると、左目がきらりと輝く。不破は戸惑ったように目を泳がせながら、「うん、まあ、買ってポケットに入れておいたら蓋が取れたんだ」と返事を濁す。さすがに脱ぎ捨てておいて踏んだとは言いにくい。

更紗は「そうですか」と納得すると、コートに視線を戻して、「かわいそう」と小さな声でつぶやいた。

続いて更紗は、幾つかあるポケットに手を入れ、何も入ってないかと調べ始める。その口から「あら？」と小さな声が漏れたのは、右の内ポケットを確認している時だった。

引き抜かれた手には、皺《しわ》くちゃに丸められた紙が握られている。

「ゴミでしょうか？」と紙片を広げた途端、「ふふっ」と口元がほころんだ。

「こちらが入っていました」

差し出された紙片を見て、不破はいきなり焦る。それは『ガールズバー・NAGISA』と店名が入った領収書だった。どうやら昨夜、四軒目になだれこんだ店らしい。宛名には『不破リサーチ様』と、探偵会社の名前がしっかりと書かれている。

「経費で落とすんだ。ダサ」

横から覗きこんだ清人が呆れる。

「う、うるさい……」

不破は慌てて領収書をポケットに押しこんだ。

忘れ物のチェックが終わると、更紗はコートをカウンターの上にふわっと広げる。窓の陽差しが皺をきざませるが、天井から吊るされたライトを更紗がつけると、全ての影が飛んだ。まるで無影灯の下に横たわる手術患者のようだ。更紗は外科医のように真剣なまなざしで生地を見つめ、その表面に手の甲を滑らせ始める。

細く華奢な指が、左胸のあたりで止まった。

「ここ、何かこぼしましたか？」

「え？」

「生地にピリング……毛羽立ちがあるんです。何かこぼして、おしぼりで拭いたのではないかと思うのですが」

不破は昨夜のことを思い出すが、それらしい記憶はない。

「さあ、どうだったかな」

曖昧に答えると、予想外の強い語気が返ってきた。

「思い出してください」

見れば更紗は驚くほど真剣な表情を浮かべている。

「すごく大切なことなんです！　シミを落とすには、何がいつ付いたかを正確に知ることが必要で……おしぼりで拭いたから、大丈夫って思うかもしれませんけど、汚れが取れたのは表面だけで、その成分は繊維の奥深く入り込んでいるんです。それが時間と共に浮き出てきて、そういうのを『幽霊ジミ』っていうんですけど、そうなるとすごく落ちにくくて、……だから今から正しい処置をしないと。……何とか思い出せませんか？」

ただならぬ熱意に不破はいささか気味悪さを感じる。

「悪いが本当に覚えてないんだ。古いコートだし、着られるだけ着て、あとは捨てるつもりだから、シミは見苦しくない程度に落としてもらえればいい」

やんわりと話をまとめたつもりだったが、その言葉は更紗の耳には届いていなかったようだ。

「何の汚れでしょうか。もしかしたら立ち飲み屋さんで何かこぼしたのかも」

あいかわらずシミを観察している更紗のつぶやきが、不破の耳をとらえた。

「……どうして、そう思うんだ？」

「え、何ですか？」

「だから、今、言っただろう。立ち飲み屋に行ったと」

飲みに行ったことはガールズバーの領収書で想像したのだろうが、その前に立ち飲み屋に寄ったことは話してないはずだ。

「ああ、当たりましたか？」

更紗は恥ずかしそうに微笑んだ。

「失礼ですが、お客様は左利きですよね？　この汚れが付いているのはコートの左前身ごろです。だからお客様がご自分でコートを着ていた時に何かこぼされたのではないかと思いました。おしぼりのようなもので拭いた跡があることから、恐らくは飲食店に行かれたのでしょう。でも、お店に入ったら、普通コートは脱ぐはずです。それをしないのは、立ち飲み屋さんだからではないかと思ったのです」

「どうして、俺が左利きだと？」

「あ、それは……服を見て。やはり利き手側のほうが汚れやすいですから。それに右袖口の生地が劣化していました。これは腕時計が擦れた跡で、時計を右にしているのなら、利き腕は左じゃないかなと想像しました」

理路整然とした推理に圧倒され、不破は言葉を失う。そういえばたしかに昨夜、立ち飲み屋で串カツを頼んで、コートにソースを垂らした記憶がよみがえってくる。

――この女、何者だ？

胡散臭《うさんくさ》げに更紗を見ていると、横でポカンと口を開けていた清人が、いきなり上ずった声をあげた。

「す、すごい！　洞察力、ハンパないですね。探偵も顔負けじゃないですか」

「そんな……。あの、でも、私って、出された服からお客様の行動や職業や性格を想像してしまう癖があるんです。変ですよね……」

はにかむ更紗を見て、清人が身を乗り出す。

「変なんて、とんでもない。才能ですよ。ねえ、他には？　もっとプロファイルしてみせてよ」

「おい……」

戸惑う不破をよそに、清人にけしかけられた更紗は、「それでは」と再びコートの表面に手を滑らせる。それが止まったのは、右襟のあたりである。

「ここも湿っていますね。何でしょうか？」

「だから、覚えていないんだって」

苛立ちをつのらせる不破。へベレケに酔っぱらっていたことをいいかげんわかれよと思う。

「そうですか。……わかりました。では、奥の手を使いましょう」

神妙な顔でうなずくと、更紗はエプロンのポケットからジャラリと何かを取りだす。

それはなんと、鉄の輪で束ねられた何十という鍵。その中から迷わずひとつをつまみ上げると、更紗は背を向け、背後の壁に差しこんだ。

カチッと音がして、取っ手を引くと、やはりそこは引き出しになっていた。カウンターに向き直った更紗の手には、スキーのゴーグルのようなものが三つと、懐中電灯のようなものが握られている。

「これを着けてください」

ゴーグルを不破と清人に手渡すと、更紗は窓辺に行き、遮光カーテンを閉める。陽射しが遮られて、部屋はカウンターの上にあるライトの明かりだけになった。

「何なんだ、これは？」

怪しげに問う不破に、更紗はゴーグルを装着しながら答える。

「UVカットグラスです。紫外線から目を守ります」

思わず顔を見合わせる不破と清人。これ以上聞いても理解できそうにないので、ここはひとまず更紗に従うことにした。

「いいですか？　消しますよ？」

頃合いをみて、更紗が頭上のライトを消す。

「えっ、えっ、何？」

予想外の展開にパニックになる清人。不破も清人に腕を摑《つか》まれて全身を強張らせる。

「落ち着いてください。今、明かりをつけますから」

更紗の声がして、チカッと暗闇に光が発生した。光は更紗が手に持っている懐中電灯のようなものから出ている。

「これはブラックライトです」

訊かれる前に更紗が答えた。青い光を受けて、顔が不気味に浮かび上がっている。

「ブラックライト？　あの、警察の捜査なんかで使われる？」

「はい。警察のものよりはだいぶ性能が落ちますけど。――見てください」

そう言ってテーブルの上のコートに光を当てると、青紫に照らされた生地のところどころに、ぼんやりとしたシミや小さな点々が青白く発光していた。

「ブラックライトは血液や尿、汗などの体液を浮かび上がらせるんです。この袖口の影は汗ですね。前身ごろの点々は、恐らくカビでしょう。これらは水洗いで落とせますが、問題は、これです」

先ほど手を止めた右襟のあたりに更紗は光を当てる。そこにはこぶしほどの大きさに蛍光していた。

「形状からすると、何かの液体のようです。先ほどの話と考え合わせてみると、昨夜アルコールをこぼしたのではないかと思えるのですが、不思議です。ビールもワインもウィスキーも、ブラックライトには反応しないんです。では、この液体は何なのでしょうか？」

疑問を突き付けられて、不破は俄《にわ》かに落ち着かない心地になる。酔っ払って記憶のない間に誰かに何かされたとすれば、気味の悪い話だ。

「ブラックライトは他にどんなものに反応するんだ？」

「そうですね。口に入るものだと完熟のバナナとか、オレンジ、液体だとビタミンBを含んだ飲み物でしょうか」

「ビタミンB……」

「どうかしましたか？」

「なんか昨夜、そんな話をしたような気がする」

「えっ、本当ですか？」

「誰とだったかな。うーん」

「思い出してください、頑張って！」

首をひねる不破。おぼろげな記憶がよみがえってくる。

「そうか。三軒目の小料理屋だ。女将に言われたんだ。『男のひとり暮らしは栄養が偏るからビタミンをとらなきゃダメよ』って。それから店を出て……そうだ、自販機でビタミンドリンクを買った。そして歩きながら飲んでいたら」

「服にこぼした！」

最後の言葉は清人が盗んだ。

「それです！　良かった、これでシミが落とせます」

跳び上がらんばかりに喜ぶ更紗。ゴーグルを外し、窓辺に行ってカーテンを開くと、室内には穏やかな春の陽射しが戻ってきた。清人は未だ興奮冷めやらぬ様子だ。

「すごい、すごいですよ、更紗さん。科捜研の刑事みたいだ」

「そんな、私は何も……。それより思い出していただけて良かったです。栄養ドリンクには糖分が入っているので、放っておくと手ごわい幽霊ジミになるんです」

「それにしても不破さん、手を焼かせてぇ。昨夜のこと、忘れちゃうんだもんな」

「すまなかったな。はは……」

気まずく照れ笑いを浮かべたものの不破の中には、次第に不愉快な思いが湧いてくる。服を洗うようには頼んだが、昨夜の行動をプロファイルしてくれとは言ってない。プライバシーを覗き見られたようで何とも気分が悪い。盛り上がっている清人と更紗をよそに、不破はテーブルの上のコートを掻きよせ、紙袋に押しこんだ。

「え、不破さん、どうしたんですか？」

「やっぱりクリーニングはいい」

「いいって、何を今さら……こんなに手間をかけてもらったのに」

「頼んだ覚えはない。それにこれ以上、私生活を覗き見されたら堪らないからな」

最後の言葉は更紗への嫌味だった。不破は「行くぞ」と清人をうながし、さっさと歩き始める。しかしドアの取っ手に手をかけた瞬間、「不破さん」と、いきなり名前を呼ばれた。忌々しく思いながら振り返ると、カウンターの中から更紗が見つめていた。

「その汚れは早く洗わないと落ちなくなります。もう二度と着れなくなります。……服がかわいそうです」

更紗は今にも泣きそうなほど必死な表情だ。不破は密かに驚いたものの、

「……あんたには関係ないだろう」

そっけなく言い捨てて洋館を後にした。

2

夜、目の前のソファに座るその女性を見て、不破は、清人の勘もあなどれねえなと密かに感心していた。

昨日、相談依頼の電話に出た清人は、「今度のクライアントはきっと美人ですよ」と予言した。そしてその言葉通り、探偵事務所に現れた相葉詩織《あいばしおり》は、魅力的な女性だった。

色白の肌、ふんわりとウェーブさせた髪、ボリュームのある胸。はっと目を引く美人ではないが、男が守ってやりたくなるような柔らかな雰囲気をもっている。恐らく世の男た

ちは、こんな女性を妻にしたいと思うのだろう。今日の詩織の相談は、そんな男の願望が生み出した事件といっても良かった。

「昨日の電話によると、ストーカーでお悩みだそうですね？」

不破が口火を切ると、詩織はうなずき、訥々《とつとつ》と事件の詳細を語り始める。その内容は次のようなものだった。

旅行会社に勤める詩織は、横浜市内のマンションでひとり暮らしをしている。今から半月ほど前、会社から帰ると人が部屋に入った形跡があった。家を出る前に整えたはずのベッドが乱れていたのだ。詩織は怖くなって警察に相談したが、盗まれたものがないことから、勘違いではないかと真剣に取り合ってもらえなかったという。

そして二日前、再び人の入った形跡があった。整えたはずのベッドは乱れ、人が横になったような窪《くぼ》みがあった。前の犯行と同じように盗まれたものはなかったが、ただひとつ違っていたのは、部屋の中に〝妙な物〟が残されていた……。

「何ですか、その残されていた物というのは？」

不破が問いかけると、詩織が顔を背けながら紙袋を突き出す。

「これです」

受け取り、中を見る不破。何か布状のものが入っている。

指紋付着防止用の白手袋をはめて取りだし、広げた瞬間、思わず「うっ」と息を呑んだ。それは何と、男性用のトランクスだったのだ。

「うわっ、キモッ。どうしてそんなもの」

清人が思春期の女の子のような悲鳴をあげる。

「自己顕示だろうな。犯罪心理ではよくあることだ」

トランクスは綿素材で緑のチェック柄。生地には皺が寄り、腰ゴムが伸びている。恐らく犯人が身に着けていたものだろう。店でよく見る大量生産のメーカー品なので、ここから犯人をたどるのは難しそうだ。

「こちらでお預かりしてもいいですか？」

「どうぞ。うちにあっても気味が悪いだけですから」

「でしょうね」

不破はトランクスを袋にしまうと、「さて」と実務的な口調になる。

「これから犯人を炙《あぶ》り出していくわけですが、まずは相葉さんの異性関係について教えてください」

「私の？」

「はい。今、付き合っている男性がいるのかどうか。その前の彼とはいつ、どのような形で別れたのかなど、そうですね、三年くらいさかのぼってもらえれば結構です」

「でも……あの……」

いきなりプライベートなことを訊かれて詩織は戸惑っているようだ。不破は説明する。

ストーカー犯罪の場合、犯人が被害者の周辺人物であることが多い。男友達や職場の同僚、そして昔の彼氏が振られたことを恨みに思いストーカー化するケースも少なくないのだ。

「とくに今回の場合は、犯人が合鍵を使って部屋に侵入しています。まずは元彼を疑うべきでしょう」

不破の話に納得した詩織は、重い口調で話し始める。

「今付き合っている人は……いません。元彼は同じ会社の先輩でしたが、二年前に別れました。きっかけは、彼が田舎の家業を継がなければならなくなり、ついてきて欲しいと言われたのですが、私は決心がつかずに、ふたりで話し合って別れました」

「その彼は今？」

「九州にいます。結婚してお子さんもいるそうです」

「それではひとまず対象外ですね。その前に付き合ったのは？」

「短大時代に知り合った男性で、最初の彼です。もう別れて七年になります」

「七年か……。どうやらこちらも外して考えて良さそうですね」

詩織は二十六歳と聞いている。これまでに付き合った相手がふたりというのは少ないほうだろう。このルックスなら男からの誘いは山ほどあるだろうに、奥手なのか、あるいは何かあるのか。

不破が考えをめぐらせていると、横にいる清人があっけらかんと訊いた。

「ふーん。詩織さんってカワイイのに、意外と恋愛経験少ないんですね。ひとりとじっくり付き合うタイプですか？」

「おい、失礼だろう」

慌てて不破がたしなめるが、清人はけろりとしている。

「そうですかあ？　僕なんかいつも二、三ヶ月で飽きちゃうから、長続きするコツ、教えて欲しいなあって」

「コツなんかない。軽薄なその性格を直せ！」

「えー、酷いなあ」

揉めていると、詩織がくすっと笑った。

「おふたりって、仲がいいんですね」

「そういうわけでは……すみません、調査とは関係ないことで騒いでしまって」

「いいえ。……でも、やっぱりそう思いますよね？」

「え？」

「恋愛経験が少ないって」

どうやら詩織自身も、そのことを気にしているようだ。

「私、ダメなんです、恋愛って。うまく素の自分が出せないっていうか、相手がどうして欲しいか考えて行動するから、くたびれてしまって。恋に憧れる気持ちがないわけじゃないんですけど」

目を伏せる詩織に、不破は「まあ、恋愛は人それぞれですから」と穏やかな声をかける。

どうやら詩織は、自己評価の低い、こじらせ系女子のようだ。

「話を事件に戻しますが、元彼の線が薄いとなると、人間関係からの洗い出しが難しくなります。そこで相葉さん、お宅の玄関に隠しカメラを設置させてもらえませんか？」

「えっ？」

「もちろん設置する時は相葉さんに立ち会ってもらいます。撮影するのは玄関ドアの部分だけで、在宅中にカメラが気になるようなら切っていただいても構いません。映像は調査後、責任をもって消去します」

「でも……」

詩織はどこか不安げだ。探偵といえども男なので、恐らく盗撮を警戒しているのだろう。

その気持ちは不破にも理解できる。

「相葉さん、俺たちは相葉さんの味方です。卑劣な犯人を見つけ出したいと思っています。どうか信頼してもらえませんか？」

不破の真摯な語りかけに、詩織は心を決めたようだ。

「そうですよね、調査をお願いするんですから、信頼しなくてはいけませんよね」

詩織は「宜しくお願いします」と言うと、深々と頭を下げた。

＊

　次の日、車のハンドルを握る不破は、大岡川沿いの道に出た途端、思わず顔をしかめた。今日は土曜日で、花見の名所である河岸のプロムナードには多くの人が出ていたのだ。

「うわあ、桜、満開ですね」

　助手席で能天気な声を上げる清人に、「遊びに来たんじゃないぞ」と釘をさす。ふたりは防犯カメラを取り付けるため、詩織のマンションに向かっていた。

　近くのコインパーキングに車を入れ、花見客をよけながら進むと、前方に中規模のマンションが見えてきた。白タイルの外装はいかにも女性が好みそうなものだが、エントランスには管理人もいなければ防犯カメラも設置していない。

　非常階段の位置や郵便受けに詩織の名前があることを確認した後に、エレベーターで三階まで上がる。

　一番奥にある角部屋のチャイムを押すと、やがて小さくドアが開き、ドアチェーンの向こうに詩織が顔をのぞかせた。

「おはようございます。これを取り付けに来ました」

　防犯カメラの入った箱を不破が掲げて見せると、詩織はうなずきドアチェーンを外す。

　案内は玄関から廊下が伸び、その左右にキッチンとバスルームが設置してある独身者用のごく普通の1LKだった。

不破と清人は、さっそく手分けして作業に取りかかる。清人が盗聴発見器で部屋の中を調べる一方で、不破は玄関に隠しカメラを設置する。下足箱の上の棚に置時計型のカメラを仕掛け、ＬＡＮケーブルを伸ばしてルーターに接続。タブレット端末で画像を確認して、ものの十五分で作業は完了した。

「こっちも終わりです。どうやら盗聴器はなかったみたいですよ」

そう清人が告げたのを頃合いに、詩織が「よろしかったら、お茶をどうぞ」と声をかけてくる。

不破が奥へ進むと、リビングのローテーブルには、三人分の紅茶が湯気を立てていた。腰の据わりが悪い柔らかなクッションに身を預け、三人で向き合う。詩織は玄関の監視カメラが気になるようだ。それを察した不破は「相葉さん、これを見てください」とタブレットを差し出す。

「設置した監視カメラの映像です。玄関しか映ってないでしょう。安心してください。ルーターから電波を飛ばして、離れた場所から監視できるようになっています。相葉さんが留守の間は、俺たちのどちらかが常に駆け付けられる場所にいて、犯人が部屋に入った時は取り押さえます」

「あの……おふたりのどちらかが、ずっとモニターを見ているのですか？」

「いえ、カメラには動体感知センサーが付いていますから、誰かが入った時だけ作動するようになっています。映った画像は録画されるので、後から確認できますよ」

「そうですか」

詩織はいくらか安心したようだ。不破はさりげなく部屋の中を観察してみる。詩織の外見から、花やレースをあしらった女性らしい部屋を想像していたが、どちらかというと殺風景でシンプルな部屋だ。本棚には自己啓発や心理学の本がズラリと並んでいる。

「心理学、お好きなんですか？」

「え？　……ええ。お客様を相手にする仕事なので、参考になればと」

「勤め先はたしか、旅行会社でしたよね？」

「はい。営業事務で、受付もします。だからお休みも不定期で」

「そうですか。ところで相葉さん、今回のことは会社の誰かに相談しましたか？」

「あ、はい……ひとりだけ。高梨恭子《たかなしきょうこ》さんっていう営業部の先輩で、仕事ができて、すごく頼りになる素敵な人です」

「できればその高梨さんに話をうかがいたいのですが」

「話って……あの、何を？」

「会社の雰囲気や社内の人間関係とか、通り一遍のことを訊くだけです。当事者の相葉さんでは気付かないことも、第三者なら見えることがあるので」

「わかりました。では、ちょっと失礼します」

詩織は携帯を手に隣室へ消えていった。

「いいですね。桜並木が見えるんだ」

清人は窓辺に行くと外の景色を眺める。眼下には大岡川に沿って桜並木が広がっていた。

――ということは、通りからこちらも見えるわけだ。

不破が記憶に留めていると、ほどなくして詩織が戻ってきた。

「恭子さん、今日会えるそうです。十二時半に会社近くにある横浜ベイクォーターの入口でお待ちしているそうです」

「そうですか。ありがとうございます。では、そろそろ……」

不破は清人をうながして玄関へ向かう。その背中に詩織が「あの」と声をかけてきた。

「もしかして、社内の誰かを疑っているんですか？」

「いや、そういうわけではありません。とにかく今は、あらゆる可能性を探っていきたいと考えているだけです」

穏やかな笑みを残し、不破はマンションを後にした。

外から部屋を見張るよう清人に命じ、不破は京急本線の黄金町《こがねちょう》駅へ向かう。詩織にはあのように答えたが、犯人は彼女のごく身近にいると不破は考えていた。

詩織の休みは不定期で、犯人は詩織の出勤日を狙って部屋に入っている。ストーカーは彼女の行動をよく知る人物だ。会社関係か、あるいは取引先の人間か。高梨恭子から有益な情報が得られれば良いのだが。そう思いながら不破は歩みを速めた。

ベイクォーター、十二時半。待ち合わせの場所に現れた恭子は、いかにもキャリアウーマンといった感じの女性だった。ボブの髪型、ダークネイビーのパンツスーツ。ハイヒールの音を響かせて近づいてきた彼女は、「あなた、不破さん？」と臆することなく声をかけてきた。

「あ、はい。高梨恭子さんですね？　相葉詩織さんの先輩の」

「とにかくどこか店に入りましょう。ランチ時は、いつも混み合うの」

ウエイターに案内されたのは、みなとみらいが見えるオープンテラスの席だった。ランチセットのロコモコをオーダーしてひと息つくと、恭子は改めて不破の方に向く。

「ごめんなさい、こちらまで来ていただいて。改めまして、私、高梨です」

差し出された名刺には、『ホライズンツアー横浜支店　営業部チーフ・高梨恭子』の文字がある。不破も住所が変わったばかりで刷り上がって間もない名刺を差し出した。

「ふーん。探偵って本当にいるんだ」

珍しそうに手元の名刺を見つめる恭子。不破はさりげなく相手を観察する。

はっきりした顔立ちの美人だ。年は三十代半ばといったところか。不破の視線に気づいたように、恭子はまっすぐ顔を上げ、見つめかえしてくる。

「ストーカーのこと、詩織ちゃんから聞いたわ。酷い話よね」

「はい。そこでぜひ、犯人を捕まえるためにご協力いただきたいんですが」

「もちろんよ、可愛い後輩のためですもの。でも、何をすればいいの？」

「まずは会社での人間関係を教えてください。相葉さんの周りで、ストーカーになりそうな怪しげな人物はいないか」

「怪しげなって言われても……詩織ちゃん、ファンが多いから、怪しいって言われればみんな怪しいし」

「相葉さんは、付き合っている人はいないんですよね？」

「彼女がそう言ったの？」

何やら含みがありそうだ。不破は「それっぽい人がいるんですか？」と探りを入れる。

「あ、ううん、そうじゃないの。気にしないで」

恭子が慌てて笑顔を浮かべたところでロコモコが来た。白い大皿に、目玉焼きののったハンバーグ、ライスとサラダが彩りよく盛られている。

「高梨さん」

不破が呼びかけると、恭子は困ったようにフォークを持つ手を止める。

「ごめんなさい、ただの噂だから。本当のところは、私も知らないのよ」

当惑気味に泳がせた視線が「あら？」と何かをとらえた。つられて不破が顔を向けると、横浜そごうからつながる連絡通路を三人の若い女性が歩いて来るところだった。いずれもサーモンピンクのベストにスカートという制服姿だ。三人も恭子に気づいたようで、「あっ、恭子さーん」と手を振り、近づいてきた。

「お疲れ様。ランチこれから？　カウンター混んでたんだ」

恭子が気さくに話しかけると、ぽっちゃり目の女の子が「はい、なかなか終わらなくて。

今日はデパ地下です」と手にある紙袋を掲げてみせる。

「外ごはんもいいかなって思ったんですけど、出遅れちゃって」

背の高い女の子が話に加わり、最後にポニーテールの女の子がチラリと不破を見る。

「恭子先輩、もしかして彼氏さんですか？　いいな、ランチデートとか？」

「バカね、違うわよ。こちら、ツアーで立ち寄るお土産屋さんのご主人」

笑顔で答える恭子。不破はえ？と思うが、探偵の身分を悟らせないための配慮だとわかり、ありがたくそれに乗っかることにした。

「どうも、お世話になっています。『ドライブイン・さざ波』の不破です」

制服組は「あっ、業者さんだったんですか」「お世話様です」と慌てて頭を下げる。

それを見ていた恭子は、何か思い付いたように、急にいたずらっぽい笑みを浮かべた。

「実はね、こちらの不破さん、カウンターにいる詩織ちゃんを見て一目惚れしちゃったんですって。そこで、間を取り持ってくれないかって、今日はそういう相談なの」

ええーっと歓声を上げる制服組。

「頑張ってくださいね。詩織さん、モテるから」

「お嫁さんにしたい女子ナンバーワンだもんね」

いきなりの展開に不破は焦るが、恭子が茶目っ気たっぷりにウィンクしてきたのに気づき、彼女の狙いが見えてきた。どうやらこれを話の糸口にして、詩織のことを聞き出せということらしい。なかなかどうして、機転の利く女だ。

「あのー、相葉さんって付き合ってる人とかいるんでしょうか」

あえてモジモジしながら不破が探りを入れると、ぽっちゃりした子がうーんと考える素振りをみせる。

「いないんじゃない？　ガード堅いもんね」

「麻友《まゆ》ちゃんなら知っているんじゃない？　詩織さんと仲いいし」

背の高い子に話を振られたポニーテールの子の表情が、急に強張る。

「……知らない……私……あんな人、関係ないから」

怒ったようにそう言い捨てると、足早に歩き出してしまった。

残されたふたりは慌てて後を追う。そんな後輩たちを見送りながら、恭子は溜息混じりにつぶやいた。

「挨拶もしないで行くなんて、困った子たちね、でも〝あの噂〟は本当だったみたい」

「あの噂？」

「さっきの、詩織ちゃんに彼氏がいるかっていう話の続きなんだけど」

恭子によれば、ポニーテールの社員は麻友といって、詩織の後輩だという。麻友には喜《き》多《た》川《がわ》という婚約間近の彼がいる。ところが、麻友が詩織に会わせたところ、喜多川はすっかり夢中になってしまった。麻友は激怒し、今や喜多川とは破局寸前らしい。

「麻友ちゃん、詩織ちゃんが喜多川さんを誘惑したって思いこんでいるの。それで詩織ちゃんの悪口をあちこちで言いふらしてるらしくて」

「相葉さんと喜多川さんは今、付き合ってるんですか？」

「それはないと思うけど。喜多川さんの一方的な片想いじゃないかしら」

「高梨さんは、喜多川さんに会ったことはあるんですか？」

「麻友ちゃんに紹介されて、一度。真面目そうな人よ。日の出銀行の関内支店で営業をやってるって言ってたわ」

「銀行マンですか。エリートですね」

いいことを聞いたと不破は思う。さっそく容疑者がひとり現れた。この後、関内へ足を運んで喜多川を探ってみようと考える。

「ところで高梨さんは、制服は着ないんですか？」

「え？」

「あ、いや……先ほどの麻友さんたちは制服だったのに、高梨さんは私服なので」

「私は総合職で外勤だから。さっきの女の子たちは一般職の内勤。雇用が違うのよ」

「ああ、そういうことなんですね」

恭子がいきなり訊いてきた。

「ねえ、あなた、制服ってどう思う？」

「どうと言われても……まあ、男は好きですよね。女性も制服姿の男は好きなんじゃないですか？」

「そうかもね。でも、私は嫌いなの。制服って個性を殺してしまう気がして」

　水面を行くシーバスを眺めながら、恭子は眩しげに目を細める。

「私ね、大学時代、ニューヨークに留学したの。そこでいろんなことを学んだわ。人生はハングリーに生きるべきだということ。チャンスは自分の手で摑み取るものだということ。人はいつも自分らしく生きるべきだってことを。私にとって、ファッションは自己表現、自由の象徴なのよ。だから今は服だけじゃなくて、フレグランスにも凝っているわ。調香師に頼んでオリジナルの香水をブレンドしてもらってるの」

「すごいですね」

　そう言えば会った時、アンバー系の香りがしたなと不破は思い出す。

「私は、いつも自分らしくいたいの。ライフ・イズ・マイン。生きるってそういうことでしょう？」

「……ですね？」

　不破はくっきりと輪郭の描かれた赤い唇を見ながら、この女と付き合う男はさぞや疲れるだろうなと考えていた。

「ライフ・イズ・マインか。素敵な言葉ですね」

　助手席の清人が感動したように溜息をつく。

「どこが。俺にはチープなファッション雑誌のコピーみたいに聞こえるけどな」

　車のハンドルを握る不破は白けたように目をすがめる。ふたりは詩織のマンションから引きあげて事務所へ戻る途中だ。

「それで？　怪しい奴はいなかったか？」

「ぜんぜん。退屈でしたよ。張り込みは苦手です」

フロントガラスに映る清人は不満げだ。これも仕事だと不破は素っ気なく答える。

探偵は地道な仕事だ。テレビドラマや小説を見てこの世界に飛び込んだ者は、恐らくその地味さに驚くだろう。派手な追跡調査や潜入調査などはごく一部で、仕事の多くは忍耐の要る張り込みとなる。だからみんなやりたがらないし、それをやれるのが探偵だと不破は考えている。とはいえ、駆け出しの清人にそれを言っても理解できないだろう。

――少しエサをやるか。

不破は「これを見ろ」と、助手席に向かってデジカメを突き出す。「何ですか？」と受け取って清人がデータを見ると、そこには銀ぶちメガネをかけた、スーツ姿の男性が写っていた。

「誰ですか、これ？」

「喜多川秀樹《ひでき》、二十九歳。日の出銀行関内支店営業部勤務。今のところ、容疑者リストのトップだ」

恭子と別れた不破は、その足で日の出銀行関内支店へ向かった。そこで案内係をつかまえて、〝田舎から出てきた祖母が街で迷ったところを喜多川さんに助けてもらった。お礼がしたい〟という美談を作り、喜多川を呼び出してもらった。

当然、喜多川にそんな記憶はなく、「私ではありません」という話になったが、いろいろ調べてもらっている隙に、不破はその姿を隠し撮りしたのだ。

不破は喜多川と詩織の関係を語り、清人に告げる。

「明日から、お前はそいつを尾行しろ」

「えっ、いいんですか？」

「外まわりの途中で相葉さんの部屋に忍びこむ可能性もあるからな。しっかり見張れよ」

「はい、頑張ります！」

初めての尾行を命じられて、清人はいきなりヤル気が出たようだ。単純だな、と不破は密かにほくそ笑むのだった。

中華街の外にある駐車場に車を置き、歩いて事務所へ戻る。太平通りと市場通りが交わる角に、三階建ての老朽ビルが見えてくる。その二階が不破の自宅兼事務所だ。

一階は怪しげな老婆がやっている占いの店で、これがけっこう繁盛している。若い女性が列をなしているのを羨ましく横目に見ながら脇にある外階段へ回り込むと、ステップに腰を下ろしている人影があった。膝の上には肥えた三毛猫を乗せている。占い師の老婆が飼っている猫だ。まったりと目を閉じている眉間のあたりを撫でていたその手が止まり、唇が「あっ」と小さな声を漏らした。昨日会った時は後ろで結わえていた髪を、今日はほどいて下ろしている。前髪の下で、わずかに色の違う両の瞳が驚いたように見開かれた。

「あんたは……」

路上に突っ立っている不破と清人の元に、更紗は猫を脇に下ろして駆け寄った。

「お帰りなさい。ふたりともご一緒だったんですね」

寒さのためか、鼻が少し赤くなっている。

「どうして？　もしかして、僕たちのこと待ってた？」

不破が口を開くより早く、清人が喜びで上ずった声をあげる。

「……はい」

恥ずかしそうに、こくりとうなずく更紗。

「それで、何の用？」

「あの……あれからずっと、私、昨日のことが忘れられなくて……妹に相談したら、『そんなに気になるなら会ってきたら？』って……それで……思い切って来てしまいました」

まるで告白でもするかのように、モジモジと言った更紗の顔は不破に向いていた。

——え、俺か？

不破は密かに焦り、更紗の言った言葉を反芻《はんすう》してみる。そして自分なりの解釈を得た。

そうか、この女は自分のとった態度を恥じて謝罪に来たのだ。無理もない。クリーニング業界は過当競争だ。変な噂でも立てられたら経営が立ちいかなくなる。

昨日は店を出てから散々清人に「大人げない」と責められたが、まあいい、許してやろう。それが男の度量というものだ。

「もういい。あんたの気持ちはわかった。コートの件は忘れよう」

不破は寛大な笑みを浮かべ、「うんうん」と目を閉じうなずいた。

いや、実を言うと、俺も少しばかり反省していたんだ。昨日の行動は大人気なかった。

次に言うべき言葉を考えながら感謝の言葉を待ったが、相手は沈黙のままだ。目を開けると、更紗は、なぜか怪訝な表情で眉根をよせていた。

「……忘れるって、どういうことですか？」

「え？」

「まさかあのコートのことじゃないですよね？　というか、昨日のコート、どうしました？あ、いえ、よその店に出したんなら、それでいいんです。でも、もしまだなら、手遅れになります。それを思うと私、心配で……」

思わず言葉を失う不破。これがこの女の訪ねてきた目的だったのか。謝罪でもなく、告白するでもなく、ただただコートの汚れが心配で――。

「……どうしてそこまであのコートにこだわるんだ？」

「それは……不破さんにとって、大切なものだからです。思い出のコートですよね？　恐らく、彼女さんとの――」

「えっ、そうなんですか？」

一度は興味をなくした清人が、好奇の目を向けてくる。不破はいきなり焦った。

「違っ……どうしてそんな」

「え、違うんですか。だってボタンが」

言いかけた更紗の口を塞ぐように、不破は声をあげた。

「あのコートは捨てた」

「え？」

更紗の目が大きく見開かれる。次の瞬間、驚きが絶望の色に変わった。

「そんな……汚れを落とせば、まだまだ着られたのに」

「俺の服だ。どうしようとあんたには関係ないだろう」

「それはそうですけど……」

胸の辺りで握られたこぶしに、ギュッと力がこめられる。

「……服が……かわいそうです」

責めるようにそう言うと、更紗は踵を返して駆け出していった。

「あーあ、酷いなあ。せっかく心配して来てくれたのに、嘘なんかついて」

人ごみの中に消えていく後ろ姿を見送りながら、清人が非難めいた声を漏らす。

「うるさいぞ！」

怒ったように吐き捨てる不破。

実はあのコートは捨てていなかった。何となくタイミングを逸して、ロッカーの奥に紙袋ごと放り込んである。あの女の言った「彼女さんとの思い出」の意味はよくわからないが、とにかくそこまで大切なコートではないし、燃えるゴミの日が来たら捨てるつもりだ。

そんな服のためにわざわざ出かけてきて、クリーニングに出せと説得するなんて、やっぱりあの女は変人だ。

3

はらはらと舞い散る花びらを眺めながら、不破は深い溜息をつく。

気持ちが塞いでいるのは、桜を見て感傷的になっているからではない。調査開始から五日が過ぎたが、調査が一向に進展していないからだ。張り切って尾行を始めた清人も、日、一日と表情が曇ってきている。

ターゲットの喜多川は営業に出ても得意先まわりに余念がなく、帰りは自宅に直帰という極めて模範的な毎日を送っている。一方、詩織のマンションを見張っている不破のほうにも動きがない。もっとも、こうも花見客の目があっては、ストーカーも行動は起こせないだろうが。

今日は花曇りで人出が少ない。不破が〝その男〟に気づいたのは、厚く張った黒い雲から、今にも雨がぱらつきそうな昼下がりの午後のことである。

川沿いの道に車を停め、対岸にある詩織のマンションを見張っていると、立ち止まり、何かを見上げている男が目についた。ちょうど詩織の部屋の窓がある辺りだ。

不破は思わず身を乗り出し、双眼鏡をのぞき込んだ。男はサラリーマンだろうか、グレーのスーツを着て、キャップを目深にかぶっている。痩せ形の体格は喜多川に似てなくもないが、顔にマスクをしているので判別できない。

……と、あたりを見まわした男が、マンションの入口に向かって歩き出す。

――入るのか？

息を呑むが、男は玄関を素通りし、そのまま川沿いの道を歩いていく。不破は慌てて車を降り、その後を追った。

男が向かっているのは桜木町方向だ。この辺りは野毛と呼ばれ、無料で入れる市営の動物園があるほか、昔ながらの小さな路地が多い。

不破は見失うリスクに備え、応援を頼もうと清人に連絡するが、聞こえてくるのは通話中のコールだった。

――あいつ、また無駄話しやがって。

苛立ちを噛みしめながら尾行を続けていると、商店街に入る手前で男がフラリと角を曲がった。不破も足取りを速め、続いて角を曲がるが、そこに男の姿はない。

「くそっ」

駆け出し、最初の角で周囲を見まわすと、脇の通りの先に走り去る男の背中が見えた。

「逃がすか！」

全力で追いつき、後ろから相手の肩を摑む。男はマスクの下で何かわめきながら必死に不破の手を振り払おうとする。

「落ち着け、話が聞きたいだけだ」と呼びかけるが、相手は興奮したように手足をバタつかせる。ハチャメチャに振りまわした手が、不破の右目にヒットした。

「くっ……！」

激痛で、摑んでいた手がわずかに緩む。

ここぞとばかりに逃げ出そうとする男に「待て！」と不破が手を伸ばす。とらえたのはジャケットの裾《すそ》だった。振り向いた拍子に男のマスクが外れる。

「あっ」と目を見張る不破。――喜多川ではなかった。三十代前半の男。目が細くて、右の目尻に小さなホクロがある。

不破が怯《ひる》んだ隙に男は素早くジャケットを脱ぎ捨てて、一目散に逃げ出す。不破は立ち上がるが、追いかけるには遅すぎた。

「くそっ！」

遠ざかる後ろ姿を見送る不破の手には、まだ温もりのあるジャケットが残されていた。


「すみませんでしたっ」

夜、事務所を訪ねてきた詩織に、不破はガバッと頭を下げる。

ストーカーらしき男を取り逃がしたのは、探偵にあるまじき失態だ。できることなら詩織には知らせたくなかったが、どうしても聞かなければならないことがある。

「そういうわけで、これが、その服なんですが」

　不破は男が残していったスーツのジャケットを見せる。それはごくありふれたボックス型で、色はダークグレー。ポケットは胸、両脇、内側にあるが、手がかりになりそうな物は入っていなかった。

　怯《おび》えたような視線を注ぐ詩織は、首を横に振る。

「……駄目です。記憶にありません」

「そうですか」

　不破は落胆しながらジャケットを引き取った。

「ところで先日、高梨さんと話している時、後輩の麻友さんと会いました」

　詩織は「あ……」と決まり悪そうな表情になる。

「そのことは恭子さんから聞いています。でも、喜多川さんとの噂は嘘です。私とあの人はそういう関係じゃありません」

「誘われたこともないと？」

「一度だけふたりで会いました。でも、お食事をしただけで」

「え、でもそれって、デートってことですよね？」

　話を聞いていた清人が横から口を出す。

「違います。喜多川さんが麻友ちゃんとの結婚に迷っているというので相談に乗っただけです。なのに私が誘惑したっていうことになっていて……ストーカーのことといい、私、もう……」

詩織は声を詰まらせる。ふたつの事件が重なって、かなり精神的にまいっているようだ。

詩織が帰った後で、不破はこれからどうしたものかと考える。今回のことで犯人にこちらの存在がバレてしまった。恐らくあの男はしばらくマンションには姿を現さないだろう。身元を洗い出したいのに、そのとっかかりがない。

難しい顔をしている不破に、犯人のジャケットを見ていた清人がつぶやく。

「不破さん、これ、彼女に見てもらったらどうですか？」

「彼女？」

「横浜サンドリヨンの、更紗さんですよ」

あっと思う不破。

——たしかにあの女なら、スーツを着ていた人物をプロファイルできるかもしれない。

……いやいや、そううまく行くものか。クリーニング屋に犯人を見つけられたら、この世に刑事や探偵は要らなくなってしまう。

そんな不破の心の揺らぎを敏感に読み取った清人は、「じゃあ、これからどうするんですか？」と少し怒ったように訊いてくる。

「不破さんがサンドリヨンに行きたくないのって、更紗さんへの意地ですよね。でも、そういうの子供っぽいんじゃないかな。とにかく今は、犯人を捕まえることが先決なんだし」

言葉に詰まる不破。清人の言ったことはまったくもって正しい。それは重々わかっているのだが、あんな別れ方をした後ではどうにも気まずい。リアクションに困り、「お前、もう帰れ」と清人を事務所から追い出した。

ひと晩悩んだ末に、不破は結局、更紗を頼ることにした。逆上した犯人は何をするかわからないし、もしも詩織の身に何かあったら、それこそ取り返しのつかないことになる。プライドを捨て、ここは事件解決を急ぐべきだろうと判断したのだが……。

「どうしたんですか?」

サンドリヨンの前庭に足を踏み入れた途端、足を止めた不破を、清人はいぶかしげに振り返る。

「……やっぱりやめる」

「えっ、ここまで来て何言ってるんですか」

「苦手なんだよ、あの女は。頼む、お前だけ行ってくれ」

「ダメですよ、諦めが悪いなあ、もう」

庭先で揉めていると、どこからか鋭い声がした。

「ちょっと、そこで騒がれると営業妨害なんですけど?」

不破と清人が「へ?」と振り向くと、入り口にある木の脇で、女の子が腕組みをして立っていた。紺のブレザーにグレーチェックのスカート、どうやら女子高生のようだ。不破には逆さにしたドングリにしか見えないショートボブは、風をはらんで毛先がおどり、前髪の下で勝ち気そうな瞳がこちらを見つめている。

「あ、ごめんね。ええと……君は？」

笑顔で話しかける清人をあっさりかわして、女子高生は「用ならさっさと入って」と玄関に向かった。ドアを開けて「ただいまー」と声をかけると、不破と清人を振り向いた。

「どうしたの、入るの？　入らないの？」

「あ、入ります、入ります」

清人が慌てて不破の腕を摑み、閉まりかけたドアに滑り込んだ。

「おねえちゃーん、お客さーん」

中に入るやいなや、少女はカウンターの奥に向かって叫ぶ。よく通る張りのある声だ。

少し待つが、返事がない。

「しょうがないなあ」

少女はひとりごちて、カウンターの隅にある呼び鈴を押す。

ほどなくして、「はーい」と声がして、奥の部屋から更紗が姿を現した。何かの作業をしていたのか、ほっぺに絵の具のようなものが付いている。

更紗は不破に気づくと、「あ……」と途端に表情を硬くした。

「どういったご用でしょうか。お預かりしている服はないと思いますけど？」

恨みがましい視線を向けられてムッとする不破。やはりここへ来たのは間違いだと後悔する。

「帰る」と言い捨て出て行こうとするその腕を清人が摑む。

「やあ、どうも、この前はごめんね。今日は、更紗さんにお願いがあって来たんですよー」

「お願い?……ですか?」

清人に肘で小突かれて、不破がノロノロと紙袋からジャケットを出す。

「……これを着ていた人間がどんな奴かプロファイルしてもらいたい」

更紗はテーブルの上に置かれた服を見つめ、咎《とが》めるようなまなざしを不破に戻す。

「これはもしかして、探偵のお仕事ですか?」

「ああ。そうだが」

「だったらお断りします。私が汚れの原因を探るのは服をキレイにしたいからで、誰かを疑ったり調べたりするためじゃありませんから」

カチンとくる不破。探偵の仕事を馬鹿にされたような気分になる。

「疑ったり調べたりするばかりが探偵の仕事じゃない。人助けだってするんだ」

「服を大切にしない人は嫌いです」

「あんたには関係ないだろう」

「もうっ、ふたりともストーップ!!」

険悪な雰囲気に割って入ったのは、先ほどの、妹らしき女子高生だった。

「いいじゃん、お姉ちゃん、やってあげたら」

「えっ、だって紬ちゃん、これはクリーニングの仕事じゃないのよ?」

口を尖らせて、子供のように必死に訴える更紗。

「だ・か・ら、クリーニングに出してもらえば文句ないでしょ？」

「で、でもっ」

「ウチが経営厳しいの知ってるよね？　仕事の選り好《ごの》みは禁止」

「でも……だって……」

不満そうにモゴモゴ言う姉をほっぽって、紬と呼ばれたその少女は不破に向く。

「そういうわけだから、このジャケット、クリーニングに出してもらえますよね？　料金はシミ抜き込みで六千円です」

「えっ、六千円？」

びっくりする不破。今までクリーニングで千円以上払ったことはない。

「良心的な値段だよ。うちはオール手洗いだから、手間暇考えたら安いくらい。別に嫌ならいいんだけど？　その時はもちろん、プロファイルとやらもナシだけど」

どうする？と訊かれて、清人が「あっ、お願いします。やります」と慌てて答える。

「……よね？」

視線を向けられ、不破は仕方なく「ああ」と不機嫌な声を漏らした。

「決まりね。じゃあ」

不破の顔の前に、紬がニュッと手を出した。

「何だ？」

「うち、前払いなんで」

舌打ちしながら財布を取りだす不破。中にある千円札を注意深く数えていると、紬がサッと取り上げ、「まいど」と歯を出して笑った。

「それじゃあお姉ちゃん、お願いね」

有無を言わせず告げられて、仕方なく頭上のライトを灯す更紗。

「……拝見します」

ふーっと息を吐いて気持ちを整えると、テーブルの上にあるスーツのジャケットを手に取り、「日本製、アメリカンタイプのジャケット。生地はウール一〇〇パーセント……裏地はキュプラ」

前回と同じように製品タグを確認すると、ジャケットをテーブルの上にふわっと広げる。そこから俄《にわ》かに顔つきが真剣になった。

「かなり古いものですが、よく手入れされています。一度お直しに出していますね。とても丁寧な仕事です。左より右のほうが劣化が激しい。着ているのは右利きの方でしょう」

白い手の甲が、布地の表面を滑る。その動きが前身ごろのあたりで止まった。

口元に手を当て、何か考えている様子の更紗。

不破が「どうかしたのか?」と尋ねるが、更紗は答えず、エプロンのポケットからジャラリと鍵束を取りだした。背後の引き出しを開け、手にしたのは、カメラの望遠レンズのような筒状の物体である。

「それは？」

「倍率三十倍のスケールルーペです」

さらりと言われて不破は呆気にとられる。いったいあの引き出しには、どれだけの道具が隠されているのだろうか。レトロなのか最新鋭なのかわからない店だ。

筒の下面をジャケットの前側に当てると、上のレンズ部分を片目で覗きこむ。

「右肩から左脇にかけて斜めに生地が毛羽立っています。これはシートベルトの痕です」

「スーツで車によく乗る仕事……営業か？」

「襟の内側に赤い色移りがあります。何か紐状のものを首から下げているのかも」

「営業で首から赤い紐……何だ？」

「もしかして、ネックストラップじゃないですか？」

清人が横から口を挟む。

「ネックストラップ？」

「ほら、首から社員証とか提げる」

「ああ」

あるかも知れない。営業なら当然、他社へ出向く時には身分証を携帯しているはずだ。

不破が思案をめぐらせていると、更紗はルーペを置き、今度はジャケットを裏返して目視し始める。裏地は臙脂《えんじ》色で光沢のある生地だ。

「酷いな、それは」

裏地の右脇下の部分には、不破の目にもわかるほど大きな変色があった。

「汗ジミですね。脇から出た汗が作用して、生地を変色させたのでしょう」

そうつぶやきながら、もう一方の脇を見た更紗が、「あら?」と小さな声を漏らした。

それからは難しい顔で両脇のシミを比べている。

「何かわかったのか?」

不破はさらなる手がかりを期待したが、更紗は「いえ、何でもありません」と言ってジャケットを置いた。どうやらこれでプロファイルは終わりらしい。

預かり証の控えを受け取る不破に、女子高生が声をかけてくる。

「ねえ、おじさんってコートのことでお姉ちゃんをイジメた人だよね?」

「別にイジメたつもりはないが……おじさんと呼ぶな。不破さんと呼べ」

努めて理性的に不破が答えると、女子高生は「ふーん、自覚ないんだ」と勝ち気なまなざしを向けてくる。

「あたしは白石紬。この店のマネージャー兼、用心棒。今度お姉ちゃんを泣かせたら承知しないからね。それじゃあ不破さん、今後ともお待ちしております!」

そう言うと、紬はニッと歯を見せて笑った。

*

「つまりストーカーは、外回りの営業で赤いネックストラップをした男ってこと？」

恭子がテーブルの上に身を乗り出す。

「あくまで可能性ですけどね。どうです、心当たりはありませんか？」

不破は恭子と、その隣にいる詩織に視線を向けた。

三人はみなとみらいのイタリアンレストランにいる。詩織だけでなく恭子にも声をかけたのは、社内外の事情に明るいと思ったからだ。

「うちの社員証はポケットに留めるバンドクリップ式だし、うーん、赤いストラップ……そんな外注さんいたかしら」

恭子に問いかけられて、「さあ」と曖昧に答える詩織。照明を落とした店内でも、顔がやつれているのが見て取れる。きっと精神的にまいっているのだろう。そんな詩織を励ましたいという恭子の提案で、夜景が評判だというこの店で会うことになった。

「詩織ちゃん、ストーカーなんかに負けちゃダメよ。ほら、食べて。不破さんも。この店、ワインも料理もおいしいんだから」

運ばれてきたタケノコと桜エビのジェノベーゼを恭子は小皿に取り分ける。詩織は礼を言って受け取り、恭子に応えるように薄く笑った。

「それで、どうですか？」

不破はストラップに話を戻す。発泡ワインで喉をうるおした恭子が「そういえば」とつぶやいた。

「詩織ちゃん、うちに入ってるコーヒーサーバーの会社、あるわよね？」

「え？　はい」

「あそこのスタッフ、赤いストラップしてなかった？」

「さあ、どうだったでしょう。ごめんなさい、覚えてなくて」

「どういうことですか？」

　不破が、恭子に説明をうながす。

「あのね、うちの会社、オフィスにコーヒーサーバーを入れているのよ。それで業者の人が毎日豆を取り替えに来るんだけど、その社員が赤いストラップの社員証をしてた気がするのよね」

「本当ですか？」

「うん、思い出した。いつも男女ふたりで来るんだけど、若いほうの男、ときどき詩織ちゃんのこと、ジトッとしたいやらしい目で見てた気がする」


　恭子のこの言葉を確かめるべく、次の日、不破は詩織が勤める会社が入っているビルの通用口を見張ることにした。

　駐車場にコーヒーカップのロゴがペイントされたバンが入ってくる。その車内から降り立った男の顔を見た時、不破は思わずガッツポーズをしたくなった。

　間違いない、詩織のマンションを見上げていた、あの男だ。

今はYシャツの上に社名の入ったジャンパーを羽織り、バンの後部からダンボール箱を取りだしている。先輩らしき社員に続いて、男は守衛に身分証を見せて通用口の奥に消えていく。首から提げているストラップの紐は――赤だ！

三十分ほどして、男が通用口から出てきた。走り出すバンを見送って、不破も軽自動車のアクセルを踏む。

横浜駅周辺のオフィスを七軒まわった後に、バンは菊名駅裏手にある駐車場に滑りこんだ。男と先輩社員は、そこから歩いて五分ほどの所にある五階建ての雑居ビルに入る。

どうやらここがオフィスらしい。不破はビルの入り口が見える路上に車を停め、見張ることにした。

待つこと四時間。

ついに男がビルから姿を現した。車を降り、尾行を開始する不破。男は駅へ向かうかと思われたが、途中で道路脇にあるファミリーレストランへ入っていった。

通りからガラス越しに中をうかがう。どうやら男は誰かと待ち合わせをしていたようだ。なんとか相手の顔を確認したいと思うが、奥まったボックス席にいるのでここからは見えない。ターゲットへの接近がリスクを伴うが、不破はメガネで変装して中へ入ることにした。

夕食時の店内は混んでいて、不破が座れたのはターゲットから三テーブルほど離れた席だった。男の顔が半分ほど見えるが、向かい合っている相手はソファシートの背もたれが邪魔をして後ろ姿さえも見えない。

いったい何を話しているのか、男は深刻な顔で、ときどき溜息をついたり、相槌を打ったりしている。不破はコーヒーをすすりながら、広げた雑誌の隙間から様子をうかがう。

しばらくすると動きがあった。男がテーブルの上にある飲み物を脇によせると、テーブルの向かいから手が出て、ふわっと何かが広げられた。

布——どうやら服のようだ。

——これはデジャブか？

不破は我が目を疑った。

——今のシーン、どこかで見たことがある。いったいどこでだ？

必死に記憶を呼び覚ましていた不破の脳裏に、突如〝それ〟がフラッシュバックした。

「ま、まさか！」

顔を上げた拍子にガタッとテーブルが揺れて、コーヒーカップが倒れた。

「うわっ……あっ、熱っ……」

ジーンズの上からコーヒーを浴び、堪らず立ち上がる不破。弾かれたように椅子がひっくり返り、周囲の客たちが驚いて顔を向ける。

「あっ」

男の向かいに座っていた人物が、背もたれからひょいと顔を出した。

困ったような笑みを浮かべているその女性は、紛れもなく更紗だった。

「ああ、もう見つかっちゃったんですね」

不破の顔は引きつっていた。

「やっぱりあんたか……！」

＊

しばらくして——ウェイトレスが淹れたてのコーヒーをテーブルに置いていくのを、不破は眉間に皺を寄せ、こめかみを揉みながら見ていた。

今、目の前で起きていることを必死に理解しようとしているが、どうにも頭が回らない。

テーブル越しに更紗が「あの、大丈夫ですか？」と心配そうに声をかけてきた。

「コーヒー、シミになるので早く処理したほうがいいですよ」

そこかよ、と思わず不破は力が抜ける。

——そうだ、この女は洗濯オタクだったんだ。

それがどうしてここにいる？　俺が必死に追いかけていたターゲットと一緒に！

考えれば考えるほど混乱してくる。とりあえずここは理性的に応じることにした。

「……コーヒーは大丈夫だ。店員におしぼりをもらって拭いたから」

「いえっ、それでは不十分です。コーヒーにはタンニンが含まれていて、時間の経過と共に生地を染めてしまうんです。応急処置が大切で、まずは台所洗剤をつけて上からハブラシで汚れを叩き出し——」

「それはいいから」

思わず声を荒らげてしまった。「いけない、いけない」と息を吐き、怒気を逃がす。

「まずは、ふたりがどうして一緒にいるのか説明してもらえるかな？　あなた……中島さんでしたっけ、前に会ったことありますよね？」

後半の言葉は更紗の横にいる男に向けた。右目にパンチを食らった恨みは忘れないぞとばかりに凄みをきかせて笑うと、その男——中島優斗《ゆうと》はまるで追い詰められたネズミのように体を縮こまらせた。

そんな彼に気づかいのまなざしを注ぎながら、更紗が口を開く。

「……あの、中島さんには私が連絡したんです。それで会おうってことになって」

「ふたりは知り合いだったのか？」

「知り合いというか……私、二年前にこのジャケットを洗ったことがあるんです。そのことを思い出して、お店の受付台帳を見たら、中島さんの携帯番号がありました」

説明を聞いた不破はいっそう混乱する。

——いったい何のためにこの女は中島を呼び出したんだ？　まさか、おっかない探偵に追われていると告げ口をするためか？　いや、だったら中島は俺の顔を見た途端に逃げ出していたはずだ。そして何より解せないのはジャケットだ。どうしてそれがここにある——？

不破は更紗の膝の上に畳まれているジャケットに目をやりながら、努めて理性的に問う。

「連絡したということは、話があったんだよな。ふたりで何を？」

「それは……あの……」

めまぐるしく視線を泳がせた後に、更紗は小さな声で答えた。

「……服のシミについてです」

思わず絶句する不破。

まったくこの女の頭には、シミを落とすことしかないのか。どうせ俺にしたように、汚れの原因をあれこれ問い質していたのだろう。――だいたい、服の持ち主に心当たりがあるなら、教えてくれてもいいじゃないか。

沸々と湧き上がる怒りを逃がすように、再びふーっと深い息を吐く。

――まあいい。今は洗濯オタクより仕事だ。

不破は更紗の横にいる中島のほうを向いた。

「中島さん、私は相葉詩織さんから依頼された探偵です。彼女、正体不明のストーカーに悩まされているんですよ。それはあなたじゃないんですか？」

「えっ、ストーカー？」

あんぐりと口を開ける中島。金魚が目をむいたような間の抜けた表情だ。やがて事態を察したのか、中島は慌てて手を振り、全身で否定した。

「ち、ち、違います、たしかに相葉さんには憧れていました。豆の搬入の時に、いつも『お疲れ様です』って優しく声をかけてもらって。でも、それだけです」

「マンションの前をウロウロしていたじゃないですか」

「あれは……窓に映るシルエットが見たくて……癒されたかったんです。ほ、本当です」

言っているうちに中島は落ちこんできたようだ。

「……そうか、だから相葉さん、今日挨拶した時、様子がヘンだったんだ。ああ～、ダメだ、もう顔を合わせられない。僕、会社辞めます。あのジャケットも捨ててください」

頭を掻きむしる中島に不破がたじろいでいると、更紗が叫んだ。

「ダメです、服を捨てるなんて！　このジャケットは中島さんにとって大切なものですよね。いろいろな思い出が詰まっていて……それを捨てるなんて言わないでください」

不破が「ああ、また話が服に」と頭を抱えていると、中島が「そんないいもんじゃありませんよ」と自嘲気味に笑った。

「僕、前の会社をリストラされたんです。何とか今の会社に拾ってもらったけど、営業職が合わなくて。ペアを組んだ先輩にも、いつも怒鳴られてばかりです。そんな僕のただ一つの癒しが相葉さんの笑顔だったんです」

そこでいったん言葉を切り、中島は諦めたような視線をジャケットに注ぐ。

「その服、お下がりなんですよ。就職祝いにって親父がくれた。でも、息子が就職するって言ったら、普通、新品を贈るでしょう？　お下がりって……。僕、子供の頃から要領が悪かったんですよ。姉ちゃんと違って大学も三流だったし、期待されてなかったんですね、結局」

「それは違います。だって――」

更紗は何か言いかけるが、中島の暗い顔を見て言葉を呑み込んでしまう。

テーブルに静寂が訪れた。

潮時だな、と不破は思う。これ以上話しても、今は何の情報も聞き出せないだろう。

「中島さん、あなたがストーカーでないにしても、マンションの前をうろついていたことは相葉さんに報告しなくてはなりません。それだけは承知しておいてください」

不破は、うな垂れている中島をにそう告げると席を立った。


「不破さーん」

店を出た不破を、更紗が追いかけてきた。

「何か？」

立ち止まり、振り返ると、更紗は弾む息を堪え、懸命なまなざしを向けてくる。

「あの……中島さんは悪い人じゃありません」

わざわざそんなことを言いにきたのかよと、不破の中には怒りが再燃してくる。

「どうしてそう思うんだ？」

「それはあの、何となくですけど……服を見て」

「……まったく、また得意のプロファイルですか。さぞかし面白いだろうな、そうやって他人のプライバシーを覗くのは」

「え……？」

更紗のガラスのような瞳が強張った不破の顔を映し出していた。

「俺も他人の私生活に触れる仕事をしているが、興味本位で首を突っ込むような下品なまねだけはしないようにしているつもりだ」

「あ……」

一瞬の沈黙の後、更紗の唇が何かを言おうとして、微かに震える。

しかしそれは声にならずに、唇がきゅっと引き結ばれた。

「もういいです」

哀しみを湛えた瞳を不破から引き剝がすと、更紗は踵を返して歩き出した。

4

十日ぶりに深酒をしてしまった。調査期間中は自重するよう心がけていたはずなのに、タバコも頭がクラクラするほど吸った。お蔭で排水溝に吸い込まれる湯がヤニ臭い。

シャワーを浴びながら、不破は昨夜のファミレスでの出来事を思い出していた。

更紗に言われるまでもなく、中島はシロだ。あの弱気な性格では、マンションの前をウロつくことはできても、合鍵を作って部屋に忍びこむなんて芸当は到底できない。

残るは喜多川だが。

「喜多川さんはストーカーじゃないですよ」

シャワーを終えて出てきた不破に、清人はあっさりと言い放った。

「どうしてそんなことがわかる」

「本人がそう言ったからです」

不破は衝撃を受ける。

「お前、もしかして……喜多川と話したのか？」

清人は明るく「ピンポ～ン」と人差し指を立てた。

「それがぁ、尾行しているの、バレちゃったんですよね。『何か用ですか？』って声かけられて、いろいろと話しているうちに意気投合しちゃって、飲みに行こうって。で、恋バナですよ。そしたら喜多川さん、その麻友ちゃんって彼女のこと、重いみたいなんですよね。なんか彼女、結婚したいオーラ出しまくりみたいで。喜多川さんはまだその気になれなくて、それで優しそうな詩織さんに相談したって。ダメですよね、男は囲い込んだら逃げるのに、あははっ！」

ペラペラとよく回る口を殴りたくなった。

——いったい、こいつはどういう頭の構造をしているんだ？　ターゲットに「あなた悪いことしてますか？」と訊く探偵がどこにいる？

不破は体の力が抜けて、どさっとソファに腰を下ろした。

それにしても、中島ばかりか喜多川もシロだとすれば、これからどうしたらいいのか。

腕組みをして、むうと考えているると、清人がコーヒーを淹れてきた。

「なんか行き詰まっちゃいましたね。それで僕、思いついたんですけど、例の〝あれ〟を更紗さんに見てもらったらどうかなあって」

「ダメだ」

間髪容れずに却下する。清人の言う〝あれ〟とは、ストーカーが詩織の部屋に残していった使用済みのトランクスのことだ。

「相手は若い女なんだぞ。男のパンツを見てくれなんて頼めるか」

「えー、大丈夫ですよ。今は下着だってクリーニングに出す時代ですから」

「ダメだ、俺がセクハラで訴えられたらどうする？」

「そこかよ」

清人は呆れて肩をすくめた。

午前中を書類作成に充てた不破は、清人が帰ると昼食を食べに表に出た。

詩織との契約は昨日までが一区切りで、調査を継続するか終了するかは詩織の気持ち次第だ。調査継続となれば当然、追加料金が発生する。

探偵をしていて辛いのはこういう時だ。思ったような成果が得られない。

詩織のような若いＯＬにとって、調査料は決して安いものではないだろう。それでも探偵を雇ったのは、それだけ追い詰められているからだ。

こういう時に結果を出せなくて何が探偵だ。弱い人間を助けられなくて――。

「……わさん……不破さん、不破さんってば！」

何度か呼ばれて、「え、俺のことか？」と我に返る。

顔を上げると目の前には、どんぐり頭の女子高生がいた。ああ、クリーニング屋の妹、紬だと思い出す。

「どうしたの、不破さん。元町で買い物？」

「え……？」

周囲を見まわし、不破はいつの間にか元町まで来ていたことに気づいた。

密かに動揺しながらも、「ああ、まあな」と返事を濁していると、「あ、もしかして例のジャケットが気になってる？」と紬が訊いてくる。

「いや、そういうわけじゃないんだが」

「たぶんお姉ちゃん、今、洗ってるよ。見て行かない？」

「えっ、いや……」

「面白いよ。ねっ、行こう？」

返事を待たずに紬は不破の腕を摑んで歩きだす。周囲の好奇の視線に堪えかねて、不破は思わず悲鳴をあげた。

「わかった、行くから、この手を放してくれ！」

「ただいまー」

元気よくドアを押す紬に続いて不破も店に入る。カウンターは相変わらず空だった。

「お姉ちゃん、仕事場だね。行こ？」

うながし、奥のドアに向かう紬。ノブに手をかけた瞬間、振り向いて、「秘密基地だよ？」と言ってにっと笑った。

中に入った瞬間、息を呑んだ。そこに広がっているのは、何とも不思議な空間だった。広さはおおよそ十五畳くらい。壁はコンクリートが打ちっぱなしで、天井には太さの違うダクトが無数に走っている。入口から向かって右側の壁に沿って、大人の背丈ほどある四角い機械が四つ。コインランドリーで見かける大型の洗濯機や乾燥機のようだ。

部屋の中央には鉄のアイロンやあん馬形のアイロン台、足踏みミシンや洋裁で使うトルソーなどが置かれている。そして何より不思議なのは、左側の壁に沿って設えてあるガラス棚だ。中にはビーカーやフラスコ、顕微鏡などの実験道具、そして瓶に入った薬品がズラリと並べられている。作業場と家庭科室と、理科の実験室を合わせたような、本当に秘密基地という表現がぴったりの空間だ。

更紗はこちらに背を向け、奥の机で黙々と何か作業をしている。

「ああ、お姉ちゃん、シミ抜きに入っちゃったか。ああなると何も聞こえないんだよね」

紬は不破の袖を引っ張って、更紗の手元が見える場所に連れていく。そこには中島のジャケットがあった。どうやら裏地の汗ジミを落とそうとしているようだ。

更紗の手には丸い筒状のボディに導線がついたスプレー缶のような機械が握られていて、ノズルの先から服に霧状の液体を噴射している。

紬が「あたしもよくわからないんだけどね」と前置きして小声で説明する。

「あれはスプレーガン。シミ抜きの薬剤を細かい霧にして噴射する機械だよ。薬剤は汚れと一緒に、下のバキュームに吸い取られるの」

見ると服の下にはステンレス製のアーム台があり、掃除機のような音を響かせている。

……と、更紗が手を止め、立ち上がった。不破や紬のことなどまったく目に入らない様子で、ガラス棚へ向かい、並んでいる瓶の中から三本を選び出す。

それらをフラスコで注意深く量り、ビーカーの中で混ぜる。まるで理科の実験だ。

「汚れがまだ残っているみたい。スプレーガンで落ちなかった汚れは、もう少し強い薬剤で落とすんだけどさ、これが職人技なんだよね。どの薬剤を使うか、どんな順序で使うかがすごく大事で……お姉ちゃん、いつも言ってる。シミ抜きをする時は、その汚れが何かと、いつ、どんな風に付いたかを知ることがとても大切だって」

そういえば初めて会った時、そんな話を聞いたなと不破は思い出す。

一方、更紗は、今度はピストルの形をした機械を取りだした。混ぜ合わせた溶剤を服に刷毛《はけ》で塗ると、ピストルの先から出る液を噴射させる。

「あれはエアガン。先から高熱の蒸気を吹きつけて薬の効果を高めるの。でもね、この時、服の染料も一緒に抜けちゃうこともあるんだよね。そしたら今度は染料で着色する。周りの生地と違和感なく仕上げるのって、技が要るらしいよ」

まったく、聞いているだけでも気が遠くなるような作業だ。

更紗は瞬きもせずに服を見つめている。口元には笑みを湛え、スタンドの光を受けて瞳がキラキラと輝き……。

——こいつ、本物だ。

圧倒され、思わず全身が震えた。


「どうだった？」

作業部屋を出ると、紬が聞いてくる。

「すごいな。集中力の要る仕事だ」

今は心から素直にそう思えた。クリーニングなんて洗濯機を回すだけの仕事かと思っていたが、あれは職人の技だ。それもかなり高度な。

嬉しそうに笑った紬だが、何か思い出したように心配そうにつぶやく。

「それにしても、あのジャケットの人、大丈夫かなあ」

「え？」

「なんかさ、お姉ちゃんが言ってたんだけど、あれ着てた人って、病気の疑いがあるんだって」

中島のことだろうか。昨日会った時は、そんな風には見えなかったが。

「……どういうことだ？」

「何て言ったかな。そうだ、自律神経……失調症？」

「どうしてわかったのかな」

「なんかね、あのジャケットって脇に汗ジミがあったでしょ？　その大きさが右と左で違ったんだよね。それって発汗のバランスが悪いってことだよね？　心が不安定だとそうなるんだって。お姉ちゃん、病院行くように勧めてくるって、昨日会いに行ったんだけど、その時のこと、あまり話したがらなくってさ」

――そうだったのか。昨日、中島と会っている理由を訊いた時、たしかに更紗は「服のシミのことで」と答えた。てっきりあれはシミを落とすための事情聴取だとばかり思っていたが、どうやら違ったらしい。

『面白いだろうな、そうやって他人のプライバシーを覗くのは』

今さらながら、あの時に言った言葉が悔やまれる。

「お姉ちゃんって、服のこととなると周りが見えなくなるでしょ？　変わってるっていうか、誤解されやすい性格なんだけどさ……服をクリーニングするのって、なんて言うか、お姉ちゃんにとっては、着ている人へのエールみたいなものなんだよね」

「エール？」

「そう。キレイになった服を着て、頑張って……みたいな？」

そんな話をしていると、仕事部屋のドアが開いた。

「ふあ～、疲れた。紬ちゃん、もしかして、さっき見てた？」

伸びをしながら入ってきた更紗が、「あっ」と不破に気づく。

「や、やあ……シミ抜き、見せてもらったよ」

気まずい笑顔を作る不破。しかし更紗は答えずに、逃げるように窓辺へ行き、外の景色に顔を向けた。

「……きっ、今日はいい天気ね、紬ちゃん」

背中から響く声が裏返っている。更紗と不破の間に漂う気まずい空気を感じ取った紬は、とりなすように明るく答えた。

「お姉ちゃん、不破さん、預けた上着が心配だからって見に来たんだよ」

「そう……」

「うん。そう。さっきお姉ちゃんの仕事見て、スゴいって褒めてたし」

更紗の背中は沈黙している。不破はしばらく待つが、「もう降参」とばかりにこちらから折れることにした。

「昨日は、すまなかった」

更紗の肩先がピクリと震える。

「聞いたよ、中島さんが病気じゃないかって、心配して会いに行ったんだってな。興味本位みたいな言い方して悪かった」

更紗は相変わらず黙っている。その背中に向かって不破は語りかけた。

「ひとつ聞きたいことがある。あんたは俺のコートを見て、彼女との思い出の服だと言ったよな。どうしてそう思ったんだ？」

長い沈黙の後に、微かな声がした。

「……ボタンです」

「ボタン？」

「あのコートには六つのボタンがありましたが、その中のひとつだけ糸の付け方が違っていたんです。『はた結び』という、手芸をやる人がよくやる結び方で、結び目は小さいのに、ほどけにくいんです。とても丁寧な仕事で、愛に溢れているような気がしました」

黙って聞いていた不破が、やがて口を開いた。

「残念だが、そのプロファイルは間違っている。たしかにボタンは女に付けてもらったが、彼女じゃなくて、おふくろだ」

窓辺に立つ更紗の口元が、クスッと微笑んだような気がした。

「また来る」

不破はそう言ってサンドリヨンを後にした。


その言葉通り、不破が再び店に現れたのは、次の日の開店を待ってのことだった。

更紗は珍しくカウンターにいた。目を丸くする彼女の元にずかずかと歩み寄り、不破は紙袋の中から服を取りだした。

「こいつを洗って欲しい」

テーブルの上に置かれたのは、インクのシミが付いたミリタリーコートだった。

「……これ、捨てたんじゃ？」

「五年も着ていた服だ。俺にだって、それなりの愛着はある」

怒ったように告げると、不破は横目で尋ねる。

「……シミ抜き、まだ間に合うか？」

黙ってコートを見つめていた更紗は、次の瞬間、極上の笑みを浮かべた。

「もちろんです。この洗い、うけたまわります」

微笑む不破。それから実務的な表情に戻る。

「ところでもうひとつ、あんたを見込んで頼みたいことがあるんだ。これを履いていた男を、プロファイルして欲しい」

そう言って不破がカウンターの上に置いたのは、ビニール袋に入ったままの、ストーカーが残していったトランクスだった。

「男性用下着……犯人の遺留品だ。探偵としては不甲斐ないが、今はあんたの力に頼るしかない。依頼人が限界にきている。一刻も早く事件を解決してやりたい」

戸惑いの表情でトランクスを見ていた更紗だが、不破の真剣なまなざしを目の当たりにして、やがて小さくうなずいた。

「拝見します……」

頭上のライトをつける更紗。それからは不破でさえ触るのをはばかったトランクスを躊《ちゅう》躇《ちょ》なく袋から出すと、まずは光にかざして目視する。続いてテーブルの上に広げ、手の甲を表面に滑らせる。

……と、すぐに動きを止めた。

「おかしいですね」

「え？」

「すみませんが、カーテンを」

不破が慌ててカーテンを閉めて戻ると、更紗の手には既にブラックライトとUVカットゴーグルが握られていた。それを装着すると電気が消え、ライトの光線が服に照射される。

更紗は再び、「やっぱりおかしいです」とつぶやいた。

「この肌着には、汗の痕跡がありません」

見てください、とうながされて、不破もトランクスを凝視する。たしかに前にコートを調べた時のような蛍光が見当たらない。

「肌着は直接肌に触れるものですし、使用後は必ず汗が付きます。それがないのです」

「……どういうことだ？」

「つまりこれは、洗濯後に着用していないか、未使用品だということです。腰ゴムの状態を見ると、新品ではないかと」

「まさか……見るからにヨレヨレだろう？」

「そう見せかけているだけです。恐らく揉んだり丸めたりして、わざと使用感を出したのでしょう」

不破は観察を終え、ゴーグルを外すと困惑してしまった。いったいどういうことなのだろうか。未使用のトランクスをわざと使用済みに見せて部屋に残していく犯人の意図がわからない。

なおもトランクスを観察していた更紗が、不意に「あら？」と声を漏らした。トランクスを手にとり、いきなり鼻に押し当てる。

「お、おい……」

ギョッとする不破。更紗は目を閉じ、スーハーと深呼吸を繰り返している。その目が急にパチリと開いた。

「いい匂いです」

「えっ？」

「だから、いい匂いがするんです」

どうぞとトランクスを差し出されて不破は動揺するが、仕方なく受け取り、恐る恐る鼻を近づける。次の瞬間、驚きで目を見張った。

「たしかに、いい匂いだ」

「でしょう？」

そしてその香りを、不破は知っていた。

5

数日後、会社にほど近いカフェで詩織と恭子はランチをとっていた。

ポルチーニ茸のクリームパスタを口へ運ぶ恭子は、今日は白いストライプシャツに、ビビットな赤いカーディガンを合わせている。一方、詩織はサーモンピンクの制服姿で、食欲もなさそうに温野菜のサラダをフォークの先でつついている。

「詩織ちゃん、ダメよ、無理してでも食べなきゃ。力が出ないわよ」

気遣いを見せる恭子に、詩織が「はい」と薄い微笑みで答える。

「それで、例の件どうなった？　調査は進んでいるの？」

「それが……実は犯人の目星がついたんです」

「えっ、そうなの？」

恭子は驚いて、思わずフォークを落としそうになった。

「それで、誰なの？　やっぱり、例のコーヒーサーバーの？」

詩織は首を横に振る。

「中島さんじゃなかったんです。でも、不破さんが問い詰めたら、あの人、私の部屋を盗撮していたことを告白して」

「盗撮……」

「アパートが近所らしいんです。窓からうちが見えるらしくて……それで、ストーカーがあった日も、撮っていたんです、犯人が部屋に入るのを」

「……そう……なんだ」

「私も写真を見せてもらったんですけど、後ろ姿だけで顔は写っていませんでした。でも、不破さんが言うには、警察に頼めば画像を分析してもらえるんじゃないかって」

「その写真、今、持っているの？」

「うちに置いてきました。明日、警察に提出しようと思っています」

「そうなの」

恭子はグラスの水を一口飲むと、軽く息をつき、笑みを浮かべた。

「つまり、これでやっと犯人が捕まるわけだ」

「はい。恭子さんにもいろいろとご心配をおかけしましたけど」

「一件落着ね。ワインじゃなくて残念だけど、乾杯しましょ」

ふたりはペリエのグラスをチンと合わせた。


ランチタイムが終わり、内勤の詩織はオフィスに、営業の恭子は外回りに向かう。

歩き出した恭子の歩調が徐々に速くなっていく。

「まったく……何なのよ、盗撮って」

つぶやく顔には苛立ちが滲んでいる。大通りに出ると、恭子は手をあげタクシーを拾い、行き着いたのは詩織のマンションである。

エレベーターで三階まで上がり、一番端のドアの前で恭子は歩みを止める。

素早く周囲に目を配り、バッグから取りだしたのは白手袋とシルバーの鍵だ。手袋をはめると、恭子は鍵をキーホールに差し込んだ。

スチールのドアが音もなく開く。恭子は玄関で靴を脱ぎ、部屋にあがる。リビングのローテーブルの上には、中判の茶封筒が置かれていた。

急いで駆け寄り、手に取る恭子。しかし中には何も入っていなかった。

「どういうこと……？」

呆然としていると、どこからか声がした。

「残念ながら、それは偽物ですよ」

間仕切りのドアが開き、隣の寝室から現れたのは不破である。

「あ、あんた……！」

動揺して蒼白になる恭子。咄嗟に逃げようとするが、退路を塞ぐように玄関のドアが開き、詩織が入って来た。

「何なの、これ……いったいどういうことよ！」

行き場を失い、恭子が不破を睨みつける。

「トラップを仕掛けたんですよ。相葉さんに頼んで、中島さんが部屋を盗撮していたと嘘をついてもらいました。あなたが犯人なら、どんな写真を撮られたか確かめたくなるはずですね」

「あなたは相葉さんのバッグから鍵を持ち出し、スペアキーを作った。それを使って部屋に忍び込み、男性変質者の犯行に見せかけるためにベッドに痕跡を残した。さらにとどめを打つため、もう一度侵入し、使用済みに見せかけたトランクスを置いていった——そうだ。そう思って待っていました」

「騙したわね！　このっ……」

殴りかかろうとする恭子の手首をつかみ、不破は「高梨さん」と静かに告げる。

唇を噛んでいた恭子が、かすれた声でつぶやく。

「……どうして私だってわかったの？」

「匂いですよ」

「匂い？」

「トランクスについていた微かな匂いが、あなたの使っている香水と同じだったんです。だけど確証がなかった。だからトラップを仕掛けたんです」

不破の話を呆然と聞いていた恭子だが、やがて諦めたように溜息をつく。

「なるほど。あなた、意外とデキる探偵だったわけね」

「恭子さん……どうして？」

詩織が泣きそうな顔で問いかける。

「どうしてって？」

恭子が醒めた表情で言い放った。

「もちろん、あなたが嫌いだからよ。さっさと会社を辞めてくれたら良かったのに」

「私が何をしたっていうんですかっ⁉　恭子さんのことが好きだったのに、ずっといい先輩だって尊敬していたのに！」

「そういうところが嫌いなのよ！」

ピシャリと冷たい言葉を浴びせかけられて、詩織ははっと息を呑む。恭子はしばし睨みつけていたが、やがて自嘲ともとれる笑いを浮かべた。

「……要領のいいあなたにはわからないでしょうね」

恭子は入社以来、女性総合職として頑張ってきた。女であることに甘えることなく、男に負けない仕事をしようと心がけてきた。

しかしそんな恭子を取り巻く環境は、必ずしも良いものではなかった。雇用均等といっても、日本はまだまだ男性社会だ。女だからということで取引先から邪険に扱われたり、担当を外されたり、たまに契約が取れると、色目を使ったんじゃないかと言われる。

それでも恭子は歯を食いしばって仕事を続けてきた。それを支えていたのは、女性総合職としてのプライドである。自分は一般職の制服組とは違う。私服を許されている数少ない女性社員――働く女の代表なのだという自負だ。

そんな恭子にとって、詩織は自分を理解し、サポートしてくれる味方だった。前に出すぎず、奥ゆかしいところも気に入っていた。だから後輩として可愛がってきたつもりだ。

それなのにある日、何げない会話の中で詩織が言ったのだ。

「恭子さん、私服って大変じゃありませんか？　洋服代とかそういうことじゃなくて、精神的に。制服って楽ですよ。毎日何着たらいいか悩まなくて済むし、それに……男の人って、制服着てる女の子、好きですもの」

その場は笑って流したものの、恭子は詩織の中にある、女のあざとさを垣間見た気がした。それからほどなく、詩織が麻友の彼氏の喜多川を盗ったという噂を聞いた。

許せないと思った。私は身も心もクタクタになって、男に負けないように頑張っているのに、制服組の女たちは、男が求める〝女の子〟を演じながら、上手く立ち回っている。

その最たる者が詩織だ。懲らしめてやりたい。男に媚びを売るからこういうことになるのだと。そこで恭子は変質者を装って嫌がらせをしてやろうと決めた。

「……これが全てよ。警察に突き出したら？　仕事にも疲れていたし、ちょうどいいわ」

全てを語った恭子は深い息をつく。

「そんなことしません。おあいこです。だって私も恭子さんのことが嫌いだったから」

驚いたような顔を向ける恭子。詩織の目には涙が浮かんでいた。

「これ見よがしに高そうな私服を見せびらかして、仕事バリバリやって、いつも自信満々で。私……お嫁さんにしたい女子って言われるの、すごく嫌でした。本当の私はそんなんじゃないのに。仕事でもっと先に行きたいのに。でも、殻を破れなくて。制服の話は何気なく言ったんじゃありません。恭子さんが妬ましくて、傷つけたくて言ったんです」

ぽろぽろと泣きながら語る詩織を見つめていた恭子は、やがて寂しそうに微笑んだ。

「そう……一緒だったんだ。あなたも私も、自分に自信がなくて、ないものねだりをしていたんだね」

＊

「くうぅ～、最初の一口がたまんねえな」

青島ビールをラッパ飲みした不破が、ボトルを置いてプハァ～と身震いする。

「ビールなんて苦いもの、よく飲めますよね。僕はムリ」

清人は顔をしかめ、マンゴーラッシーをストローで吸った。

ふたりは事務所の近くにあるオープンテラスのアジアンカフェにいる。テラスといってもプラスチックの椅子とテーブルを店先に置いただけの席だが、今日のような晴天だと気持ちがいい。日光を浴びながら、不破が春巻きにかぶりついていると、清人が「あーあ、残念」と不満げな声を漏らした。

「せっかくの大捕物を見逃すなんてなあ。連絡くれたらテストさぼって駆けつけたのに」

事件のクライマックスに立ち会えなかったことが、清人はよほど心残りらしい。

「それにしても、驚きですよね、恭子さんが辞表出すなんて。辞めるんなら詩織さんのほうかなと思っていましたけど」

事件から一週間が経ち、不破の元には詩織からメールが届いた。そこにはお礼の言葉と共に、関係者のその後が綴られていた。

恭子が急に会社を辞めてパリ留学を決めたこと、麻友が喜多川と婚約したこと、そして詩織自身が、会社に通いながらツアーコンダクターの勉強を始めたこと。

「詩織さんって、お嫁さんタイプかなと思ったら、意外とキャリア志向だったんですね。わからなかったなあ」

清人のつぶやきを聞きながら、不破は思う。これまでの詩織は、あらゆる意味で優等生だったのではないか。周囲の求める人格を演じ、無意識のうちに自分を抑えていた。

しかし今回の事件で初めて自分に向けられた悪意を知り、それと戦ううちに変わっていった。

「強くなったんだろうな、彼女も、今回の事件を通して」

そのとき、通りの向こうから「不破さーん」と呼ぶ声がした。その顔に、いや、そのスーツに記憶がある。コーヒーサーバーの中島だ。

「よお、こんな所でどうした」

「新規開拓の営業中です。中華にコーヒーもありかなって思って」

「そうか」

笑顔で答える中島のジャケットに目をやる不破。

「着ているんだな、それ」

不破は「このジャケットは捨ててもいい」と言った中島の言葉を思い出していた。

「はい。サンドリヨンの更紗さんが教えてくれたので」

中島は、洗い上がったジャケットを受け取りに行った時の更紗とのやり取りを語る。

「中島さんは、大きな勘違いをしています」

そんな言葉で更紗は話を始めたという。

「中島さんは、このスーツをお父様から譲られた時、あまり自分には期待していないからお古なんだと思われたようですが、それは間違いです」

「どういうことですか？」

「このジャケットの裏地に使われているのはキュプラです。キュプラは綿を元にして作られた再生繊維で、裏地のために開発された最高級素材なんです。保湿、吸湿、通気性に優れていて、肌触りは絹のようになめらか。だから洋服を選ぶ時、裏地がキュプラならば、その服はメーカーの一押し品ということになります。中島さんのお父様がスーツを作られた時、キュプラはまだ一般的ではありませんでした。つまりお父様は、中島さんにスーツを譲る時、わざわざ裏地をキュプラに張り替えたのではないでしょうか。サイズもシルエットも、中島さんに合うようにお直しされています。それは新品のスーツを買うよりも、ずっと手間とお金のかかることなんです」

「あ……」

「それにこのジャケットは、とても良く手入れされています。これは私の想像ですけど、中島さんのお父様は、愛情をもって長く着た大切な一着を中島さんに贈ったのではないでしょうか。ずっと大切に着て欲しいと願って」

「その言葉を聞いた時、僕、思わず泣いてしまって」

中島は照れ臭そうに頭を掻く。

「父さん、よく言ってたんです。仕事で偉くなるより、仕事を好きになれって。僕、もう少し今の会社で頑張ってみます。この服も応援してくれていますし」

そう言う中島の表情は明るい。不破は「ああ、頑張れよ」と微笑んだ。

手を振り去っていく中島を見送りながら、不破は口の中でつぶやいた。

「服が応援してくれている……か」

「え、何ですか？」

不思議そうな顔を向けてきた清人に「何でもない」と答え、不破は青空の下で汗をかいているボトルのビールを一気に飲み干した。

不良お嬢さまの制服

1

街路樹のエンジュがまた少し緑を増したようだ。海から吹く風が前より潮臭く感じられる。人工のものばかりが目立つこの街でも、季節のうつろいはわかるものだなと思うと、不破は少し不思議な気分になるのだった。

今日の中華街は祭の後のけだるい余韻に包まれている。昨日をもって、二日間続いた横浜開港祭が幕を閉じたのだ。

今から百五十年余り前、当時はまだ寒村だった横浜村が幕府公認の国際港となり、諸外国と貿易を開始した――これが今日《こんにち》の横浜市発展の礎《いしずえ》となっている。

そんな晴れの日を祝って、日本丸には帆が張られ、祭り中は市内各地ではさまざまなイベントが催される。そして水面《みなも》を染め上げる関東一早い花火大会が海上で行われクライマックスをむかえる。開港祭が過ぎると、ハマっ子たちは「夏が来るなあ」と感じるのだと言う。

そんな話をマスターから聞きながら、昨日も不破は居酒屋で飲んだくれていた。

祭の喧騒に身を任せられるほど、まだこの街に愛着を感じてはいない。そして、横浜の人たちも、探偵としての不破にまだ信頼を置いてくれてはいないようだ。

「はあ〜、何か、絶望的に暇ですね」

来客用のソファに寝転んで、清人がマンガを読みながらつぶやいた。

「言っておくが、仕事がない時は、来なくていいんだぞ？」

洗濯物を部屋干ししながら、不破が横目で睨む。

「だって、大学にいてもつまらないじゃないですか。それにここ、居心地いいんですよ」

「漫画喫茶じゃねえんだぞ」

不破は思わず舌打ちをした。

探偵助手として雇った清人は、すっかりこの事務所に居ついてしまった。大学が近いので立ち寄りやすいのだというが、住居を兼ねている不破にとっては、ひとりの時間を邪魔されて迷惑なことこの上ない。

おまけに最近は一階の占い師の老婆が飼っている猫までが我が物顔で出入りする。甘えてすり寄ってくるのならまだいいのだが、「おいで」と手を差し伸べると、さっと身をひるがえして逃げてしまう。まったくかわいくない。

「そう言えば、開港祭のイベントで紬ちゃんに会いましたよ。横浜スタジアムのダンスコンテストに友達が出ていたみたいで」

清人に言われて不破は「紬……ああ、クリーニング屋の妹か」と思い出す。

あれから横浜サンドリヨンには足を運んでいない。基本、洗濯は自分でしているので、行く理由がないのだ。一方、推理小説家志望の清人はあの店が気に入ったらしく、ちょくちょく顔を出しては四方山《よもやま》話に花を咲かせているらしい。

清人によれば、白石更紗・紬の姉妹は、幼い頃に両親を、三年前に祖母を、半年前に祖父を亡くし、ふたりだけで暮らしているらしい。十代かと思われた更紗の実年齢は二十三で、クリーニング業界ではちょっと知られた存在だという。

閑古鳥が棲みついているように見えたあの店には、全国から宅配でシミ抜き依頼の服が届き、店頭預かりより、むしろそちらのほうで生計が成り立っている。

『一般の店では落ちない汚れも、横浜サンドリヨンなら落とせる』――これがクリーニング業界での定説らしい。

――まあ、清人の言うことだ。

不破は話半分に聞いていた。

「紬ちゃん、不破さんに会いたがっていましたよ。今度一緒に遊びに行きましょうよ」

清人の誘いを聞き流し、籠《かご》の中にある服を黙々と干していく不破。最後の一枚を広げた瞬間、「えっ？」と驚きで目を見開いた。

「……嘘だろ？」

白いポロシャツのところどころに、青いシミが浮きでていた。

「どうしたんですか？　……あらら」

体を起こした清人は、ひと目見て事態を悟ったようだ。

「他の服の色が移っちゃったんですね。こういう時はやっぱり」

そこまで言うと、清人はいたずらっぽくニコッと笑った。

「横浜サンドリヨン——ですよね？」

*

「移染《いせん》かぁ。ダメだよ、白い服と色物を混ぜて洗っちゃ」

カウンターの中で不破のポロシャツを掲げた紬が顔をしかめる。

「だよね。洗濯する時は色分けなんてって僕だって知ってるのに」

もっともらしく同意する清人。

「もしかして節約？　探偵の仕事、儲かってないの？」

「ないない。ここんとこ、ずっと暇でさあ」

「うわー、かわいそー」

「言っとくけどな」

かしましいふたりの会話に不破が割って入る。

「一回で済ませたのは水道代じゃなく労力を省くためだ。それに色落ちした紺のトレーナーは前に何度も洗っている。その時は問題なかった」

「ふうん、それは不思議だね。ごめん、やっぱ、お姉ちゃんじゃなきゃわからないや」

あっさり推理を諦めて、紬は〝お手上げ〟のポーズを作った。

二ヶ月ぶりに訪れた横浜サンドリヨンは、前に見た時のままだった。坂の途中にある小さな洋館、ハイヒールの形をした風見鶏、老舗のバーを思わせる重厚なカウンター。変わっていない、何もかも。ただひとつ、店主がいないこと以外は。

今日は更紗は外出中で、紬が学校を休んで店を手伝っているという。

「お姉ちゃん、遅いなあ。病院、混んでるのかな」

「え、病院って、お姉さん、どこか悪いのか？」

「うん、ちょっとね」

顔を曇らせる紬を見て、「それを早く言えよ」と不破は密かに動揺する。病人に仕事を頼むのは気が引ける。出直そうかと考えていると、背後のドアが開いた。

「ただいま。あら、おふたりともいらしてたんですね？」

外から帰ってきた更紗は、顔にマスクをしている。

「あれ、更紗さん、どうしたの、風邪？」

清人の問いかけに「いいえ」と首を横に振って更紗がマスクを外す。鼻の下がうっすらと赤くなっていた。

「花粉症です。半月くらい前から鼻がムズムズして」

「えー、かわいそう。でも杉って、もう終わっているんじゃない？」

「そうなんです。どうも他の花粉に反応しているらしくて、検査に……ふ、ふぁ……ハークション！」

盛大なクシャミをした更紗の前には不破がいた。

「……早く良くなるといいな」

ポケットからハンカチを取りだし、顔に飛んだ唾をおもむろに拭く不破。

「しっ、失礼しました。……あっ、今日はクリーニングのご依頼ですか？」

不破が答えるより早く、紬が「そうそう、これ」と手にある白いポロシャツを掲げて見せる。

「不破さんね、洗濯してたら他の服の色が移っちゃったんだって。落ちるかな？」

更紗はティッシュで鼻をかみながらカウンターの中に回りこむ。頭上にあるライトをつけると、「拝見します」とことわって半乾きのシャツを手にとった。

「コットン一〇〇パーセントのポロシャツ。わりと年季が入っていますね。ブランドタグがないところを見ると、オーダーメイドでしょうか？」

「ああ、大学のサークル仲間で作ったんだ。今もたまにメンバーで集まるんだが、そのポロシャツを着ていかないと先輩にシメられる」

「友情のポロシャツですね？　ふふっ、素敵です」

「そんないいもんじゃないが……とにかく着られるようにして欲しい」

更紗と不破の会話に紬が加わる。

「それにしてもさあ、不思議なんだよね。色落ちしたトレーナーは、これまで何度か洗ったけど大丈夫だったんだって。色落ちって普通、最初の洗濯で起きるものだよね？」

「たしかに、それは不思議ね」

更紗はシミの付いた白いポロシャツを観察してから、問いかける。

「不破さん、もしかして最近、洗剤を変えましたか？」

少し考えてから、不破は「そういえば」と思い出した。別にこだわりがあったわけではないが、これまで洗剤は液体タイプのものを使っていた。しかしスーパーの安売りにつられて粉末洗剤に変えたのだ。

「色移りの原因はそれかも知れませんね」

更紗は原因がわかったとばかりに微笑む。

「え？　洗剤が？」

「はい。洗濯用洗剤は形状により、粉末洗剤と液体洗剤に分けられます。ほとんどの人は粉末洗剤を液体化したものが液体洗剤だと思っているようですが、その成分と効能は微妙に違うんです」

粉末洗剤の中には泥汚れなどを落とすのに適している『アルカリ剤』が多く入っているのに対して、液体洗剤には皮脂汚れを落とす『界面活性剤』が多く含まれている。従って、掃除やスポーツをした後のような強烈な汚れは粉末洗剤で、肌着やYシャツのように身体の内側から浮き出た汚れは液体洗剤で洗うのが正しいのだという。

「使い勝手、コスト面など、それぞれ一長一短あるのですが、ひとつポイントは、液体洗剤より粉末洗剤のほうが洗浄力が強いということです。つまりその分、色落ちしやすいんです。今回の移染は、そのために起きたのかもしれませんね」

「なるほど」

「洗剤の他にも色落ちや色移りの原因は、生地の状態、水の温度、pHなど、さまざまなものが挙げられます。総じて言えるのは、やはり白い衣類は色ものとは分けて洗うほうが安全だということでしょう。ちなみに色移りに気づいたら、五十度前後の熱めのお湯に洗剤をいつもの三倍ほど入れて洗い直すと……は、ふぁ……ークション！」

更紗が再び不破の顔に向けてクシャミを放った。

「……それで、シャツは元どおりになるのか？」

頬をひきつらせながら、不破が尋ねる。

「ごっ、ごめんなさい！　……はい、大丈夫です、この洗い、お引き受けします」

「そうか。ところで」

不破はクリーニング代がいくらになるのか聞いてみる。この前は調査のためとはいえ、他人のジャケットを洗いに出して、なけなしの六千円をむしり取られたわけだが。

するとと更紗は、にっこりと笑って言った。

「いえ、お代はいりません」

「えっ、ただなのか？」

「その代わり、ひとつ、調べていただきたいことがあるんです」

「……もしかして、それは洋服絡みか？」

「えっ、よくわかりましたね」

心底驚いた風の更紗に、他に何があるんだと不破は鼻白む。

「それで、調べて欲しいこととというのは？」

「ちょっと待っっててください」

更紗は仕事部屋へ消えると、すぐさま戻ってくる。その手には服が抱かれていた。

「心配なのは、この子なんです」

そう言ってテーブルの上に置かれたのは、ライトグレーのジャンパースカートである。

襟ぐりが丸くカッティングされていて、胸に記章のような刺繍《ししゅう》がある。袖がないベスト風のスタイルなので、下にはブラウスかシャツを合わせるのだろう。スカートは膝下丈でプリーツになっている。上品でどこか懐かしいクラシカルなデザインだ。

「おーっ、鶺鴒《せきれい》女学院のナマ制服！」

清人がいきなりカウンターにかぶりついた。

「有名な高校なのか？」

「有名どころか、超がつくお嬢様学校ですよ」

横浜の山手にある鶺鴒女学院は、大正時代に華族の子女を教育するために設立された小中高一環のミッション校だという。今は一般に門戸を開いているが、生徒には資産家や名家の令嬢が多く、歴史と伝統を伝えるエレガントな制服は、横浜じゅうの男子生徒の憧れなのだと清人は熱く語る。

「なるほど。それで、調べて欲しいことというのは？」

カウンターの中でさりげなく鼻をかんでいる女に不破は声をかける。

「は、はい、まずは、これを見てください」

更紗は制服を裏返し、背面を見せる。不破ばかりか、清人や紬も「えっ？」と目を見張った。滑らかな生地の肩から背中にかけて、まるで上から何か垂らしたかのように、黒いシミがぼんやりと浮き出ている。

「酷いな。どうしたんだ、このシミは？」

「それが……よそのクリーニング店で付けられたと言うのですが」

更紗によれば、この制服は昨日、家政婦らしき女性によって持ち込まれたものだという。雇い主である一家のひとり娘が鶺鴒女学院に通っていて、学校が衣替えになったので冬の制服をクリーニングに出したところ、洗いあがってきたらこのようなシミが付いていた。出した時は汚れなどなかったので抗議したが、「何かこぼしたんじゃないですか？」と取り合ってもらえず、困り果ててサンドリヨンに助けを求めた、ということらしい。

「家政婦さんはお嬢様にも確認したそうです。でも、何もこぼした記憶はないそうで……ですが私には、この位置と形状から、シミの原因に心当たりがあるのです」

「何なんだ？」

「パーマ液です」

「パーマ液って、あの、髪の」

「はい」

更紗は語る。

パーマ液には髪の毛を軟化させる一液と、それを定着させる二液があり、この両方とも、衣類に付着すると変色の原因になる。付着するのは、パーマ中はもちろんだが、パーマをかけた後で髪の乾かし方が甘かったり、かけてすぐに雨に濡れたりしても起き得る。そして何より厄介なのは、液自体が無色透明なので、服に付いていても気づかないことが多いという点だ。

シミは服をクリーニングに出して、乾燥の熱に反応して初めて浮き出る。お客さま自身に心当たりがないため、クリーニング業者が汚したのではないかと勘違いされる、クリーニングトラブルの〝アルアル〟だという。

「この制服も、それではないかと思うのです。シミが広範囲なので、パーマをかけた後で雨に濡れたのではないかと」

話を聞いていた清人が、「え、でも」と怪訝な声をあげる。

「鶺鴒って校則がめっちゃ厳しいことで有名なんだよね。パーマは禁止だと思うけど？」

紬も「そうそう」と仰々しくうなずく。

「私も聞いたことある。髪形はおかっぱか三つ編み。今どき携帯も持っちゃいけないっていうんだから、信じられないよね。違反すると厳しい罰則があるんじゃなかった?」

「だから心配なんです」

更紗は難しい表情で「ここを見てください」とスカートの裾を指さした。注意しないとわからない程度だが、生地が擦《こす》れて穴が空きそうなほど薄くなっている部分がある。

「何これ。虫食い?」

「虫害《ちゅうがい》なら、周囲の繊維がほつれるようになるの。これは溶けているから、焼け焦げ。おそらく、タバコの灰が飛んでできたんじゃないかと思うの」

「なるほどな。パーマとタバコ、不良の初期兆候か。それで、俺に頼みというのは?」

不破の視線を受けて更紗が答える。

「この制服の生徒さんが、ちゃんと学校に通っているか調べてもらいたいんです。下の名前はわかりませんが、家政婦さんが書いた受付票によれば、馬酔木《あしび》という珍しい苗字なので、誰かに聞けばわかると思います」

「馬酔木……」

「いかがでしょう。引き受けてもらえますか?」

更紗が様子をうかがうように見上げてくる。

「ひとつ聞くが、それを調べてどうするつもりだ?」

「それはまだ……とにかく気になるんです。この子が泣いている気がして」

憂いを湛えたまなざしを手元の制服に注ぐ更紗。不破は「やれやれ、相変わらずだな」

と密かに溜息をつく。

「いいだろう、引き受けよう。その代わり、シャツの洗いは頼んだぞ」

「かしこまりました」

　更紗の表情が喜びで輝いた。

「意外とあっさり引き受けましたね。てっきり渋るのかと思いましたけど」

　山手へ向かう坂を上りながら、清人が興味深げな視線を不破に向けてくる。

「渋る？　どうしてだ？」

「だって不破さん、更紗さんが服のことでお客のプライバシーに首突っ込むの、嫌がってたじゃないですか」

「別に喜んで協力しようってわけじゃない。クリーニング代がただになるから引き受けただけだ」

　苦々しく答えて、不破は二ヶ月前の出来事を思い出す。

　クリーニングに出されたジャケットに気になるシミを見つけた更紗は、持ち主の中島に会いに行った。それが善意から出た行動だということは後でわかったが、あの時に抱いた違和感を、不破は今も拭えずにいる。

　クリーニング業と同じく、探偵もまた他人のプライバシーに触れる仕事だ。クライアントの中にはいけ好かない人間もいるし、調査によってはターゲットのほうに味方したくなる時だってある。しかしそこで相手の事情に踏み込んでしまっては、探偵という商売は成り立たない。納得のいかない依頼でも、金をもらったからには割り切って最後まで全うする。それがプロの仕事だと不破は信じている。

——俺とあの女とではスタイルが違う。

改めてそう思いながら、黙々と坂道を踏みしめる不破だった。

やがて、坂を上り切ると、見晴らしのいい高級住宅地が広がっている。開港時、西欧人の居留地だった山手には今でも外国人が多く住み、異人館や教会、外国人墓地が当時をしのばせている。

清人の案内で山手本通りを行くと、やがて住宅街の向こうに尖塔が見えてきた。白亜の校舎、蔦の絡まるチャペル、美しい中庭……鶺鴒女学院は、乙女の学び舎《や》と呼ぶに相応《ふさわ》しい、優雅で気品ある学校だった。

ちょうど下校の時間と重なったようで、校門からは白い夏服の生徒たちがちらほらと出てくる。不破と清人は校門から少し離れた道の角に立ち、様子をうかがうことにした。

「うわあ、いいなあ。やっぱりお嬢様たちって、『ごきげんよう』とか言うのかな?」

はしゃぐ清人をよそに、不破は校門の脇に立っている修道服姿のシスターが気になっていた。まずは馬酔木というのがどの生徒か確認する必要があるが、下手に声をかけてシスターを呼ばれたら騒ぎになってしまう。

——面倒だ。これじゃクリーニング代と釣り合わねえな。

不破は思わず舌打ちした。

「それで？　どうやってその馬酔木ちゃんって生徒を見つけるんですか？」

清人に訊かれて不破は思案する。ほどなく、あるアイデアを思いついた。

「清人、ここはひとつ、お前に役に立ってもらうか」

「えっ、僕？」

「この役はどう見ても、お前が適任だからな。ちょっと耳を貸せ」

不破は清人に顔を近づけると、これからの手順を伝えた。


談笑しながら帰って行く生徒たち。その中から、やや派手めな顔立ちのふたりを選んで清人が声をかける。

「どぉも、すみません、鶺鴒女学院の生徒さんですよね？」

足を止めたふたりは、遊び人っぽい清人を見て、たちどころに警戒の色を滲ませる。

「そうですけど、何か？」

「あー、そんな怖い顔しないで。僕、元町でヘアサロンをやっている清人って言います。実は昨日、馬酔木さんがカットにいらして、忘れ物をしていったんですよ。それを届けに来たんですけど……彼女、まだ中かな？」

ふたりは顔を見合わせた後に、生真面目な表情を清人に向ける。

られては？」

「そういうことでしたら、校門のところにシスターがいらっしゃいますから、お聞きにな
「そうしたいのは山々なんですけどねえ、なんせ忘れた物がコレなんで」

清人は周囲を見回し、手の中にある物をそうっと見せる。それは清人が使っている携帯だった。色は白なので女物に見えなくもない。

「できれば直接渡したいんですよね。——わかるよね、意味？」

意味深に微笑むと、少女たちはつられたようにうなずく。

「千尋《ちひろ》さんなら、同じクラスですけど」

「まだ部活だと思います。私たちが帰る時、吹奏楽室から音がしていましたから」

どうやら目的の生徒は「馬酔木千尋」というらしい。

「そうそう、彼女、吹奏楽部だったよね。昨日もカットしながらそんな話をしたんだ。楽器はたしか……」

「フルートです」

「そうそう。それで練習って、いつも遅くまでやっているのかな？」

「いえ、もうすぐ終わると思います」

通り過ぎる生徒たちの視線に気づき、ふたりは「ねえ」「そうね」とうなずき合う。

「あの……私たち、そろそろ行かないと」

「そうだよね。本当はお茶でも誘いたいけど、ありがとう、助かりました」

清人が礼を言うと、少女たちはクスクスと肩をぶつけ合いながら帰って行った。

「よお、上手くいったようじゃないか」

清人の元に、不破が冷やかし笑いを浮べながら近づいてくる。

「ヒヤヒヤしましたよ、もう。それにしても、あの娘《こ》たち、よく先生を呼ばなかったなあ」

「まあ、同罪意識ってやつだな」

「同罪――？」

「クリーニング屋の妹が言っていただろう。この学校じゃ校則で携帯を持つのが禁止されている。しかし今どきの高校生は携帯なしじゃ生きられないからな、要領のいい生徒は隠れて持っているだろう」

「それが、あのふたりだと？」

「人は罪を共有すると仲間意識が生まれる。そこを刺激すれば安易に先生を呼ばないと踏んだんだ」

「そういうことだったんだ。だけど、よく思いつきましたね」

清人は感心のまなざしを不破に向ける。

「何ごとも経験だな。――それで？　お嬢様たちは何て言ってた？」

「あ、問題の生徒は馬酔木千尋さんといって、吹奏楽部でフルートを吹いてるそうです」

「初回でそれだけ聞き出せれば上出来だ」

「え、そうですか？」

清人が喜んでいると、校門から楽器ケースを持った四人組が出てきた。

「おい、来たぞ」

不破は楽器ケースの大きさとその形に目を凝らす。ひとつはハードタイプで小型のもの。もうひとつは中型のものだ。あれらは恐らく金管楽器だろう。小さいほうはトランペット、中型のほうはホルンあたりか。

残りのふたつは似ている。長さ五十センチほどの横長の布製ケースだ。中身はフルートである可能性が高い。

不破はケースを肩から提げている生徒の顔に目をやる。ひとりは耳の少し下あたりで髪の毛を切り揃えたおかっぱ。もうひとりは、胸のあたりまでの長三つ編みにしている。

「あれだな」

三つ編みで黒縁メガネをかけているおとなしそうな生徒に、不破は照準を定めた。

四人組がこちらに来るので、慌てて電信柱の陰に隠れる。通り過ぎる一団は、三つ編みの少女のことを「ちーちゃん」と呼んでいた。間違いない、あの生徒が馬酔木千尋だ。

不破と清人はさっそく尾行を開始する。

千尋たち四人は、談笑しながら住宅地の中にある階段を下りていく。やがて階段は幅広の舗装道路に合流した。ゆるやかな下り坂を進むと、徐々にいろいろな制服姿の女子学生が増えてくる。

「制服の品評会みたいだな」

嬉しそうな清人に呆れながら不破が尾行を続けると、前方には首都高狩場線の高架道路が見えてきた。その下を流れる中村川を越えるとほどなく、ＪＲ・石川町駅だ。

自動改札を抜けると、四人は手を振ってふたりずつに分かれる。千尋とおかっぱの生徒は、横浜方面行きのホームへ向かう。五分と待たずに電車が入ってくる。自動ドアが開き、千尋が中に入ったのを見届けて、不破と清人も別のドアから乗り込んだ。

千尋たちはドアの近くに立っている。何を話しているのか、ふたりとも楽しそうだ。

ほどなく関内駅に着くと、千尋は友達に手を振り、電車を降りた。不破と清人も慌てて降りる。走り出す電車を千尋は手を振って見送るが、その車体がカーブの向こうに消えてもホームを立ち去ろうとはしなかった。

二本電車をやり過ごして、三本目の横浜方面行きに千尋は乗った。

「どういうことでしょうか？」

「友達と電車をずらしたかったんじゃないか？　喧嘩をしたようには見えなかったがな」

吊革につかまる千尋の横顔を、不破はさり気なく観察する。その表情は友達といた時の天真爛漫さはなく、目も口元もどことなく大人びて見える。

やがて電車は横浜駅へ到着した。千尋が向かったのは、駅構内にあるコインロッカーである。その中のひとつを開け、中から小ぶりのボストンバッグを取りだす。と同時に肩から提げていたスクールバッグとフルートケースをそのまま入れる。扉を閉めると素早く周囲に視線を走らせ、千尋はボストンバッグを抱えて歩き出した。

——いったい何をするつもりだ？

証拠写真を撮る余裕もなく、不破と清人は後を追う。駅前のロータリーを横切って、次に千尋が飛び込んだのは大型家電量販店のトイレである。

二十分後。現れた千尋を見た不破と清人は思わず息を呑んだ。

長い髪はほどかれ、毛先が華やかにカールされている。顔からは黒縁メガネが消え、目や唇には、アパレル店員のようなカワイイ系のメイクがほどこされている。服装はピンクのTシャツと三段フリルのミニスカート、足元はソックスにヒール。まるでファッション雑誌から抜け出たようだ。

「か、可愛い……。いったいどうしちゃったんですか？」

「わからん。とにかく追いかけるぞ」

再び歩き出した千尋は、先ほどと同じ道を戻って行く。どうやら店にはトイレを借りるためだけに立ち寄ったようだ。前方には、横浜駅のビルが見えてきた。

その隣にあるデパートの入口付近に、十人ほどの人待ちの影がある。歩みを速めた千尋は、吸い寄せられるように、その中のひとりに駆け寄った。

2

「うそっ、千尋ちゃん、彼氏がいたの？　ねっ、ねっ、どんな子？」

窓際で清人と向き合っている紬が、テーブルの上に身を乗り出す。

「それがさ、ちょっと遊んでるっぽい子なんだよね。B系っていうの？　金髪ピアスに腰パンに、キャップ……みたいな？」

「あー、いるいる、そういう子。あたしムリかも」

「え、じゃあ、紬ちゃんのストライクゾーンってどのあたり？」

「うんとねー、タレントで言うとぉ」

「そういう話はいいから」

脇に逸れそうになる会話を不破がバッサリ斬り捨てる。首をすくめた清人と紬を軽く睨み、不破はカウンターの中にいる更紗に視線を戻した。

「と、いうわけだ。パーマとタバコは、恐らくその彼氏に教えられたんだろうな」

「やっぱり……不安は的中してしまいましたか」

更紗は困惑の表情で溜息をつく。

「ねえねえ、それから？　待ち合わせしたふたりは、どうなったの？」

先を聞きたくてウズウズしている紬に、清人が苦笑しながら答える。

「期待させて悪いけどね、そこからは意外と健全だったんだ」

デパート前で待ち合わせをした千尋と彼氏は、ファストフード店で食事をして、ゲームセンターで小一時間ほど遊んだ。それから手を繋いで中央通路を歩き海の見える公園から夜景を見て、そして、別れた。

ひとりになった千尋は、家電量販店のトイレで私服から制服に着替え、ロッカーからスクールバッグとフルートを取りだし、何食わぬ顔でみなとみらい線に乗って馬車道で降り、自宅へ帰って行った。時刻は九時少し前のことである。

「でもさぁ、高校生がそんなに遅くなって、うちの人、心配しないのかなぁ」

「たぶん親は知らないんじゃないかな。千尋ちゃんが帰った時、家の電気がついていなかったから。僕、しばらくその辺にいたんだけど、十分くらいしたら母親っぽい人が帰って来たんだよね。高級車に乗った美人で、いかにもセレブって感じだったな」

「ふーん。ところで、相手の彼氏は何者なの？」

「ああ、そっちは俺が尾行した。横浜駅から歩いて十分ほどの所にあるコーポの住人だ。ひとり暮らしで年齢は二十歳前後。残念ながら郵便受けには名前がなかった」

不破は淡々と事実を述べる。

「そうかあ。それにしても千尋ちゃん大胆だよね。鶺鴒って男女交際とか禁止じゃない？」

「バレたら退学だよ。知り合いの鶺鴒出身の娘《こ》が言ってたから間違いない」

それまで三人の話を黙って聞いていた更紗が、ぽつりとつぶやいた。

「私、千尋さんと会ってみたいです」

怪訝な表情で、不破がそれを聞きとがめる。

「……会うって、それでどうするつもりだ？」

「わかりません。でも、このままだと千尋さん、不良になってしまいそうだし、悪くすれば退学も……そんなことになったら、あの制服がかわいそうです」

不破は「制服か……」と辟易しながらも、「そうか、頑張れよ」と無責任なエールを送る。

――俺の仕事は終わった。あとは服を受け取って、とっとと帰ろう。

「それで？　俺のポロシャツはもうできているのか？」

そう聞くと、紬が「はっ？　何言ってんの？」と目を吊り上げた。

「あのねー、六月と十月は衣替えで、クリーニング屋が一番忙しい時期なの。だからあたしも陸上部早退して手伝っているんだから。昨日の今日ってあり得ないでしょ」

「わ、わかった。急いでいるわけじゃないから、きちんと洗ってくれればいい」

忙しいとか言いながら清人と楽しそうに話してるじゃねえかと心の中でボヤきながらも、不破は笑顔で譲歩する。

するとと紬はなぜか「はあ」と切なげな吐息をもらした。

「もう、大変なんだよ？　こんな時にお姉ちゃん、花粉症になっちゃうしさあ。あの制服のことが気になって、仕事が手につかないとか言い出すし、どうにかしないと」

「……言っておくが、俺はこれ以上付き合わないぞ」

不破は予防線を張るが、更紗が困ったような顔になる。

「え、でも私、千尋さんの顔を知りませんし、誰かに行ってもらわないと」

「清人、お前、女子高生、好きだったよな?」

清人は急にわざとらしく額に手を当てる。

「あ〜、残念。行きたいのは山々ですけど、明日からテスト期間で」

「お前っ……聞いてないぞ!」

気色ばんだ不破を紬が見上げる。

「ねえ、一緒に行ってあげてよ、不破さん。お姉ちゃん、クリーニングのことならスラスラしゃべれるけど、それ以外はダメすぎて、地雷踏むんじゃないかって心配なんだよね」

「ちょっと紬ちゃん、私は地雷なんて踏まないわよ?」

唇を尖らす姉を無視して、紬が「お願いっ」と不破に手を合わせる。

うっすら片目を開けて様子をうかがう視線に負けて、不破は深い溜息をついた。

「……わかった。ただし言っておくが、俺は付いていくだけだからな」

*

「乙女坂の入口にあるベンチで三時半に待ち合わせましょう」

更紗からそう言われたが、地図で探してみると、その坂は見つからなかった。清人に聞いてやっと、それが地蔵坂の途中から脇に入る小路であることがわかった。

足を運んでみれば何のことはない。一昨日、千尋を尾行した時に通ったコンクリートの階段である。情緒的な名前に比べて味気ないものだなと、不破は少しがっかりした。

「山手には女子高が多いので、生徒たちがこの坂を通って通学することから、いつしかこの呼び名がついたようですよ」

道路脇のベンチの両端に座り、坂を下りてくる生徒たちを眺めながら更紗が説明する。

今日の更紗は芥子《からし》色のハーフコート、頭には共布の帽子をかぶっている。それはいいのだが、生地がやけにテラテラしていて、おまけにサングラスとマスクを着けているのが気になる。今日のようなうららかな日には不似合いなこと、この上ない。

更紗から間合いをとって腰かけている不破が、遠慮がちに聞く。

「……余計なお世話かも知れないが、こんな晴れた日に、レインコートか？」

「あ、気づかれましたか？」

得意げな表情に、むしろ不破のほうが戸惑ってしまう。

「実はこれ、花粉対策なんです。ポリエステルやレーヨンなど、表面が滑らかな化学繊維は花粉が付きにくくて、花粉が付きやすいウールと比べると一説によればその量は、化学繊維の七倍から八倍で――」

「わかった。そのくらいでいい」

長くなりそうなので説明を遮った。

更紗は少し不満げだ。まったく、こういうところが世間からズレている。いくら花粉除けとはいえ、化学繊維ならレーヨンのワンピースとかブラウスとか他にもあるだろうに。通り過ぎる生徒たちが投げかけていく、好奇の視線にこの女は気づかないのだろうか。

まあいい、今日の俺は傍観者だ。この女とは他人。一切、関わらないようにしよう。

「しつこいようだが、問題の生徒が来たら教えるから、あとは好きにやってくれ。俺は話には加わらないからな」

暗に「頼るなよ」と釘をさすと、更紗は少しムッとした様子で、「わかってますよ」とズリ落ちたサングラスを押し上げる。

そうこうしているうちに乙女坂から見覚えのある四人組が下りてきた。

「来たぞ。右端の、三つ編みメガネの生徒だ」

更紗の表情がさっと強張る。あまりに勢いよく立ったので、ベンチの逆端に座っていた不破はバランスを崩して危うくひっくり返りそうになったくらいだ。更紗は顔からサングラスを外すと、大きく息を吐いてから、ぎくしゃくした動きで四人の前に進み出る。

「あっ、あしび……馬酔木千尋さんですよねっ？」

裏返った声で呼ばれて、千尋は表情に不審さを滲ませた。

「そうですけど、あなたは？」

「わ、私は、元町でクリ、クリ、クリ……ハ、ふぁ、ハーークション！」

更紗がこれまでにない大きなクシャミをした。周囲の生徒たちが驚いて顔を向ける。

「す、すみません、花粉症で……いえっ、杉じゃないんです。他の何かに反応しているみたいで、でも、わからなくて、今、病院で調べてもらっているんですけど」

どうやら更紗は今のクシャミで、考えていたセリフが飛んでしまったようだ。アワアワしていると、見かねた千尋が助け舟を出した。

「あの、花粉の話はいいですから、お名前を」

「そ、そうですよね、失礼しました。……改めまして、私は元町にあるクリーニング店、横浜サンドリヨンの店長をしている、白石更紗と申します」

「クリーニング屋さん？」

「はい。洗いに出された千尋さんの制服のことで、お訊きしたいことがあって」

「制服のこと……ですか？」

当惑している千尋の肘を引っ張り、友達が「大丈夫？」と小声で囁く。

「大丈夫。話だけでも聞いてみるから、みんな先に帰ってて？」

気丈な笑みを作る千尋に、友人たちは「うん、じゃあ」「気を付けてね」と気がかりな視線を残して帰っていった。

それを見送り、千尋は「ここじゃ通行の邪魔ですから、あちらに」と更紗を歩道へうながす。期せずして、ふたりの会話を間近で聞く羽目になった不破。気にするまい、関わるまいと、手元に広げた雑誌に意識を集中する。

「それで、制服のことで話って何ですか？」

「は、はい、実は千尋さんの制服が今、うちに来ているんです。背中に大きなシミがあって……それで、あの……かけてますよね、パーマ？」

「え？」

千尋の目が驚きで見開かれる。

「よ、余計なお世話かもしれないですけど、やめたほうがいいかなって……このままじゃいつかバレると思うし、そうなったら大変なことになるんじゃないかって」

「……このこと、学校に言うんですか？」

千尋は必死な形相で、スカートの横でギュッとこぶしを握っている。

「違っ……責めるとか、そういうんじゃなくて、心配なんです、タバコのこともあるし」

「タバコ？」

「あっ、いえ、大丈夫。わかっていますから。千尋さんじゃないですよね、吸っているのは彼氏さんのほうで」

「彼って……」

更紗は「あっ」と口を滑らせたことに気づき、なんとか誤魔化そうと焦り出す。

「……か、彼っていうのは……そういう意味じゃなくて……こ、恋するのは素敵なことだと思うし……千尋さんならもっと素敵な相手が見つかるんじゃないかなって」

聞いていた不破は、思わず嘆息する。

——まったく、何やっているんだ、こいつは。話せば話すほど墓穴を掘ってんじゃねえか。

「いったい、どういうことですか？」

千尋が不愉快さを隠そうともせず怒り口調で言った。

「さっきからワケのわからないことばかり。パーマがどうしたとか、彼がどうしたとか、私の何を知っているっていうんですか？」

「いえ、あの……」

「はぐらかさないで、きちっと説明してください！」

不破は「ヤバいな」と思う。このままでは千尋の感情が高ぶって騒ぎになりかねない。ここは自分が収めるしかなさそうだ。

「いやあ、すみませんね。いきなり変なことを言われて、さぞや驚いたでしょう」

鷹揚な笑みを作り、不破はゆっくりとベンチから立ち上がった。景色のひとつだと思っていた人影が急に話しかけてきたので、千尋は虚を衝《つ》かれたように身を固くする。

「……あなたは？」

「クリーニング屋の店員、この人の助手です。実は俺が店長に馬酔木さんのことを言っちゃったんですよね」

「私のこと、知っているんですか？」

「はい。高校生の姪《めい》が吹奏楽をやっていて、たまに演奏会に顔を出すんですよ。俺も学生のころフルートやっていたんで、馬酔木さんの演奏を聞いて、上手いなぁって」

「そうだったんですか」

千尋は少しだけ表情を和らげた。

「話を戻すと、昨日、俺、偶然、馬酔木さんを見かけたんですよ。横浜駅で、男の子と一緒でしたよね？　私服だったし、ちょっと気になって。店長からお聞きのように、馬酔木さんの制服がウチに来ているんですよ。背中のシミがパーマ液のものじゃないかって店長が気にしていたんで、つい話しちゃったんです。そしたら店長、心配して、それで今日、会いに来たってわけです」

かなり苦しい言い訳だが、なんとか辻褄《つじつま》を合わせた。ここに来た時点で十分に怪しいが、制服のシミを見て探偵に後を尾《つ》けさせたと言うよりはマシだろう。

「放っておいてください」

千尋からは、冷ややかな声が返ってきた。

「彼のこと、何も知らないくせに。だいたい私がどうなろうと、あなたたちに関係ないじゃないですか。制服にシミがあったからってわざわざ会いに来るなんて……すごく……気味が悪いです！」

嫌悪の言葉を残して、千尋は駆け出した。

取り残された更紗は、言葉を失い、ぼんやりしている。

「……ま、順当な反応だろうな」

不破は溜息混じりの声をかけた。

気味が悪いは少し言い過ぎのような気もするが、あの子の気持ちはわからなくもない。

自分の着た服を丹念に調べられ、プライバシーを暴かれる不愉快さを更紗は理解していない。たとえそれが善意からくるものだとしてもだ。

「一応は注意したんだ。本人もああ言っていることだし、あとは放っておくんだな」

不破はベンチから雑誌を拾い、歩き出す。その背後で「でも」と声がした。

「やっぱり、あの制服がかわいそう……」

更紗はかすれた声でそう言った。

3

「不破さん、仕事ですよ！」

喜びいさんで清人が一週間ぶりに事務所へ飛び込んで来たのは、それから三日後のことだった。ソファに腰かけてカップラーメンをすすっていた不破は、「本当か？」と思わず立ち上がった。

「浮気調査なんですけどね、知り合いの依頼で。受けてもいいですか？」

「もちろんだ。あ、マンゴープリン食うか？」

ウキウキとキッチンへ行き、不破は冷蔵庫のドアを開ける。

「それで、依頼者は？」

「美人ですよ。しかもお金持ち。年齢は四十ちょい過ぎかな。名前は麗子《れいこ》さんていうんですけどね」

「麗子、いい名だな。名字は？」

「えーと……たしか、馬酔木とか言ったかなぁ」

不破は危うくプリンのカップを落としそうになった。

振り向くと、清人は素知らぬ顔でメールを打っている。

「馬酔木って、お前……まさか」

「あ、気づいちゃいました？　ピンポーン、千尋ちゃんのママでぇーす！」

「でぇーす、じゃねえだろ！　いったいいつ知り合った」

「もう、そんな怒鳴んないでくださいよ。メール打ち間違えるじゃないですか」

忙《せわ》しなく動く指から携帯を取り上げて、「それで？」と睨みつける。清人は「はいはい」と諦めたように事情を語り始めた。

「麗子さんと会ったのは三日前。会ったっていうか、わざとぶつかって会話に持ちこんだんですけどね」

「何のために」

「聞き込みの練習ですよ。もっと上手くなりたいなあって。不破さんだって言ってたじゃないですか、何ごとも経験だって」

「それとこれとは話が違うだろう」

「それだけじゃありませんよ。更紗さん、気にしてたでしょ？　千尋ちゃんママが娘の非行に気づいているかどうかって。それで探ることにしたんです」

　呆れて言葉を失う不破。どうりで清人はここ数日、事務所に顔を出さなかったわけだ。試験があるとか言っておきながら、隠れてそんなことをしていたとは。

「それで？」

　ムカつきを抑えながら話を進める。

「あー、それで、『妹が鶺鴒女学院を受験するんで下見に来たんです』って言って反応を見たんです。そしたら麗子さん、『あそこはいい学校よ』って。卒業生みたいですよ、彼女も。父母会の役員だって言うし、娘の夜遊びに気づいたら大騒ぎになるんだろうなあ」

「そこはいいから、どうして調査の依頼を受けることになったのか話せ」

「はいはい、せっかちだなあ、もう。……それで、立ち話をしてたら仲良くなって、今度ご飯食べようって」

「え？　二人でか？」

「そうです、それが昨夜。麗子さん、ワインに酔って、愚痴り始めたんですよ、ダンナが浮気しているみたいだって。それで僕が探偵事務所で助手をしてるって言ったら、ぜひ調査を依頼したいって」

「すげえな……」

　嘆息しか出てこない。どうしてこいつは、こうもすぐにターゲットと仲良くなれるのか。とは言え、干上がりそうな今の台所事情では、正直、仕事はありがたい。

「……というわけで、面談、明日の午後でいいですよね。じゃあ、メール送りますよ？」

爽やかな笑みを向けてくる清人に、不破は情けなくも「ああ、よろしくな」と愛想笑いを返したのだった。


かくして翌日、事務所に現れた麗子は、いかにもセレブといった感じの女性だった。

白いサテンのワンピースに薄紫のストールをまとい、髪は綺麗に巻かれている。胸元からのぞくネックレスも、バッグも靴も、ひと目見て高級品だとわかった。

不破が自己紹介をして名刺を差し出すと、麗子は「どうも」と品よく会釈をした。

「それで、依頼内容は、ご主人の浮気調査ということでしたね？」

麗子はうなずき、「こちらを」とバッグの中から冊子を取りだす。受け取って不破が見ると、表紙には『企業コンサルティング　アシビ&パートナーズ』の文字があった。

「主人の会社です。私が言うより、人となりがわかるかと思いまして」

不破が表紙をめくると、そこには男性の写真とプロフィールが掲載されている。

【馬酔木竹彦《たけひこ》、四十五歳、横浜市出身。地元のインターナショナルスクールで学び、京都大学経済学部を卒業、ハーバード大学留学、ＭＢＡ取得】

いかにも国際派エリートといった感じの経歴に相応しく、写真の竹彦は颯爽としたビジネスマンだった。整った容貌だが唇が薄いせいか、やや冷たい印象を受ける。

「どうやらすごい方のようですね。それで、浮気に気づかれたのはいつですか？」

「今から半年ほど前です。主人が出張中に急用ができたので、携帯に連絡したのですが繋がらず、会社へ電話したところ、社長は休暇をとっていますと言われました」

「その辺の事情を、後でご主人に訊かれましたか？」

「ええ。極秘の商談なので部下には休暇だと言っておいたと。もちろん嘘でしょうけど」

「他に浮気を疑うような出来事はありましたか？」

「ここ半年ほど、たまに朝帰りをします。主人は接待だと言っていますが、上着に香水や長い髪の毛が付いていたことが何度かあり、それがいつも同じものでした」

「失礼ですが、ご主人の浮気疑惑は今回が初めてですか？」

「七年前も一度。相手は秘書で、弁護士を介して話し合い、会社を辞めてもらうよう計《はか》らいました」

　事実を淡々と述べる麗子からは、夫に裏切られた悲しみや憤りはうかがえない。夫婦仲は既に冷めているのかも知れない。

「状況はわかりました。それでは詳しい調査条件を詰めていきましょう」

「その前に、ひとつ、よろしいですか？」

　麗子が初めて会話の流れを止めた。

「何でしょうか」

「調査はくれぐれも内密にお願いします。妙な噂が立つと娘の将来に傷がつきますから」

「ご安心ください。クライアントのプライバシーには最大限の配慮をしています。調査内容が漏れることは、万にひとつもありません」

「わかりました。では、お願いします」

麗子に愛想笑いを返しながらも、不破は、これだからセレブは……と密かに鼻白む。父親は不倫、母親は世間体《てい》を気にして、娘は不良と火遊びか。

もしもこの女が娘の素行を知ったらどんな顔をするだろうか。そんな意地の悪い考えがちらりと頭に浮かんだが、すぐに追い出した。今はこのミセス・パーフェクトがご主人様だ。依頼者の好き嫌い云々を持ちだすのはプロではない。とことん忠実な犬になりきって、亭主の浮気を暴いてやる。

不破は書類を開くと、契約条件の説明に入った。


次の日の夕刻、不破と清人は恵比寿にいた。

駅にごく近い高層ビル。ここの二十九階に竹彦のオフィスがあるという。

「すごいな……うちの事務所とえらい違いですね」

夕焼け空にそびえ立つビルを見上げながら、清人がつぶやく。

「比べんな。ほら、行くぞ」

うながして不破はエントランスに歩みを進める。広々としたロビーには、左右に五台ずつ大型エレベーターがある。これを清人と手分けして見張ることにした。

待ち合い用の長椅子に腰かけて、ドアが開くたびに吐き出される人の波に目をこらす。

写真でしか見たことのない竹彦を、この中から探すのは骨の折れる仕事のように思えた。七時になると、人の数はいっそう増えてきた。

九時を過ぎたが、まだ竹彦は現れない。もしかしたら見逃したかもという思いが、不破の中に膨らんでくる。清人も同じようで、「まだですよね？」と何度も連絡が来た。

だが十一時十分前、ついに竹彦が姿を現した。

「来たぞ。正面ドアに向かっている」

清人に連絡を入れ、ロビーを横切るビジネススーツの背中を追う。自動ドアを出たところで、清人が合流した。

「清人、お前は駅まででいい。あとは俺に任せろ」

歩く歩道を進みながら、不破が言う。

「えっ、どうしてですか？」

「横浜まで行ったら帰れなくなるだろう」

清人の家は東急東横線の武蔵小杉だ。このまま尾行を続けたら終電がなくなってしまう。清人は残念がるが、尾行は今日だけじゃないからと説き伏せた。

恵比寿駅で湘南新宿ラインに乗った竹彦から少し距離を置いて、不破は背を向けて立つ。

窓ガラスに映る竹彦は、ときどき目頭を指で揉んでいる。きっと疲れているのだろう。こういう時こそ女に会いに行くんじゃないかと期待したが、横浜駅でみなとみらい線に乗り換えた竹彦は、馬車道にある自宅へと帰って行った。

鉄の門が閉まるのを見届けて不破が腕時計を見る。時刻は午前零時をまわっていた。

＊

ピッ……ピピッ……ピピッ……。

携帯の着信音で、不破はまどろみから引き戻された。探るように手を泳がせ、枕元の目覚まし時計を摑み取ると、時刻はまだ十時半だ。

「カンベンしてくれよぉ……」

不破は枕の下に頭を潜らせる。

調査開始から四日が過ぎたが、竹彦は一向に浮気の兆候を見せない。それどころか連日におよぶ残業で深夜帰宅が続いている。

竹彦が自宅に帰るのを見届けて部屋に戻り、雑務を済ませて布団にもぐり込むのが午前四時。それから昼ごろまで寝て、夕刻には再び張りこみに向かうという日々が続いている。

鳴りやんでくれよという不破の願いも空しく、呼び出し音はしぶとい。とうとう根負けして仕方なく出た。

「……もしもし？」

声に不機嫌さを滲ませる。てっきり恐縮した挨拶が返ってくるかと思ったが、携帯から聞こえてきたのは上ずった声だった。

「けっ、けっ、けっ……怪我ですっ！」

「は？」

「怪我をして、千尋さんから、助けてって電話が、でも、要領を得ないんです、パニックになってて、そのまま切れてしまって……あっ、この番号は清人さんから聞いて……」

この電話も十分に要領を得ないが、どうやら相手は更紗らしい。

「落ち着け。それで、怪我はどの程度なんだ？」

「わかりません。とにかくシャツが血で真っ赤だって」

「彼女は今、どこにいる」

「彼の部屋です。でも私、場所がわからなくて」

「二十分、いや十五分で行く。前田橋で待ってろ」

不破は携帯を切るやいなや、床に落ちているズボンを拾い、片足を突っこんだ。

怪我ってどういうことだ？　まさか例の彼氏に暴力でも振るわれたのか？

あるいは自傷？　あり得なくはない。十七歳は多感な年ごろだ。

悪い想像ばかりが頭を駆けめぐる。部屋を飛び出すと、不破は駐車場に向かった。

中村川沿いの道に出ると、周囲を見回す更紗がすぐに目に入った。その前に車を停めて窓を開け、「乗れ」と怒鳴る。更紗は素早く助手席に体を滑りこませた。

「……千尋さんに何かあったら、私のせいかもしれません」

走る車の中で、更紗は苦しげな声を漏らす。

「私、あの後、何度か千尋さんを待ち伏せたんです。制服のシミ抜きが上手くいかなくて、どこの美容院でパーマをかけたのか聞こうと思って。でも無視されてしまって……もしかするとあれがプレッシャーだったのかも」

「今はあれこれ考えても仕方がないだろう。とにかく急ごう」

そう言うと、不破はアクセルを踏みこんだ。

横浜駅の西口を離れると帷子《かたびら》川沿いの道に車を停め、記憶を辿りながら不破は歩を進める。やがて見憶えのある二階建てのコーポが見えてきた。外付け階段を駆け上がり、部屋のチャイムを押そうとすると、更紗が不破を横から押しのけてドアを叩く。

「千尋さんっ、サンドリヨンの白石です、ここを開けてください！　……どうか早まらないで、千尋さんならきっと人生をやり直せます」

どんな想像してるんだと呆気に取られながらも、不破は成り行きを見つめる。

ほどなくドアが開き、中から千尋が顔を出した。

「もうっ、やめてください、近所迷惑です。っていうか、早まるって何のことですか？」

「千尋さん、怪我は？」

「怪我？　いったい何言ってるんですか？」

「だって、シャツが血で真っ赤に染まったって」

「血で染まったなんて言ってません。洗濯していたら、シャツが赤くなったって」

「えっ、でも……！」

「事情を話そうとしたら電話が切れたから、どうしたのかなって思っていたけど」

「そんな……それじゃあ、怪我は？」

「だから、怪我なんて、してませんってば」

部屋の奥では、洗濯機がグォングォン音を立てて回っている。

「……いったいどういうことなんだ？」

不破は頬がひきつるのを感じた。


「ごめんなさい」

必死に謝る更紗。短い会話の後で、全ては更紗の早とちりであることがわかった。

千尋いわく、彼氏の白いシャツを洗って干そうとしたら、他の服の色が移っていることに気がついた。慌ててしまい、クリーニング屋の更紗なら落とし方を知っているかも知れないと思って連絡したという。

「なるほど、そういうことですか」

不破の冷たい視線を受けて、更紗は再び謝る。

「すみません、すみません、すみ……ふぁ」

クシャミが出そうになるのを堪える更紗を見て、不破は脱力気味に「……もういい。それで、問題のシャツというのは？」と、千尋に視線を転じた。

「それが不思議なんです」

洗面所からハンガーにかけられた半乾きのシャツを持ってくる千尋。白い生地にはところどころにピンク色のシミが浮き出ていた。

「洗濯機で洗って、干そうと思ったらこんなことに。ちゃんと色分けして、白い物だけで洗ったのに」

シャツを観察した更紗は、千尋に告げる。

「すみませんが千尋さん、洗剤を見せていただけますか？」

「え？　はい」

千尋はすぐさま洗剤の箱を持ってくる。そのパッケージを見た更紗は、「なるほど」とつぶやいて、にっこりと笑った。

「突然ですが、千尋さん、日焼け止めクリームを使っていませんか？」

「友達が塗ったほうがいいって言うから、無色透明のものを」

「シャツがピンクになったのは、そのせいですね」

「えっ、日焼け止めが？」

うなずく更紗は、洗剤のパッケージを千尋に見せる。

「この洗剤には塩素系漂白剤が入っているんです。これが日焼け止めの成分と化学反応を起こすと、ピンク色に発色します。これは夏によくある洗濯トラブルで、恐らく、千尋さんの腕に塗った日焼け止めクリームが彼氏さんのシャツに付いたのでしょう」

「そうだったんですか。漂白剤入りの洗剤って白くなりそうだからいいなって買ったんですけど、いろいろあるんですね。それで、このピンク、落ちるんですか？」

「はい。服が染まっているわけじゃありませんから、日焼け止めを洗い落とせば。まずは、もう一度洗うこと。お湯で揉み洗いしたら、すぐに元通り白くなりますよ」

「良かった。このシャツ、拓海《たくみ》君のお気に入りだから、私、汚しちゃってどうしようって」

千尋は心から安堵したように胸を撫で下ろす。

「洗剤は奥深いですよね。ちなみに漂白剤は服に付いた汚れを取り除いて白くさせるものですが、服を白くするには、もうひとつ方法があって――」

ウンチクを語ろうとする更紗を「もういいだろう」と不破が止めた。そろそろ帰って夜の張り込みに備えなければならない。「行くぞ」とうながした時、

「ただいまーっす……あれ？」

玄関のドアが開き金髪にピアスの青年が入ってきた。後ろ向きにかぶったキャップの下で、負けん気の強そうな瞳が更紗と不破を見つめている。

「……あんたら、誰？」

千尋が駆け寄ると、とりなすように更紗と不破を紹介する。

「お帰りなさい。あのね、この人たち、前に話したクリーニング屋さんと従業員さん」

「えっ、お前のこと、帰りに待ち伏せてた？　それが何で部屋にいんだよ」

「それが、ちょっと事情があって」

千尋は洗濯をしていたら服が変色してしまい、助けを求めたことをかいつまんで話す。

「でもね、大丈夫だって。拓海君のシャツ、元通りになるから」

「まったく、お前、マジで洗濯も掃除もダメだな」

「うん。ごめんね？」

笑って首をすくめる千尋の前髪を、拓海はくしゃっと優しく撫でる。そんなふたりの様子を見ていた不破は、心配して駆けつけたことが何だか馬鹿らしく思えてきた。

——くだらねえ、これじゃガキのおままごとじゃねえか。好きなだけイチャついてろ。

隣にいる更紗に「行くぞ」と声をかけるが、更紗は腰を上げようとしない。まるで母親が娘の彼氏に対面した時のように、固い表情で拓海を睨みつけている。

「拓海君っていいましたね。いつから千尋さんと付き合っているんですか？」

隣室のパイプベッドに腰かけて、タバコを吸い始める拓海。

「えー、いつだっけか。三ヶ月くらいになるか？」

顔を向けられ、拓海の上着をしまっていた千尋が、「初めて会ったのが三月十日で、付き合い始めたのが二十日だから、もうすぐ三ヶ月？」と嬉しそうに答える。

「だってさ。それがどうかした？」

「お仕事は何をされているんですか？」

「俺？　フリーター。つか、今はコンビニでバイト中」

拓海の横に腰を下ろすと千尋が言葉を添える。

「拓海君、ヒップホップの大会で優勝するのが夢なんだよね？　私も見せてもらったけど、ダンスすごく上手で……絶対プロになれると思う。だって才能あるもの」

「ばーか、そう簡単にいくかよ」

ふたりを見つめながら、更紗が真剣に問いかける。

「拓海君、知らないかもしれませんけど、千尋さんが通う鶺鴒女学院って、すごく校則が厳しいんです。パーマはもちろん、男女交際は禁止で、見つかったら退学。それでもお付き合いを続けるんですか？」

「なに、おねーさん、さっきから俺に喧嘩売ってるわけ？」

「そ、そういうわけじゃありませんけど……でもっ、年上なんだし、もっと千尋さんのことを考えてあげてもいいんじゃないかなって思います」

拓海は「ふーん」と見つめているが、急にニヤリとする。

「なあ、千尋、お前はどう思う？　俺たち、別れるか？」

「ヤダ、そんなこと言わないで。拓海君といたい、学校なんかどうだっていいの」

「千尋さん……」

拓海の腕にすがりつく千尋を見て言葉を失う更紗。それきり黙りこんでしまう。

成り行きを見守っていた不破が、おもむろに口を開いた。

「拓海君と言ったね。千尋さんが君を好きなのはわかったけど、君はどうなのかな？」

「……あ？」

ずっと沈黙していた大柄な男にいきなり話しかけられて、拓海は少し驚いたようだ。

「……あんた、店の人っつった？」

「ああ。――それで、どうかな」

静かだが強い視線に晒されて、拓海は落ち着かなく「関係ないっしょ」と視線を漂わせる。しかし心配そうに見つめている千尋の視線に気づき、吐き出すように言った。

「好きに決まってんだろ？　じゃなきゃ一緒にいねえよ」

プイッと横を向いてしまう拓海。千尋の顔が喜びで輝く。

「そうですか。わかりました」

不破は話を引き取り、「帰りましょう、店長」と更紗に声をかける。「でもまだ話が」と言いかけた更紗の腕を摑み、「いいから」と強引に玄関へ歩き出した。


「どうして邪魔したんですか？　説得して千尋さんを連れて帰ろうと思ったのに」

軽自動車の助手席で更紗は不満げな声を漏らす。車は国道十六号線へ入ったところだ。

ハンドルを握りながら、不破はふんと鼻を鳴らす。

「説得しても聞くとは思えないがな。あのお嬢様、拓海って彼氏にベタ惚れだろ」

「千尋さん、騙されているんです。今は恋に夢中だから学校なんてどうだっていいって言ってるけど、退学になったら、きっと後悔すると思います」

「どうしてそう言い切れるんだ？」

「どうしてって、それは……あの制服が、そう言っているからです」

不破がちらりと助手席に目をやる。更紗は真剣な表情で前の景色を見つめていた。

「千尋さんの制服、パーマのシミはありましたけど、それ以外はすごく良く手入れされていました。着た後、きちんとブラシをかけてから仕舞っていたんだと思います。これは私の想像ですけど、千尋さん、きっと鶺鴒女学院が好きなんじゃないかと思います」

なるほどな、と不破は納得する。千尋が学校を好きなのかどうかはわからないが、少なくとも吹奏楽部の仲間といる時の彼女は、あの狭い部屋で同棲ごっこをしている時より自然に見えた。

それよりも気になるのはあの拓海という彼氏だ。千尋への気持ちを確かめた時、一瞬だが〝揺らぎ〟があった。千尋にぞっこんという風にも見えないし、何が目的なのか怪しいものだ。とは言え、そこは他人が立ち入る問題ではない。

「まあ、退学になったらなったで、自己責任なんじゃやないのか？」

「……自己責任？」

更紗が、信じがたい表情を向けてくる。

車は運悪く、赤信号につかまってしまった。舌打ちしながら不破はブレーキを踏む。

「だってそうだろう。本人が退学になってもいいから付き合いたいと言っているんだ。他人がとやかく言う筋合いじゃないと思うがな」

「でも、だって……騙されてるかも知れないんですよ？　それに千尋さんはまだ子供です。周りの大人が正しいほうに導いてあげなくては」

「今どきの十七はもう大人だろ。それに男と女ってのは簡単じゃない。当人同士じゃなきゃわからないことだってある。他人がしたり顔で口を挟むのはどうかと思うがな」

「したり顔なんて……私はただ、誰かが不幸になるかも知れないのに、黙って見ているなんてできないだけです」

横断歩道の青信号が点滅し始め、歩行者が足を速める。

「いや、だから、幸せとか不幸とか他人が決められることじゃないだろ。仲のいいカップルが陰で憎み合っていたり、威張っている旦那が家じゃ甘えていたり、男と女はいろいろあるんだ。まったく、恋愛経験の少ない奴ほど、そういう機微がわからないんだよな」

相手の言葉を待ったが、何やら隣がシンとしている。不破は改めて今言ったことを思い返して、「ヤバい」と気づいた。いかにも恋愛経験が乏しそうな洗濯オタクに、嫌味のように言ってしまった。やがて助手席から冷え冷えとした声が響いてくる。

「不破さんって、意外と冷たいんですね。見損ないました」

ドアが開き、身をひるがえして車を降りる背中が目に入る。

「おいっ……？」

呼びかけたが、バタンとドアの閉まる音が返事となった。

横浜駅方面に歩いて行く後ろ姿を見送りながら、不破は「ま、いいか」と溜息をつく。

駅はすぐそこだ。あの女だってサイフくらいは持っているだろう。

——これ以上、関わるまい。あの女にも、千尋と拓海にも。

信号が青に変わり、不破はブレーキを解除した。

＊

朝から激しく降り続いた雨は、夜になって心もち勢いを弱めたようだ。

今日は、六月とは思えないほど肌寒い。街行く人も厚手のジャケットを着こみ、帰宅の足を速めている。

そんな人波と逆行するように、不破は今日も竹彦の張り込みに向かっていた。

こんな日は仕事をサボりたくなる。この一週間、尻尾を出さなかった竹彦が、この雨の中で愛人の元へ足を運ぶとは思えない。それどころか、浮気は麗子の思い過ごしではないかとさえ疑いたくなる。

期待していた調査結果が得られない理由を、麗子は探偵の無能のせいにしたいようだ。

「ちゃんと見張ってもらわなくては困りますよ」と電話で叱られたのは一昨日のことである。ちなみに麗子は昨日から、梅雨のない北海道をママ友仲間と旅行中らしい。

ビルのロビーに到着した不破が、喫煙所で一服しようと上着のポケットを探ると、指先に触れた携帯がバイブした。画面を開くと、清人からである。

「もしもし、僕です」

「ああ、どこだ？　こっちはもう着いてるぞ」

「あー、それがぁ、今日、ちょっと休めないかなあと思って。……風邪ひいちゃって」

嘘つけと思う。どうせこの雨で、出てくるのが億劫になったんだろう。

まあいい。今夜はターゲットも動かないだろう。

「わかった。大事にしろよ」

早々に切ろうとすると、「あっ、ちょっと」と呼び止められた。

「実は僕、昨日、見ちゃったんですよ。なんて言いましたっけ、千尋ちゃんの彼氏」

「拓海のことか?」

「そう、拓海君。夕方、横浜駅西口の五番街で」

「ふーん。お嬢様と一緒だったか?」

「それが、違うんですよね。一緒にいたのは年上の美人で、なんか、ただならない感じっていうか」

「ただならない?」

「とにかくスマホで写真撮ったんで送ります。それじゃあ張り込み、頑張ってくださいね」

通話が切れてほどなく、写真が送られてきた。開いてみると、清人が「ただならない」と言った理由がよくわかった。

人ごみを歩く拓海の隣には、年上の美女がいる。年齢は三十代半ばか。巻き髪、濃いルージュの唇、体のラインを強調した服……おそらく水商売の女だろう。女は胸を押しつけるように、拓海の腕に手を絡ませている。

なるほど、こういう相手がいたわけだ。千尋のことが好きかと訊いた時の、拓海の揺らぎの理由がわかった気がした。まったく、お嬢様もとんだ男に惚れたものだ。

不破の中には千尋への同情の気持ちが湧いてきた。


その夜、不破の予想を裏切って、竹彦が動いた。

時刻は八時。雨は既に止《や》んでいる。湘南新宿ラインで恵比寿から横浜駅まで出るルートはいつもと同じだった。しかし、みなとみらい線で馬車道の自宅へ向かうはずが、今夜はJRの改札を出ず、そのまま根岸線に乗った。

これはもしかして……。

不破は鼓動が速くなるのを感じる。バッグに仕掛けた隠し撮りビデオのリモートスイッチを押し、尾行を続ける。竹彦が電車を降りたのは、横浜から四つ目の山手駅である。

表に出ると客待ちしているタクシーに乗り込む。不破も続いて手を挙げつかまえた。

整然とした住宅街や、緑の生い茂る公園を過ぎ、前を行く車が停まったのは、ひと気の少ない大通りである。タクシーを降りると竹彦は、道路脇の店へ消えていった。

少し手前で車を降りた不破は、ここがどこなのか携帯のGPSで調べてみる。どうやら本牧の一角らしい。

うろ覚えだが、たしか終戦後、この辺りはアメリカ軍に接収されていたのではなかったか。そういえば心なしか、幅広の道路はアメリカのハイウェイをイメージさせる。

竹彦が入ったのは小さなバーだった。入口にはブルーの電飾で『Ｗａｇｔａｉｌ』の文字がある。

ワッグテイル？　妙な名前だ。どういう意味だろう。

十五分ほど時間を置き、中に入ってみる。ウェスタン調の木製のドアを押すと、店の中は十数人入れば満席となるこぢんまりとした造りだった。

カウンターと、壁際にふたり掛け用の丸テーブルがふたつ。アメリカン・カジュアルな内装を意識してか、壁にはダーツがあり、店の奥には年代物っぽいジュークボックスが置かれていた。

六つあるカウンターチェアの一番奥に竹彦が座っている。あとはテーブルにカップルがひと組。竹彦と談笑していたカウンターの中の女性がこちらに顔を向けた。

「いらっしゃいませ。お好きな席にどうぞ」

不破が壁際のテーブル席に座ると、ほどなく女性がやって来た。

「おしぼりをどうぞ。お飲み物は？」

「ジントニックを。料理はツレが来たら頼みます」

待ち合わせを装って、そう答えた。軽く微笑みを返した女性は、どこか退廃的な空気をまとった美人だ。

――あれ？　この顔、どこかで？

カウンターへ戻っていく後ろ姿を見送りながら、漠然とした思いが湧き上がる。

懸命に記憶を呼び起こそうとするが、思い出せない。彷徨《さまよ》わせた視線がテーブルの上の携帯に注がれた瞬間、「あっ！」と思わず声が出そうになった。慌てて手に取り、ストックしてある画像データを開く。

間違いない、この女だ。

横浜の繁華街で拓海に腕を絡ませていた女が、今まさにカウンターの中にいた。

＊

「そういえばさっき、僕の携帯に更紗さんから伝言がありましたよ。ポロシャツが洗い上がったから取りに来てくださいって」

ノートパソコンを叩きながら、調査報告書をまとめていた清人が告げる。

「ふーん、そうか」と気のない返事をしながらも、不破は密かに舌打ちした。

更紗と喧嘩別れをしてから一週間になる。暗に恋愛経験が少ないと言われたのを未だに根に持っているのか、清人を介して連絡してくるあたりがカワイくない。

「あーあ、僕も浮気現場が見たかったなあ」

清人が残念そうな声を漏らす。

「惜しかったよな。風邪さえひかなければな」

不破はちくりと嫌味を言ってやる。

竹彦の浮気現場を押さえたことは伝えたが、その相手が誰だったかは、清人には伏せてある。千尋に同情して、妙な動きをされたら厄介だからだ。

昨夜――、あれから竹彦は閉店までいて、ワッグテイルのママとハーバーサイドにあるマンションに入って行った。

集合ポストにあった名前は高村志穂《たかむらしほ》。竹彦と志穂が不倫関係にあることは間違いない。ここから引き出せる相関関係は、拓海は千尋と志穂のふたりと付き合っていて、志穂は拓海と千尋の父・竹彦のふたりと付き合っているというものである。

竹彦、志穂、拓海、千尋、この複雑な四角関係が偶然の産物だとは思えない。恐らく誰かしらの意図が働いているはずだ。

不破が考えをめぐらせていると、清人の声が不意に思考をさえぎった。

「ところで、ニレだったみたいですよ」

「え、何だって？」

「だから、更紗さんのアレルギー、ニレの花粉が原因だったんですって」

「ああ……ふーん、そうか」

生返事をしたが、正直、どうでもいい。ニレの花がどんなものかも知らないし、知りたくもない。それより重要なのは、これからどうするかだ。

麗子と交わした契約書の調査項目には、竹彦の浮気調査と、浮気相手の身元調査がある。

志穂と拓海の関係を探るのは、恐らく、それに当たるだろう。だが、どうやって――?

のん気に大あくびをする清人を呆れながら見ていたら、アイデアがひらめいた。

ここはひとつ、こいつを真似て体当たりしてみるか。拓海は俺のことをクリーニング屋の従業員だと思っている。それを利用して情報を聞き出すのだ。

そうと決まれば早いほうがいい。

「ちょっと出てくる。お前はその資料まとめたら帰っていいぞ」

不破はウィンドブレーカーを羽織ると歩き出す。

「えっ、ちょっとって、どこ行くんですか。調査なら連れてってくださいよ」

慌ててパソコンを閉じる清人を尻目に、不破は足早に玄関を出た。


横浜駅西口にあるコーポに足を運ぶと、拓海は留守だった。前の公園で、タバコをふかしながら待つ。

小一時間ほどして見覚えのある金髪がこちらへ歩いて来た。ベンチから腰を上げ、「やあ、どうも」と愛想良く声をかける。

「覚えてますか? 俺、元町のクリーニング屋の」

拓海は「ああ」と足を止めるが、「千尋なら来てないよ」と素っ気なく言って、建物のほうへ歩き出してしまう。

慌てて後を追う不破。

「いやね、今日は千尋さんじゃなく、拓海君に話があって来たんだよね」

「まったく……あんたもあのねえちゃんも、マジしつこ過ぎ。なんか千尋に付きまとってるみたいじゃん。ストーカーで訴えるよ」

「悪いね。うちの店長、クリーニングのこととなると周りが見えなくなっちゃって。従業員の俺も、ほとほと迷惑してるんだよね。でも、俺は店長と違うから。誰が誰を好きになろうと恋愛は自由だと思ってるし」

「……それで、今日は何？」

部屋の前まで来ると、拓海はカバンから鍵を取りだす。

「いやね、この前、偶然、気になるものを見ちゃって。これなんだけど」

不破は拓海の顔の前に携帯を突き出し、志穂とのツーショット画像を見せる。気のない素振りで視線を向けた拓海の目が、ハッと見開かれた。

「……てめえ！」

反射的に携帯を取り上げようとする拓海の手をかわして、不破は微笑む。

「このひと、本牧にあるワッグテイルのママさんでしょ？　俺、常連なんだよね」

「目的は何だ。金なんかねえぞ」

怒りをはらんだ視線を、不破はやんわりと受け流す。

「ヤだなぁ、そんなんじゃないって。俺、ママさんのこと狙ってて、もしかしたら拓海君とバッティングしちゃったかなって、思って」

「あんた、志穂に気があんのか？」

「そうそう。もうゾッコンで」

能天気な不破の笑顔に拓海は気勢を削がれたようだ。背を向け、ドアに鍵を差し入れる。

「志穂とは、そんなんじゃねえよ」

「またまたあ、本当に？」

「ああ」

「でも、信じられないな。あんな仲いいとこ見せられちゃ」

「だから、違うっつってんだろ」

「どうかなあ。あ、じゃあ、前に付き合ってたとか？」

「ちげーよ。志穂は、俺を産んだ女だ」

「――え？」

言葉に詰まった不破を置き去りにして、拓海はドアの向こうに消えて行った。


不破が部屋に入ると、拓海は「出て行け」とは言わなかった。窓辺に腰かけ、外に顔を向けてタバコを吸っている。

「つまり拓海君は、志穂さんが若い頃にできた子供ってこと？」

不破は会話の続きを振ってみる。

拓海は淡々とした表情で景色を見ながら答える。

「ああ、十七の時にな」

煙を吐く拓海の横顔を、不破は記憶にある志穂との顔と比べてみる。たしかに輪郭と目のあたりがそっくりだ。納得すると同時に、さらなる疑問が湧いてきた。

ふたりが親子ということは、拓海は母親の不倫相手の娘と付き合っているということになる。このことを拓海は知っているのか。

ストレートには訊けないので、ひと芝居打って探りを入れてみることにした。

「そうか、良かった。拓海君が彼氏じゃないなら、志穂さん、フリーなんだ」

「告《コク》ろうと思ってるなら、無駄だよ。あいつ、男いるし」

「え、もしかして、店でときどき見かけるエリートっぽい人かな」

「何だ知ってんじゃん」

拓海が面白そうにくっくっと笑う。

「そうかー、あの人じゃ敵わないな。渋いイケメンだし、会社経営してるって言ってたし。前に一度話したことあるんだよね。名字が珍しくて、たしか……馬酔木。あれ、そう言えば千尋さんも同じ苗字だよね？」

拓海は一瞬、「しまった」という顔になり、タバコをもみ消して隣の部屋へ行く。

不破は直感した。

——こいつは知ってる。千尋が何者か知ったうえで近づいたんだ。

パイプベッドに腰かけて携帯をもてあそび始めた拓海に、不破はにじり寄る。

「ねえ、もしかして千尋さんって、あの馬酔木さんの娘さんじゃないの？」

「うっせーな。あんたもう帰れよ」

「だったら放っておけないなあ。事情を聞かせてよ」

「どうしてあんたに……関係ねえだろ」

「それはそうだけど、一応、年長者だし、ほら言うじゃない、話すだけでも楽になるって」

「てめー、いいかげんにしろよ」

苛立ち紛れに向けられた顔に、不破はぴたりと視線を合わせる。

「だって拓海君、千尋さんとの付き合いで何か迷ってるよね？」

「あ……」

鋭い視線に射すくめられて、拓海は言葉を失ってしまう。

不破は一転して、穏やかな笑みを浮かべた。

「話してみたら？　相談に乗るよ？」

拓海は睨むようにそれを見つめているが、やがて深い溜息をついた。

「……あんたが考えてるように、千尋は、志穂の彼氏の娘だよ。志穂はそいつと結婚したがってる。だけど相手には家庭があってさ。夫婦仲は冷めてるけど、高二の娘が大学を出るまでは離婚しない約束になっているらしい。志穂からそのことを聞いて、俺、行ってみたんだ、馬車道にある馬酔木って家に。でかいお屋敷でさ、奥さんは上品そうな美人だし、娘は鶺鴒の制服着てるし、いかにもって感じのセレブだったよ。その時、俺、思ったんだ。

娘が退学にでもなったら、一家崩壊して離婚が早まるかなって」

「それで、千尋さんに近づいた?」

拓海は力なくうなずく。

「ずいぶんお母さん思いだね。もしかして、そうするように頼まれた?」

「ちげえよ。あの女は馬鹿だけど、そこまで性悪《しょうわる》じゃねえし」

「じゃあ、どうして」

「……あの女には、借りがあるからさ」

声がくぐもっている。不破が見ると、拓海の顔は泣いているようでもあり、笑っているようでもあった。二十歳の青年がこれほど深い表情をするものかと、不破は思わず見入ってしまう。が、拓海はすぐにいつもの負けん気の強い表情を取り戻し、笑った。

「このこと、千尋に言ってもいいぜ。あいつウゼぇし、そろそろ別れ時だって思ってたからな。ちょうどいいや」

飲みもん買ってくるわと言って、拓海は部屋を出て行った。


コーポを後にした不破は、夕暮れを待って本牧へ向かった。ワッグテイルのドアを開けると、暇そうにタバコをくゆらせていた志穂が顔を向け、「あら」と微笑みかけてくる。

「いらっしゃいませ。また来てくださったのね?」

「昨夜は懲りたんで、今夜はひとりで来ました」

不破は軽く笑って答え、カウンターの椅子に腰を下ろした。

昨日は待ち合わせだと言って壁際のふたり席を陣取ったが、当然、相手は現れなかった。

志穂の中では、不破は振られ男ということになっているはずだ。

おしぼりを差し出しながら、志穂が「お飲み物は？」と聞く。

「バーボンをロックで。良かったらママさんもどうですか？」

「ありがとう。いただきます」

棚からロックグラスをふたつ取りだし、志穂がアイスピックで氷を削り始める。

「お見かけしないけど、この辺の方？」

「最近越して来てね。ママさんは横浜、長いの？」

「志穂よ」と呼び名を正して、グラスに氷をカランと入れる。上から注がれる琥珀《こはく》色の液体を眺めながら、ここの飲み代は麗子が払う探偵料から出るのかと思うと、不破は少し愉快な気持ちになった。

「横浜の生まれよ。いっとき離れていたけど、また舞い戻って来ちゃった」

「俺もいろんな街に住みましたよ」

「じゃあ、流れ者に乾杯」

おどけたように笑い合い、ロックグラスの縁を合わせた。

「ワッグテイルって面白い店名ですね」

「鶺鴒のことよ。知ってる？　しっぽの長い鳥」

「さあ、オウムなら知ってるけど」

曖昧に答えてウィスキーを口に含むと、不意に閃《ひらめ》くものがあった。

「そういえば、この近くに鶺鴒女学院ってありますよね。あれと同じ字かな？」

「あら、よく知ってるのね。実は私、あそこの生徒だったのよ」

ビンゴだ。ということは、志穂と麗子は同じ学校の先輩後輩になるわけか。見た感じ、麗子のほうが七、八歳先輩というところか。鶺鴒は小中高一貫教育だから、同じ時期に乙女坂を上っていたかもしれない。

「えー！　すごいじゃない。あそこ、名門でしょ？　志穂さん、お嬢様だったんだ」

「やめてよ、違うってば。第一、卒業してないし」

「転校？」

「違う。中退」

「悪いことしたんだ」

志穂は壁に背をもたせかけて、まあねと微笑む。

「恋をしたの」

濡れた唇が、そう言った。

相手は工業高校に通う不良っぽい青年だったという。突発事故のように出会い、これが運命の相手だと思いこみ、恋愛小説のように恋にのめり込んだ。

その結果、妊娠。高校を退学になり、相手が逃げた時点で魔法は解けた……。

「今にして思えば、恋に恋していただけなのかもしれないわね」

志穂は遠い昔を思い出すように目を細める。

「今、お子さんは？」

「もうすぐ二十歳よ。驚くほどいい子に育ってくれたわ」

「優秀なんだ」

「そういうんじゃないけど、優しいの。いろいろ相談に乗ってくれて……親子っていうよ
り、ダメな姉としっかり者の弟って感じかな」

その夜、不破以外の客はなく、志穂はしたたかに酔った。不破と肩を並べて座り、グラ
スを重ねながら取り留めもなく思い出話をする。

乙女坂を上った日々、厳しかったシスター、男子の憧れを集めた制服……。

「ねえ、もしもあの時って考えること、ある？　……私、ときどき思うのよね。もしも十
七で恋をしなきゃ、今ごろ別の人生があったのかなって。鶺鴒の同級生、今じゃみんなセ
レブの奥様よ。私にももしかしたら、あんな人生があったのかなって……」

やがて志穂はカウンターに突っ伏して眠ってしまった。静かな寝息をたてる志穂の寝顔
はあどけない。きっとこの女は、酔うたびにこんな問わず語りを繰り返してきたのだろう。

それを聞かされた拓海は、いったいどんな気持ちだっただろうか。

――あの女には、借りがあるからさ。

不破の脳裏には、拓海の言葉と共に、あの何ともいえない表情がよみがえった。

＊

調査が終了した旨を連絡すると、麗子はほどなく事務所へやって来た。

「今日はこの後、父母会の集まりがあるの」

そう言う麗子は、相変わらず隙のない高級そうなスーツに身を包んでいる。ソファで向き合うと、不破は「どうぞ」と報告書のファイルを差し出した。中は竹彦がワッグテイルを訪れ、閉店後に志穂とマンションに消えるまでの様子が写真付きでレポートされている。

冷静に読み進めていた麗子の表情が歪んだのは、中盤を過ぎた頃である。

「鶺鴒女学院、中退……？」

昼から驚きの声が漏れた。恐らく志穂の身上報告書を読んでいるのだろう。そこには、かつて志穂が鶺鴒の生徒だったこと、妊娠して高校を中退したこと、出産後は実家と絶縁状態になり、水商売を転々としながら子育てをしてきたことなど、先日、志穂が酔って不破に話したことが記されている。

拓海と千尋の関係については、書かなかった。麗子が要求してきたのはあくまで志穂の身上調査であって、拓海のことまで報告する義務はないと判断したからだ。

「私より六つ下ね。そう言えば同窓会で、そんな噂を聞いたことがあるわ。鶺鴒の名前に泥を塗った破廉恥《はれんち》な生徒がいるって」

嫌悪の表情を隠そうとしない麗子を見て、亭主の浮気より高校かよと不破は鼻白む。

最後まで目を通すと、麗子は静かに報告書を閉じ、大判封筒にしまった。

「ご苦労様でした。今回の仕事には満足しています」

「これからどうするつもりですか？　もし離婚をお考えなら、裁判用に、もう少し詳細な記録が必要となりますが」

「離婚？　……まさか。娘がいるのに別れられるわけがないでしょう？　私たちには親としての責任があるんです」

「では、どうして浮気調査を？」

「それは、妻として夫の素行を把握する必要があるからです。主人とこの女は別れさせます。そうね、慰謝料でもとってやろうかしら。生活に困っていらっしゃるようだから」

皮肉に笑い、「それではごきげんよう」と言って麗子は腰を上げた。

コーヒーカップを洗っていると、不破の中に苦々しい感情が込み上げてくる。

今回の調査はあまり愉快な仕事ではなかった。しかしこんなのは探偵をしていればよくあることだ。いや、むしろすっきり終われる仕事のほうが珍しい。

探偵とは人の心の裏を見る仕事だ。調査のたびに感情移入していたら身が持たない。割り切ること、クライエントの事情に立ち入らないこと。それが仕事を長く続けるコツだ。

片づけを終え、少し早いが食事に行こうと思う。

その時、玄関でチャイムが鳴った。ドアを開けると、目の前に白いポロシャツがニュッと突き出される。

「ぜんぜん取りに来てくれないから、寂しいよぉ〜」

そう言ってポロシャツの向こうからニッと顔をのぞかせたのは、制服姿の紬である。

「お前……」

「へへ、感謝してよね、わざわざ配達してあげたんだから。——おじゃましまーす！」

不破の返事も待たずに紬は、ズカズカとあがりこむ。

「へえ、もっと散らかってると思ったけど、意外に綺麗にしてるね。ま、探偵事務所も兼ねてるから、当たり前か」

物珍しげにあたりを見まわす紬に、不破が呆れた声を漏らす。

「お前なあ、男の部屋に入って露骨にチェックすると、相手にドン引かれるぞ」

「だって興味あるんだもん、探偵がどんな暮らししてるか」

「今日、学校は？」

紬は本棚の前にしゃがみ込む。

「ヤダなぁ、不破さん、今日は土曜日だよ。……へえ、六法全書とかあるんだ」

「だけど制服」

「これから部活だからさ。その前にポロシャツ、届けてあげようと思って」

「そりゃご親切にどうも。——それで？」

「え？」

「用事、ポロシャツだけじゃねえんだろう？」

驚いたような顔を向ける紬。

「気がついてたんだ」

「これでも、一応、探偵なんでね」

不破は冷蔵庫からパックのりんごジュースを取りだすと、ふたつのコップに注ぐ。それを手に応接ソファにやって来ると、「で、用事は？」と言って腰を下ろした。

紬も部屋の観察を切り上げて、ソファに向き合って座る。

「実はね、おじさんに、ちょっと相談したいことがあるんだ」

「相談？」

「うん、実は……一昨日、千尋ちゃんがウチに来たんだよね。なんか、拓海君にフラれちゃったみたいで」

「え、そうなのか？」

「千尋ちゃん、泣きながら飛び込んできて、『私たちが別れて満足？』ってお姉ちゃんに食ってかかって……きっと誰かに聞いて欲しかったんだと思う。お姉ちゃん、千尋ちゃんが泣き止むまで背中を撫でてあげて……あったかいミルクを飲んだら、千尋ちゃんもだんだん落ち着いてきて、それからは、いろいろ話してくれたんだよね」

紬によれば、千尋は両親の不仲にずっと心を痛めてきたらしい。家ではほとんど口もきかないくせに、ふたりとも外ではいい夫婦を装っている。千尋が「どうして別れないの？」と聞くと、「あなたのためよ」という答えが返ってくる。それが何より辛いと千尋は語ったという。

そんなある日、学校が終わっても家に帰りたくなくて、千尋が街をぶらぶらしていると、不良にからまれてしまった。それを助けてくれたのが拓海だった。

「千尋ちゃん、拓海君のこと、最初は怖い人かなって警戒したらしいよ。お礼を言ってすぐに別れようと思ったけど、拓海君が怪我をしてて……手当てしながら家の悩みを打ち明けたら、すごく親身になって聞いてくれたんだって。それで好きになったって」

「どうしてふたりは別れることになったんだ？」

「それが……よくわかんないんだよね。洗濯が原因らしいんだけど」

「洗濯が？」

「なんでも、千尋ちゃんが拓海君のシャツを洗濯してたら喧嘩になったって。拓海君がキレて、もう飽きたとか、お前のことなんか最初から好きじゃなかったとか、いろいろ言われたみたい。どんだけ俺様なんだって、あたし、聞いててムカついたよ」

「なるほど」

いわゆる痴話《ちわ》喧嘩というやつか。

「そのことについて、洗濯オタ……お姉さんは、どう言っているんだ？」

「お姉ちゃんは……悩んでいるみたい。千尋ちゃんには学校を続けて欲しいけど、拓海君を好きな気持ちもわかるから、どんな言葉をかけたらいいかわからないって」

「まあ、結局は本人が決めることだからな。黙って見守るのが一番なんじゃないか？」

「そうなんだけどさ、お姉ちゃんの場合、学校のこととなると思い入れがあるから」

「どういうことだ？」

「あ、えっと……」

紬は少し躊躇した後で、心を決めたように顔を向けた。

「お姉ちゃん、学校へ通えない時期があったんだよね、中学の頃」

「不登校か？」

「気づいてたでしょ？　お姉ちゃんの目の色が、右と左でちょっとだけ違うの」

「ああ」

オッドアイが原因で、中学の頃、更紗はクラスの男子からイジメを受けていた。不登校になり、家にひきこもる日が続いた。そんな更紗に祖母は、ある助言をしたという。

『更紗、服とお友達になりなさい』

服は着た人の思い出を残す。シミも、皺も、日焼けも、全ては着た人の足跡だ。

素敵な時を過ごした服は幸せそうな顔をしているし、辛い経験をした服は悲しそうな顔をしている。服を見れば、それを着た人がどんな時を過ごしたのかわかるのだという。

それから更紗は服を見て、着ている人の人生を想像するようになった。そうすることで、ひとりぼっちの寂しさから解放された。

「だからお姉ちゃんにとって、服はすごく大切なものなの。イジメはクラスが替わったらなくなって、お姉ちゃん、また学校へ通えるようになったけど、後で言ってた。不登校の時は、着てもらえない制服が泣いているみたいに見えたって。……きっとお姉ちゃん、千尋ちゃんには、あの時の自分みたいに寂しい思いをして欲しくないんだと思う。だから、ウザがられても、何度も何度も会いに行って……」

紬はうっすら目に涙を溜めている。不破はさり気なくティッシュの箱を押し出す。

「お前、どうして俺にそんな話を？」

「さあ、どうしてかな。お姉ちゃん、おじさんには心を許してる気がしてさ。似てるからかな、キヨシに」

「キヨシ？」

「うん、子供の頃飼ってた、ミニチュアシュナウザー」

紬は箱からティッシュを引き出し、ちーんと勢いよく鼻をかむ。

「……って、犬か!?」

思わず顔をしかめる不破に、紬は「ほら、そういうとこ！」と笑い出した。りんごジュースを一気に飲むと、「もう行くね」とスポーツバッグを背負って立ち上がる。

「ありがと。話せて、ちょっとスッキリした。じゃあね」

駆け出して行く後ろ姿を見て、不破は「台風みたいな子だな」と、思わず苦笑した。

ひとりになって、不破は改めて思う。

恋愛は当事者同士の問題だ。他人がとやかく言うことじゃない。たとえ拓海と千尋の置かれている状況を知っているのが、俺ひとりであってもだ。

拓海は母親に借りがあると言った。あの言葉は恐らく、自分を産んだことで母親から青春を奪ってしまったという贖罪《しょくざい》の気持ちが言わせたものだろう。

そう思わせたのは志穂だ。大人になりきれない母親を、拓海はずっと支え、助けてきた。

一方、千尋もまた、身勝手な親に心を傷つけられてきた。麗子が離婚に応じないのは、自分の地位とプライドを守るためだ。それを「娘のために」と責任転嫁してきた。

拓海も千尋も、未熟な親の犠牲者だ。そんなふたりが出会い、恋人になり、そして今、別れようとしている。

――関係ない、俺には。恋愛は当事者同士の問題だ。他人が口をはさむべきじゃない。

そう、なのだが……。

また西口のコーポに足を運んだのは、別れた拓海を説得しようとか、そういうお節介な理由ではなく、純粋に探偵としての好奇心からである。

ここまで関わったからには、別れの真相が知りたい。事情を聞くくらいなら探偵としての主義には反しないだろう。

コーポに着き裏手にまわると、拓海は二階の窓から身を乗り出して、軒下にある物干し竿に洗濯物を干していた。

「やあ、洗濯日和だね」

クリーニング屋キャラで愛想良く声をかける。拓海は「ざけんなよ」と睨んだが、不破が鍵のかかっていないドアを開けると、追い返すことはしなかった。

「あんた……どんだけお節介なんだよ。知ってんだろ、俺と千尋が別れたの」

そう言う拓海は床に腰を下ろし、不破に背を向けタバコを吸い始める。

「知ってるよ。千尋さん、ウチの店に来たからね。拓海君に振られたって大泣きして、かわいそうだったなあ」

わざと気持ちを逆なでするようなことを言ってみる。てっきりキレるかと思ったが、拓海の背中からひびいたのは、静かな声音だった。

「かんけーねーし。あんなトロい女、別れてスッキリしたぜ」

不破は体をずらし、拓海の表情をうかがい見る。

拓海は窓の外の洗濯物を見ていた。

不破も目をやると、風にそよぐ服の中に、生成りのシャツがある。滑らかな生地のところどころに、青白いシミが浮き出ていた。

――そう言えば、喧嘩の原因は洗濯だと紬が言ってたな。

「あのシャツのシミは？」

不破が問うと、拓海はピクリと顔を強張らせ、タバコをにじり消しながら言った。

「……あいつが……千尋がまた汚しやがったんだ。だから洗い直したんだよ」

「どういうこと？」

「知らねーよ。俺が仕事から帰ったら千尋が洗濯してて、干そうとしたらああなってた。あいつ、この前も俺の白いシャツ汚したじゃん。何してくれてんだって話よ。文句言ったらあいつ、白い服だけまとめて洗ったとか出任せこくし、頭来たから言ってやったんだ、洗濯もできねえ女とは付き合わねえ、別れる、出てけって」

ふてくされたような拓海の横顔を見ながら、不破は「まったく」と深い溜息をつく。

――これだからガキは嫌なんだ。

喧嘩を吹っ掛けるにしても、もっとましな方法があるだろうに。拓海が千尋に近づいたのは志穂のためだ。志穂の恋人の竹彦が早く離婚するように、馬酔木家を崩壊させようと千尋を誘惑した。そして千尋は、まんまとこれにはまった。

千尋は拓海に夢中になった。拓海の好みに合わせて外見もどんどん派手になっていった。全ては拓海の計画通りだった。ただひとつ、拓海自身が、自分でも気づかないうちに、千尋に惹かれていったことを除いては。

千尋を好きになるにつれて、拓海はよこしまな気持ちで近づいた自分に罪悪感を抱くようになった。

そして悩んだ末に、みずから身を引く決意をした。だから理由は何でも良かった。ささいなことで喧嘩を吹っ掛け、千尋に別れを告げた。そして後悔している。

――その証拠に、どうだ。別れの原因となった生成りのシャツを見つめる拓海の横顔は、未練タラタラじゃないか。

だけどどうしたらいい？　おせっかいを焼くのは俺のスタイルじゃない。それに必死に強がっているこの心優しき不良を説得することなど、俺には到底できそうもない。

でも、あいつなら。

あの世界一お節介で、どんな汚れでも落とせるクリーニング屋なら――。

「行くぞ」

不破は窓辺のハンガーから生成りのシャツを引き剝がす。驚いている拓海の腕を掴み、

「早くしろ」とけしかけて歩き出した。


横浜サンドリヨンのドアを開けると、珍しくカウンターの中に更紗がいた。拓海の腕を引っ張って歩み寄り、不破は生成りのシャツを出す。

「このシャツを元通りにしてくれ」

驚きの表情でそれを見つめる更紗だが、いきなり「くしゅん！」とクシャミをする。どうやら花粉症がまだ終わっていないようだ。

「失礼しました……いったい、どういうことでしょうか？」

「これが喧嘩の原因だ。お嬢様が洗って干そうとしたら、ご覧の通りのシミが付いていた。お嬢様は白い服だけまとめて洗ったと言い張って、それにこいつがキレた」

一気にかいつまんで話すと、拓海は「悪《わ》りぃかよ」とそっぽを向く。その様子を見ながら、更紗は「白い服だけで洗ったのに、色移り。それは不思議ですね」とつぶやいた。

シャツを手に取り、短く観察した後に、更紗は拓海のほうを向いた。

「拓海君に確認したいことがあります。千尋さんはこのシャツを洗う時、洗濯機に色物の服は入れていなかったんですね？」

ふて腐れたように拓海は答える。

「さあ、どうかな。俺は干すとこしか見てねえし、あいつ、そそっかしいから」

「でも、本人は、白い服だけ洗ったと言ったのですね？」

「どうせ出任せじゃね？　俺、けっこうキレたから、あいつビビッて」

「ところで、今着ている服も、その時、一緒に洗いましたか？」

拓海はTシャツの上に羽織っている白いコットン地のパーカーに目をやる。

「ああ、そういえば、あん時、干してたな」

「なるほど」

更紗は納得したようにつぶやくと、テーブルの上に静かにシャツを置いた。

「このシャツがまだらになった原因がわかりました。シミの原因は——」

拓海を見つめる更紗の瞳がきらりと光る。

「千尋さんの愛です」

「……は？」

拓海ばかりか不破までもが、思わずぽかんと口を開けてしまった。

——この女はいったい何を言っているんだ？　苦手な恋愛話を千尋から聞かされて、ついに頭がお花畑になってしまったのか？

そんな不破の杞憂を吹き飛ばすかのように、凜《りん》とした声が響いた。

「不破さん、カーテンをお願いします」

見れば更紗はエプロンのポケットから、ジャラリと鍵束を取りだしていた。

「わ、わかった……」

不破は慌てて窓辺に向かい、遮光カーテンを閉める。カウンターに戻ると、更紗はすでに引き出しから懐中電灯型のライトとゴーグルを三つ取りだしていた。

「これを着けてください」

ゴーグルを配る手順はこの前と同じである。拓海は「どういうことだよ」と戸惑うが、不破は「いいから言う通りにしろ」と短く命じてゴーグルを装着した。しぶしぶ拓海も着けたのを見計らって、更紗はライトを消す。

暗くなった室内に、青い光が生まれる。光線がテーブルの上のシャツに当てられると、明るい時に青白いシミになっていた部分が、浮き出るように蛍光した。

「やっぱり……」

薄暗がりに更紗のつぶやきが漏れる。それを聞いた拓海がキレた。

「おい、何が『やっぱり』だよ。ひとりで納得してねえで説明しろ！」

「落ち着いてください。私が手にしているのはブラックライト。この光は紫外線です。紫外線は人の汗や尿や涙などの体液、そして、蛍光増白剤に反応するんです」

「蛍光増白剤？」

「衣類を白く見せる、一種の化学染料です。Yシャツや白衣などに使われる、〝輝くような白〟と言えばイメージしてもらえるでしょうか。さて、ここで大切なことは、拓海君のシャツは『生成り』だということです。生成りとはオフホワイトやベージュなど、素材である麻本来の色のことで、染色をほどこしていません。このシャツを洗濯した時、千尋さんは『白い服だけ、まとめて洗った』と言ったようですが、同じ白でも、生地を染めた白い服と、素材本来の色を生かした生成りの服とでは、まったく違うものなのです」

「だからあ、それがどうしたんだよ」

苛立つ拓海をやり過ごして、更紗は不破のほうを向く。

「不破さん、前に少し説明しましたね。白い服をさらに白くするには二つの方法があると。覚えていますか？」

不破は考えるが、記憶がない。「さあ、どうだったかな」と曖昧に答えると、「でしょうね。あの時は邪魔されて、途中で終わってしまいましたから」と微笑みが返ってくる。

改めて更紗が説明する。白い服をさらに白くするには二つの方法がある。漂白剤につける方法と、蛍光増白剤入りの洗剤で洗う方法だ。

実はこのふたつ、発想がまったく違うものなのだ。

漂白剤は汚れを落として白くするマイナスの発想であるのに対し、蛍光増白洗剤は、洗いながら服に白い染料を付けることによって白さを際立たせるというプラスの発想だ。

この二つは、本来服の素材や付いた汚れなどによって使い分けるべきものなのだが。

「千尋さんはこのことを知らなかったのですね。白い服だからといっしょくたにして、蛍光増白剤入りの洗剤で洗ってしまった。そこで、染めてない生成りのシャツに蛍光塗料が付着して、まだらなシミになってしまったのです。ですがそこには、拓海君の好きなシャツをキレイにしたい、もっと白くして喜んでもらいたいという純粋な気持ちがありました。だからこのシミは、千尋さんの愛なのです」

一気に語りきり、小さく息をつく更紗。不破は思わず舌を巻いた。淀みなく展開された更紗の説明は、最初に予告した通りの結論にピタリと着地した。見事という他ない。

感心しながら窓辺へ行き、カーテンを開けて戻ると、ゴーグルを外した拓海は、まるで狐につままれたような表情だった。しかしハッと我に返ると、「カンケーねえし」と不機嫌そうな声をもらした。

「愛とかなんとか、そんなのあっちの気持ちじゃねえか。俺のほうは、もうとっくに冷めてるしな」

不破は思わず溜息をつく。この期に及んでこいつ、まだイキガるつもりか。もういいから、好きと認めて千尋に会いに行け。そう言おうとしたが、かたくなな拓海の横顔は誰の説得も拒んでいる。困惑のうちに不破は口をつぐんだ。

「いいえ、それは、嘘です」

次の瞬間、更紗の凛とした声が響いた。

「なっ、嘘ってどういうことだよ」

「拓海君の気持ちは冷めてなんかいません。今でも千尋さんのことが好きで好きでしょうがないということです」

揺るぎない笑みをたたえている更紗を、拓海は睨みつける。

「……どうしてンなことがわかんだよ。てめえ、テキトーなこと言ってんじゃねえぞ」

更紗は「くしゅん」と二度目のくしゃみをして、鼻をかんだ後に再び顔を向ける。

「……失礼しました。ご覧の通り、私はここのところ、花粉アレルギーに悩まされています。何に反応しているのかわからなくて、病院で調べてもらったところ、原因はニレの花粉でした。――さて、ここは室内なので花粉は飛んでいません。ずっと症状が治まっていたのに、今、不破さんと拓海君が入ってきた途端にクシャミが。恐らく、ふたりの服のどちらかに花粉が付いていたのだと思います。はたしてどちらの服でしょうか？」

更紗は不破と拓海を交互に見る。

「不破さんが着ているウィンドブレーカーはポリエステル製です。化学繊維には、ほとんど花粉は付きません。一方、拓海君のパーカーはコットン地で、比較的、花粉が付きやすい素材です。花粉はこちらのほうに付いていたと推測できます」

「だからあ、それがなんだっつーんだよ。さっきからつまんねえことばっかグダグダ言ってんじゃねえぞ！」

怒鳴る拓海にも怯むことなく、更紗はカウンターの上に身を乗り出した。

「知っていますか？　この辺りでニレが街路樹に植えられているのは馬車道です。そういえば千尋さんの家も、あそこにありましたよね？」

「あっ……」

意表を衝かれたように、拓海は驚きの声を漏らす。更紗がすかさず畳みかける。

「そのパーカーは一昨日洗濯したんですよね？　そのすぐ後に喧嘩になり、ふたりは別れることになった。そして今、パーカーにはニレの花粉が付いている。拓海君、あなたは千尋さんに別れを告げた後、彼女のことが心配で、家までこっそり様子を見に行ったんじゃないですか？」

更紗の茶色い左眼がきらきらと輝いている。それを見つめながら、不破は『ああ、どうしてこの女は』と心の中でつぶやく。

どうしてこの女は服のこととなると、これほどまでに強気になれるのだろうか。

まるで別人だ。何かが降臨したんじゃないかとさえ思える。そう、服の神様が——。

心を見透かされた恥ずかしさからか、拓海は唇を噛み、顔を背けている。

そして長い沈黙の後に、その口から絞り出すような叫びが漏れた。

「あいつは、バカだ……！」

拓海は体の横で強くこぶしを握りしめている。

「家事なんか、ろくすっぽやったこともねえのに無理してやるから失敗ばっかすんだ。掃除だってからっきしだし、料理なんか俺のがずっと上手いし。アタマ悪すぎんだ。……俺がケバい女が好きだって言やあ、そっこーパーマかけてくるし、似合わねえのに派手な格好して、化粧まで……学校にバレたらヤバいだろって言っても、平気だよって笑ってるし、テスト前だって遊ぼうぜって言えばすぐ飛んでくるし……」

　悪態をつく拓海の声が、次第に震えてくる。

「……千尋は……俺となんかいちゃダメなんだよ。俺みたいな薄汚れた奴となんか……。ちゃんと高校卒業して、大学行って、いい男と出会って、結婚して……幸せになんなきゃダメなんだよ。だって……あんないいヤツ、他にいねえし……素直で……まっすぐで……人を疑わない……天使みたいなヤツなんだよ、千尋は」

　ついに拓海の目からは、涙が溢れだした。

　そんな拓海に更紗が優しく声をかける。

「拓海君は、千尋さんのことが好きなんですね？」

「千尋を守りたい……だけど俺にはそんな資格ねえし……」

　肩を震わせて泣く拓海を見つめていた更紗は、黙ってドアの向こうに消える。ほどなくして戻ってきたその手には、鶺鴒女学院の制服があった。

「拓海君、これを千尋さんに届けてください。そして、今の気持ちを隠さずに伝えてください。千尋さんはこの制服が大好きです。そして拓海君、あなたもそんな千尋さんを守りたいと思っている。ふたりで話し合えば、きっといい方法が見つかるはずです」

「でも……」

拓海は涙を拭き、テーブルの上に置かれた制服を見る。ライトグレーのジャンパースカートには一点のシミも汚れもなく、それはまるで新品のように輝いていた。

「拓海君、人を好きになるのに資格なんて要らないんですよ。人生に正解なんてないんです。大切なのは、自分はどうしたいかということなんじゃないでしょうか」

拓海は躊躇しながらも、震える手を制服に伸ばす。滑らかな生地にそっと触れると、まるで大切なものを愛しむかのように、柔らかく胸に抱いた。

「……話してくるわ、あいつと」

くぐもった声でそう告げると、拓海は踵を返して出口へ向かう。ノブに手をかけた瞬間、振り向かずに拓海が言った。

「……あーマジで。あんたら、ほんとお節介過ぎ。でも、ありがとな」

ドアを開けた途端に流れ込んできた風に立ち向かうように、拓海は外へ踏み出した。

坂を下っていく後ろ姿を見送りながら、更紗がぼそっとつぶやく。

「……拓海君、『あんたら』って言いましたね」

不破も同じ方に目をやりながら、素知らぬ顔で答える。

「そうだったか？　俺には『あんた』と聞こえたが」

「言いましたよ、あんたらって、複数形で」

「さあ、どうだったかな」

不破は「さてと」と、誰にともなく呼びかけて、「用も済んだし、俺も帰るかな」と歩き出す。その背後から「不破さん」と更紗の呼ぶ声がした。

「冷たいって言った言葉、取り消してあげます」

口元でふっと笑うと、不破は横浜サンドリヨンを後にした。

*

関東地方は例年より遅い梅雨入りとなった。ここのところぐずついた天気が続いていたが、今日は珍しく雲間から太陽が顔をのぞかせている。布団でも干そうかと不破が考えていると、玄関でチャイムが鳴った。

ドアを開けた不破は、思わず一歩後ずさってしまう。

突然の来訪者は、麗子だった。

「娘がね、ボーイフレンドを連れて来たの。拓海君っていう、金髪の不良っぽい子」

ソファに腰を下ろすと、麗子はなんの前触れもなくそんな話を始めた。

「それが不思議なの。その拓海君と、あなたが報告した主人の浮気相手の名字が同じなのよ。これって何かの偶然かしら？」

鋭い視線に晒されて、不破の背中にじんわりと嫌な汗がにじんでいく。

「さあ、どうでしょうか。うちの調査では子供の名前までは確認していませんので」

素知らぬ振りをすると、麗子は探るように見つめているが、「そう。ま、いいわ」とソファを立った。窓辺に行き、景色を眺めながら麗子は語る。

「拓海君ね、私と主人の前で言ってのけたのよ。『千尋さんのことが好きです。守りたいと思っています。彼女が高校を卒業するまでは会いません。どうか自分たちの交際を認めてください』って」

不破は驚き、やるじゃん、あいつ、と内心密かにほくそ笑む。その先が知りたくて、「それで、どう答えたんですか？」と麗子に探りを入れる。

「決まってるでしょ？　家柄が違いますって冷たくあしらって追い返したわ」

「そうですか……」

ニべもない答えだ。やはり人の気持ちを変えるのは、そう容易ではないらしい。

「でも、あの子、『また来ます』って」

声のトーンが変わった気がしてふと見ると、景色をながめる麗子の横顔は、ほんのわずかだが、前よりも柔らかくなったように思えた。

「私、主人とはお見合い結婚だったの。家柄と学歴で選んだわ。そういうものだと思っていたから。……私ね、これまで燃えるような恋をしたことがないの。ずっと人生に何か忘れ物をしてきたような気がしていた。だから千尋が『拓海君と生きていきます』って堂々と言った時……正直、ちょっと羨ましかったわ」

麗子の言葉を聞きながら、不破は志穂の言ったことを思い出した。

『私、ときどき思うの。もしも十七で恋をしなきゃ、今ごろ別の人生があったのかなって』

人は誰しも人生に、何かしらの後悔を残しているものだ。道に迷うと昔を思い出し、「もしもあの時、別の選択をしていれば」と考えてしまう。しかし前に進むしかないのだ。あのきつい乙女坂を明るく笑いながら上って行く、少女たちのように。

「今後は、離婚のことも視野に入れてこれからの人生を考えてみるわ。あなたの力を借りることになるかもしれないけど、その時はよろしくね」

麗子はそう言い置いて玄関へ向かう。パンプスに足を差し入れた時、「そういえば」と、あることを思い出した。

「千尋から聞いたんだけど、あの子と拓海君、一度、喧嘩して別れたんですって。でも、誰かが拓海君を説得して、よりが戻ったって。あなた、心当たりある？」

不破は驚いたように見つめるが、すぐに微笑みを浮かべた。

「さあ、俺には――。きっとどこかのお節介な奴じゃないですか？」

「そう。まったく迷惑な話だわね。……それじゃあ、ごきげんよう」

中華街の雑踏の中に消えて行く後ろ姿を、不破は二階の窓から見送る。街路樹のエンジュに目をやり、ニレの季節はもう終わりだろうかと思う。

どこかで「くしゅん」と小さなクシャミが聞こえたような気がした。

暗号入りトレンチコート

1

「はあ～、暑いなあ、もう！」

怒ったようにつぶやいて、首筋に滲んだ汗をハンドタオルで拭う。作業が始まってからものの三十分で、清人は早くも仕事を引き受けたことを後悔していた。

まるで時代から取り残されたような団地の一室にはエアコンがなく、開け放たれた窓からは、息苦しいほどの熱気と、セミの大合唱が流れこんできている。気を紛らわすためにミステリー小説のストーリーを考えてみたが、チープな流れしか思い浮かばない。

室内は雑多なもので溢れていた。敷きっぱなしの布団。埃をかぶったレコードプレイヤー。昭和に発刊された雑誌。そして……マスクを通しても感じられる、わずかな死臭。

「おじいちゃんの部屋を片付けるから、手伝ってくれない？」

母親の萌子《もえこ》にそう頼まれて、清人がふたつ返事で引き受けたのは、日当の一万円が魅力的だったからだ。遊び盛りの二十歳に月三万円の小遣いは少なすぎる。それを補うために探偵事務所でバイトをしているが、拘束時間が長い割には実入りが少ない。それでも辞めずに続けているのは、ミステリー作家になるためのネタ集めと、残りの半分は、ボスの不破に興味があるからだ。

当人は人嫌いを自称しているが、なぜかヤバい奴や厄介な案件が吸い寄せられるように舞いこんでくる。嫌だ嫌だと言いながら、結局関わってしまう不破は、まれに見るお人良しだと清人は思う。今まで周囲にはいなかったタイプだ。

「そこが片づいたら、押し入れの中もお願いね。午後には業者さんが来るんだからグズグズしないのよ」

台所の流しを磨きながら萌子が声をかけてくる。

「わかってるよ！」

清人は怒ったように答えた。

鳥の子紙が張られた押し入れの戸は、ところどころ黄色いシミが浮き出ている。マスクとビニール手袋の装着を確かめ、恐る恐る取っ手を引いてみると、そこにはひんやりとした空間が広がっていた。

上の棚は寝具用で、冬ものの布団や毛布が無造作に重ねられている。下段は多目的に使っていたようだ。まず目についたのが、ふたつ重ねられたプラスチックの衣装ケースだ。押し入れの外に引き出して蓋を開けてみると、中にはいかにも年寄りが着そうな、くすんだ色の服が雑然と入っていた。

「ケースに入ってる服、ぜんぶ捨てるよ」

「手芸で使えそうなボタンがあったら、とっといて」

「ないよ、そんなの」

燃えるゴミの袋を引き寄せて、取りだした服を片っ端から突っ込んでいく。そのたびに埃《ほこり》が舞い上がり、差しこむ光の中でキラキラと踊った。

「おじいちゃん、一緒に暮らしましょうよ」——再三にわたる萌子の誘いを断って、ひとり暮らしを続けてきた祖父・隼人《はやと》が台所で倒れているのが発見されたのは十日前のことである。すぐに病院に運ばれたが、ほどなく息を引き取った。死因は心不全で享年八十二歳。焼香に訪れる人もいない火葬場で、萌子は「やっぱり無理にでも一緒に暮らしておけば良かった」と、自分を責めて泣き通しだった。一方、清人はというと、「人の骨って、焼くと最後に頭蓋骨が残るって聞くけど本当かな？」などと薄情なことを考えていた。

身内を失くした哀しみは、今もあの時もあまり感じていない。

隼人は偏屈な老人で家族といることを好まなかった。

武蔵小杉にある息子夫婦の家にはほとんど寄りつかず、来ても小一時間ほどで帰ってしまう。そのたびに清人は息苦しさから解放された気分になり、ほっと息をついたのだった。

空になった衣装ケースを部屋の隅に片づけると、次はいくつか積んであるダンボール箱の整理に取りかかる。

中に入っていたのは、日焼けした文庫本、囲碁のセット、縁《フチ》の欠けた茶碗……どれもガラクタと言っていいものばかりだ。「どうして断捨離しないかなぁ」と、ブツブツ言いながら、燃えるゴミと燃えないゴミに分別していく。

三十分ほど格闘して、やっと最後のひと箱を片付けた。

「終わったあ〜!!」

マスクを外し、畳の上に腰を下ろす。扇風機を〝強〟にして風に当たっていると、

「あれ？」

ふと、あることに気づいた。

押し入れの奥に、もうひとつ箱が残っていたのだ。

引き出してみると、それは厚さ三十センチほどの平たい紙の箱だった。畳半分くらいの大きなものだが、パッケージが黒なので気づかなかった。古いもののようで、湿気のせいか紙の蓋がところどころヨレている。

「何だよ、これ」

つぶやきながら蓋に手をかけた瞬間、なぜだか背筋がゾクッとした。

開けるな！　耳元でそう誰かに叫ばれたような気がしたのだ。

むろん気のせいだろう。この箱が押し入れの最奥に、まるで人目を避けるように置かれていたからそう思っただけだ。

軽くかぶりを振り、清人は頭に湧いた禍々《まがまが》しいイメージを追い払う。

大きく息を吐くと、両手に力を入れ、ゆっくりと蓋を引き上げた。

＊

次の日――、ゆるい坂を上る清人の足取りは軽かった。

ご機嫌な理由はふたつある。ひとつは遺品整理で臨時収入が入ったこと、もうひとつは、小遣いの種を見つけたことだ。

押し入れの奥に眠っていたのは思わぬお宝だった。

――じいちゃんがこんなもの持っていたなんてな。

肩から提げている大きな紙バッグに目をやると、清人はほくそ笑む。

今はもう見慣れた木製のドアを押すと、カウンターの中には更紗と紬がいた。そして意外なことに、ふたりと向き合うように不破の姿があった。

「あれ、不破さん、どうして？」

清人は驚く。不破は近ごろ仕事がなく、知り合いの探偵の手伝いをしていたはずだ。

「どうしてって、用があるから来たんだ」

不機嫌そうな不破の前にあるのは、茶色い服――麻のジャケットのようだ。

「なんていいタイミング。清人君、見て」

紬に腕を引っ張られてカウンターに近づいた清人は、「えっ？」となる。ジャケットの脇の部分にある洗濯ラベルに、ペンで『フワ』の二文字が書かれていたのだ。

「うわっ、酷いですね。どうしてこんな……っていうか、誰が？」

「どうしてかこっちが聞きたいところだ。やったのはけしからんクリーニング屋だがな」

不破は怒りがぶり返したように吐き捨てる。

話によると、張りこみをしている時にジャケットを汚してしまい、知り合いの勧めもあって、手近《てじか》なクリーニングに出したところ、返ってきたらこんなことになっていたという。

ラベルは服を脱げば見えるものなので、名前など書かれたら格好が悪くてしょうがない。店番の老婦人に文句を言ったが取りあってもらえず、いっそラベルを切って捨てることも考えたが、思い直して横浜サンドリヨンに足を運んだ。

「油性ペンで名前。しかも呼び捨て、ウケる～。サンドリヨンじゃない所に浮気なんてするからだよ」

お腹を抱えて笑う妹を「紬ちゃん」と軽く諌《いさ》めて、更紗が不破に顔を向ける。

「こちらへ来ていただいて正解です。洗濯ラベルは生地の組成や取り扱いなどを示した大切な札で、これがないと適した洗い方がわかりません。クリーニング屋さんによっては、ラベルのない服は洗いをお断りする店もあるほどなんですよ」

姉の説明に紬もしたり顔でうなずく。

「そうそう、洗濯ラベルって意外と大事なんだよね。クリーニング屋なら当然知ってるはずなのに、ペンで名前って、大胆なことするよね」

「昔はそういう管理の仕方もあったみたいなの。今は水に濡れても破れにくい『耐洗紙《たいせんし》』ができたから便利になったけど」

「ふーん。……あ、ねえ、ところでさ、耐洗紙も油性ペンもなかった時代って、どうやって服を管理したのかな？」

「ああ、それはね――」

言いかけた更紗が、清人が肩から提げている紙袋に気づいた。

「すみません、話に夢中になってしまって。清人さん、もしかしてクリーニングのご依頼でしたか？」

「あ、うん。実は、これなんだけどね」

清人は紙袋をカウンターに置く。更紗が中身を取りだすと、それはキャメル色のロングコートだった。表は帆布のような丈夫な生地で、内布は茶色の地に黒、白、赤のラインが入ったチェック柄である。後ろ身ごろの襟足部分には、ハガキ半分ほどの大きさの黒い布が縫い込まれている。そこには、馬にまたがった騎士《ナイト》がデザインされたロゴと『MADE IN ENGLAND』の文字が刺繍されていた。

「おっ、老舗ブランドのトレンチコートじゃないか」

最初に反応したのは意外にも不破だった。

「え、不破さん、服とか興味なかったんじゃないですか？」

清人が驚いて聞くと、不破は得意げに答える。

「こいつは特別だ。トレンチコートと言えばハードボイルドの代名詞だからな。『カサブランカ』のハンフリー・ボガードしかり、『地下室のメロディー』のジャン・ギャバンしかり。俺もいつか着たいと思っている」

「不破さんに高級コート……似合わな〜い！」

「悪かったな」

すかさずツッコむ紬と不破のやり取りを横目で見ながら、清人が「そう言えばチャンドラーの小説でトレンチコートを着た探偵がいたな」などと考えていると、カウンターの中で悲痛な声がした。

「あぁっ、かわいそうに……！」

見れば更紗がコートの内布に広がる、点々とした黒い小さなシミを凝視している。

「黒カビです。こんなになるまで放っておくなんて、どのような事情でしょうか？」

向けられた視線に非難めいたものを感じた清人は、慌てて釈明する。

「ああ、それは僕のじゃなくて、じいちゃんの遺品なんだよね」

「えっ、おじい様の？」

「うん。父方の祖父なんだけどさ、ついこの前亡くなって、遺品を整理していたら押入れからそれが出てきたんだ。じいちゃん、ひとり暮らしで年もいってたから、きっとコートをしまったのを忘れちゃったんじゃないかな？」

「そうだったんですか……」

更紗は、なぜか今度は感動したように目をしばたかせる。

「ブランド品の素晴らしさは、何と言っても世代を超えて使い続けられる丈夫さと、デザイン性でしょう。それは日本人の、物を大切にする精神とも通じます。清人さんが大切に着てあげれば、きっとこのコートも喜ぶでしょう」

どうやら更紗は、清人が祖父のコートを自分で着るためにクリーニングに出すのだと思い込んでいるようだ。しかし当の清人は、そのつもりは毛頭ない。

たとえ身内でも死んだ人間が着ていた服なんて気味が悪いし、いかにも肩が凝りそうなトレンチコートは趣味ではない。とはいえ捨てるには惜しいので、クリーニングした後でネットオークションにかけて売るつもりだ。

ちょっとした小遣い稼ぎだが、もちろん、そんなことを更紗に言うつもりはない。妙にやる気になっている更紗に、「よろしくね」と作り笑いを返す清人だった。

それにしても不思議だ。お洒落とはおおよそ縁のなさそうな祖父の部屋に、どうしてこんな高級コートがあったのだろうか。

——そういえばじいちゃんのこと、ほとんど知らなかったな。

そんなことを考えていると、コートのポケットを探っていた更紗が「あら？」と声をあげた。引き抜いたその手には、白いハンカチが握られている。

「こんなものが入っていました」

「ああ、きっとじいちゃんが出し忘れたんだね」

「あの……これは女性ものですけど？」

「えっ⁉」

まじまじとハンカチを見る清人。たしかに白い生地には、同じ白い糸で花や幾何学模様の繊細な手刺繍がほどこされている。

「高級な品ですね。中国のスワトウ製でしょうか」

つぶやきながらハンカチを観察していた更紗が、突然「えっ！」と驚きの声をあげた。

「……そんな……まさか……」

大きく見開かれた目が、瞬きを忘れたようにハンカチに注がれている。何やらただならぬことが起きたようだ。

「何、お姉ちゃん、どうしたの？」

びっくりして紬が問いかけるが、更紗は上の空で返事をしない。じれったそうに「お姉ちゃん」と再び呼ばれて、やっと上気した顔を向けた。

「ごめんなさい、すごく珍しいものを見つけたものだから驚いちゃったの。話には聞いていたけど、本物を見たのは、これが初めてよ」

「だから何なの？　もう、もったいぶらずに教えてよ」

「これを見て」

更紗はカウンターの上にハンカチを置き、その片隅を指さす。そこには刺繍と同じ白い糸で妙な縫い付けがしてあった。

「二」「／」「―」といった風に、ランダムな形で糸が縦に走っている。注意して見なければ気づかないものだ。

「これがなんだっていうの？」

「そう急がないで。紬ちゃん、さっきの話を憶えてる？　今のように耐洗紙も油性ペンもなかった時代、クリーニング屋さんはどうやって服を管理していたか」

「あ、うん、途中で話は終わってたけど。──それで、どうやってたの？」

「いろいろあるわ。端切《はぎ》れに墨で名前を書いて服に結わえたり、服の形状や色を帳面に書き留めたり、それぞれの店が工夫を凝らしていたんだけど、その中のひとつがこれ、今や幻と言われている、クリーニング屋さんの糸文字なの」

糸文字とは、糸を使い、名前をカタカナで服に縫いつけるというもの。

たとえば「ア」だったら、一画目の「一」は表、二画目の「ノ」は裏、三画目の「ノ」は再び表、という風に順に縫っていく。いわゆる続け字の要領だ。

全部が一本の糸で繋がっているので、洗い終わって持ち主が名前を消したい時は、糸の端を引っ張れば一気に抜けるのが利点だ。

「これが幻の糸文字」

紬もさすがに驚いたようで、縫いつけられた糸を珍しそうに眺めている。

「おい、ちょっと見せてみろ」

声をかけた不破の手には、紙とペンが握られていた。どうやら書かれた文字を解読しようということらしい。

最初の線は横の「一」だ。次は裏側で「ノ」の線が描かれている。その次は表で、ごく短い「／」が描かれている。そうやって線を辿っていくと、文字らしきものが浮かび上がってきた。

『マリコ　Z』

――糸文字は、そう読めた。

「マリコゼット？　……女の人の名前でしょうか。清人さんのおばあ様ですか？」

「違うよ。ばあちゃんは雪乃《ゆきの》。しかも三十代で死んでるし」

「えっ、じゃあ、マリコって誰かな？」

「おじい様は亡くなっていますし、清人さんのお父様に聞けばわかるかも知れませんね」

「いや、それは止めておいた方がいい」

不破が更紗の提案に異を唱えた。

「え、どうしてですか？」

「聞いただろう。じいさんは早くにヤモメになった。マリコってのは外に作った女の可能性が高い。息子にしてみれば、あまり愉快な話じゃないだろう」

更紗は「ああ」と納得しつつも、糸文字への興味が捨てきれないようだ。

「でも、もしもマリコさんがおじい様の恋人だったとして、どうして糸文字を使ったのでしょうか。それに最後にある『Z』は何なのでしょうか？」

「イニシャルじゃないの？　Zだったら財前《ざいぜん》とか、膳場《ぜんば》とかさ」

「だったら財津《ざいつ》さんとか、銭形《ぜにがた》さんなんかもあるわね」

想像を逞しくする姉妹の話を聞きながら、清人は「どうでもいいや」と醒めていた。

あの陰気な祖父に女性との華やかな過去があったとはとても思えない。もしもあったとしても、それは遠い過去の話だ。興味がない。

「まあ、じいちゃんも若い頃はいろいろあったのかもね。それじゃ、コートのクリーニングよろしく」

やんわり話をまとめると、清人はハンカチを引き取った。


横浜サンドリヨンを出た清人は、これから仕事に戻るという不破と別れて歩き出す。元町通りを過ぎてフランス橋を渡り、しばらく歩くと、正面にはマリンタワーが見えてきた。昼下がりの山下公園は、連日の暑さで芝生や花壇の花も疲れているようだ。海を横手にさらに進むと、広場の中央、涼し気に水しぶきをあげる噴水の脇に人影があった。

「清人くーん」

今日の知佳《ちか》は、花柄のミニワンピに白いサマーカーディガンといったガーリーな装いだ。胸の前で小さく手を振る仕草を、清人は「可愛いな」と思った。

「ごめん、待った？」

「ううん、知佳も今来たとこ」

「どうしようか。見たいって言ってた映画やってるけど。それとも買い物でも行く？」

「うーん。暑いから、とりあえず、お茶したい……かな？」

「あ、じゃあ、赤レンガ倉庫行かない？　美味しいアップルパイの店見つけたんだ」

「わあ、いいかも！」

十分ほど歩いて、赤レンガ倉庫の中にあるニューヨークテイストのカフェに入る。

知佳とは一ヶ月前、合コンで知り合った。ミステリー好きということで意気投合し、これが三度目のデートになる。

探偵事務所でバイトしていることはみんなに話しているが、ミステリー作家を目指していることは知佳にしか打ち明けていない。言ったら笑われるかなと思ったけれど、知佳は「夢があるってステキだよね。清人君ならぜったいなれると思う」と満面の笑みで言ってくれた。そして今も、熱々のアップルパイをシェアしながら清人が糸文字の話をすると、知佳はさかんにうなずきながら聞いている。

「……そうなんだ。トレンチコートに女性もののハンカチって、なんかロマンチックだよね。清人君、そのマリコさんって人、おじいちゃんの恋人なんじゃない？」

聞き終わって知佳は、驚きと感動に満ちた声を漏らした。

「ボスはそう言ってるけどね。ばあちゃんは早くに亡くなったから、その後に付き合っていたんじゃないかって」

知佳はシドニー・シェルダンのように恋愛が絡んだ波乱万丈なミステリーが好きだ。どちらかといえばトリッキーな話が好きな清人は調子を合わせるが、実のところ、祖父のハンカチのことなどどうだってよかった。それより今は、もっと大切なことがある。

さりげなく話題を変え、「ところで、例の話、考えてくれた？」と話を振ってみる。

「え、例の話って？」

「あ、だから……例の、軽井沢旅行」

この前のデートで、清人は知佳を軽井沢旅行に誘った。ゼミ仲間のアッシが別荘を持っているので、男女二対二くらいで泊まりに行かないかと持ち掛けたのだが、知佳は「パパに訊いてみるね」と、返事を保留にしたのだった。

「ああ、あれ。……ごめんね。行きたいんだけど、やっぱりパパがうるさくて」

知佳は申し訳なさそうに肩をすくめる。

「そうかあ。きちんとしてるもんね、知佳ちゃんちのご両親」

「堅すぎるのよ。大学生にもなって門限九時なんてありえない」

スネたように唇を突き出す知佳。こんな仕草もカワイイなと清人は思ってしまう。

旅行に行けないのは残念だが、知佳の家が堅いのは好ましいことのように思える。今回は諦めようと考えていると、知佳が意外な提案をしてきた。

「でも、知佳も清人君と軽井沢に行きたいな。……ね、こうしない？　清人君がマリコさんっていうおじいちゃんの恋人を探せたら、知佳もパパに内緒で行くっていうのは？」

「えっ、でも、それとこれとは話が別で……」

「清人君がどれだけ本気か知りたいの。知佳もパパに秘密を作るわけだし」

「それはそうだけど……」

あまりに唐突な話で戸惑ってしまう。八十二歳で亡くなった祖父の恋人を探すなんて無理に決まっている。付き合っていたとしても今から四十年前、いや、五十年前のことだろう。そもそも、そのマリコという女性が祖父の恋人なのかさえ定かではないのだ。

「あのね、知佳ちゃん」

説得を試みようとするが、知佳は自分の思い付きに感動しているようだ。

「マリコさんとおじいちゃんて、きっとロマンチックな恋をしたんだよ。でも、何か事件が起きて、一緒になれなくて……ね、清人君も何があったのか知りたくない？」

ボリュームのある胸をテーブルの上に乗っけるようにして知佳は身を乗り出す。

「……知りたいかも」

清人が目を泳がせると、知佳はにっこりと笑った。

「だよね。知佳もマリコさんに会うの、すっごく楽しみ」

そのあと、知佳とは映画を見て、軽く食事をしてから別れた。帰りの東横線に揺られている間じゅう、マリコのことばかり考えていたけれど、電車が武蔵小杉に着く頃には、清人の心は決まっていた。

遊び仲間の裕也《ゆうや》が通販番組のサクラをやっていて、その関係でシニア専門のタレント事務所を知っていると聞いたことがある。そこに頼めば、マリコに相応しい中年女性が見つかるんじゃないか。

知佳を騙すことに罪悪感はなかった。どうせ知佳だって、会ってもマリコ本人かどうかなんてわからないのだ。彼女が期待するハーレクインのようなロマンスなんて、そうそう世の中に転がっているもんじゃない。だったらそれっぽいストーリーを作って、それっぽい人に演じてもらった方が知佳にとってもいいはずだ。

——そうだ、そうしよう。

心を決めると足取りも軽くなる。夕食時の住宅街を、清人は跳ぶように家路についた。

玄関のドアを開けると、奥からカレーのいい匂いがしてくる。いそいそと靴を脱ぎ上がろうとした時、清人は三和土《たたき》に黒い革靴があるのに気づいた。

「もう帰ってんのかよ……」

いきなり憂鬱《ゆううつ》な気分になる。

リビングに行くと、ダイニングテーブルには晩酌をする父、圭介《けいすけ》の姿があった。

「ただいま。父さん、早かったんだね」

おざなりな挨拶をして、キッチンへ逃げる。冷蔵庫にある炭酸水をボトルから直飲みしていると、萌子が「おかえり。ご飯は？」とコップを差し出してきた。

「軽く済ませてきたけど、カレーなら食べる」

「連絡してよ。もう、しょうがない子ねえ」

顔をしかめながらも萌子は皿にご飯とカレーをよそい、差し出してくる。

「サンキュ」と受け取りリビングへ戻ると、清人はテーブルにはつかずに、部屋の隅にあるソファに腰を下ろした。待っていたように、テーブルから圭介が声をかけてくる。

「清人、お前、今日、じいさんの挨拶まわりに行かなかったんだってな」

「あー、うん。ゼミの教授から呼び出し受けちゃってさ」

今日は萌子に付き合って、隼人が生前世話になった人たちへの挨拶まわりをする予定だった。しかし知佳から誘いが入ったので、ドタキャンしてしまったのだ。

「まったく、無責任な奴だな」

ビール一本で耳まで赤くしている父を清人はチラリと見て、そういう自分はどうなんだよ、と心の中でつっこむ。

忙しさにかこつけて、実の父だというのに圭介は隼人の面倒を萌子に押し付けてきた。危篤の時も病院に来なかったし、火葬の時も仕事を理由に途中で退席してしまった。

父と祖父の間に何かわだかまりがあるのを清人は感じていた。けれど祖父が亡くなった今でも、それを引きずる父は大人げないと思っている。もちろん、そんなことは口に出して言わない。言っても何も変わらないし、雰囲気が悪くなるだけだから。

「お前、試験勉強はやっているんだろうな。文学部なんて潰しがきかないんだし、こういう時代だからこそ、公務員がいいんだぞ。そのためには成績がよくないとな」

ほろ酔いになるとお約束の、説教めいた話が始まる。清人は聞き流して、カレーを食べながらスマホをいじる。メールを開くとアッシから合コンの誘いが来ていた。さっそくレスを打っていると、「おい、聞いているのか?」とテーブルから粘着質な声がした。

公認会計士をしている圭介は、何ごとにおいても慎重で手堅い性格だ。ギャンブルはしないし、酒もたしなみ程度だ。女性関係はおろか、人づきあい全般において消極的で、楽しみといえば野球と読書くらいのものだ。

こういう人生が楽しいのか清人にはわからない。きっと圭介にも清人の生き方はわからないだろう。だから口を噤《つぐ》んでいる。

萌子がキッチンからやって来た。

「お父さん、もうカレーはいいの？　ああ、そういえばおじいちゃんの遺品を見ていたら、こんなものがあったのよ」

圭介の向かいに座り、萌子が写真らしきものを差し出す。圭介は一瞥《いちべつ》して、「ああ、うん」という曖昧な返事とともにすぐに突き返した。

「もう少しちゃんと見てもいいんじゃない？　もう」

呆れた顔で萌子は清人の隣に来て、「あんたも見る？」と写真を差し出す。受け取って目をやると、それは子供と両親を写した、古いスナップだった。

繁華街のような路上に、六歳くらいの男の子が立っている。紺のブレザーに短パン、背中にはランドセルを背負い、緊張気味にこちらを見ている。

「入学式の日よね。ふふっ、お父さん、面影あるわ」

「えっ、父さんって、この子が？」

萌子の言葉に驚き、清人はいったん離した視線を再び写真に注ぐ。

そう言えば、生真面目そうな目元に面影がある。

――ということは、ここに写っているのは、じいちゃんとばあちゃん？

清人は男の子の左右に立っている両親を凝視する。

若い頃の祖父母を見るのは、これが初めてだ。写真の中の祖母、雪乃は二十代後半くらい。鮮やかな茜色の着物を着て、やや伏し目がちに微笑んでいる。顔立ちは比較的地味でおとなしそうなのに、着物が鮮やかなので、ややアンバランスな感じを受ける。

祖父の隼人はダークストライプのスーツを着ている。腕にはこの前のトレンチコートをかけ、手には中折れ帽を持っている。時代を越えて同じコートが現代に存在しているのが不思議な気がする。

隼人はスラリと背が高く、髪の毛はオールバック。切れ長の目が印象的で、まるで昔見た白黒映画のスターのようにいい男だ。

「これが、じいちゃん……？」

清人は、にわかに信じがたい気持ちになる。あの陰気な祖父が若い頃、こんなにも颯爽としていたなんて。

写真を裏返してみると、そこにはペンで「昭和四十一年春、会社前」と書かれていた。

「会社前って、じいちゃんが勤めてた？」

「勤めていたんじゃなくて、経営していたのよ。あら、あんた、知らなかったの？」

「知らなかったっていうか……」

聞いたことなかった、じいちゃんが社長だったなんて。

「会社ってどんなの？　何系？」

興味をおぼえて訊ねると、テーブルのほうから「母さん、カレーおかわり」と不機嫌な声がした。「はいはい」と肩をすくめてキッチンへ戻って行く萌子。「まったく、こういうところが子供なんだよ」と清人は溜息をつく。

今まで父と祖父の不仲は、漠然とだが、祖父の意固地さが原因のように考えていた。しかしもしかしたら違うのかもな、と思いながら、写真をそっとポケットに忍ばせた。


部屋に戻ると清人はベッドに横になり、祖父とマリコのストーリーを思い描いてみる。偽のマリコを仕立てるにしても、隼人との間にどんな出会いと別れがあったのかはこちらで考えなくてはいけない。今こそ作家志望の腕の見せどころだと思ったが、なかなかいいアイデアが浮かばない。

「そうだ。まずは時代背景を調べなきゃ」

清人はネットで昭和四十一年の出来事を調べてみる。

〔日本の人口が一億人突破。いざなぎ景気。ビートルズ来日。グループサウンズブーム。カラーテレビ、車、クーラーが新三種の神器に。ファッションではロングブーツ、モッズルック、ミリタリールックなどが流行。ヒット曲は加山雄三の『君といつまでも』、ザ・スパイダースの『夕陽が泣いている』、美空ひばりの『悲しい酒』……〕

いろいろとてんこ盛りだけど、なんだか楽しそうだ。きっと今と違って、日本が夢と希望と善意に溢れていた時代なのだろう。

ベイブリッジも、みなとみらいも、横浜スタジアムもない頃の横浜。コンクリートがむき出しの埠頭を、トレンチコートを着た隼人が颯爽と歩く姿が脳裏をよぎった。

2

バイト先から目と鼻の先だというのに、中華街に足を運ぶのは、ほぼ一ヶ月ぶりだ。市場通りを行くと、交差する道の角に見覚えのあるビルが見えてくる。その前の道端に、しゃがみ込む人影があった。

サンダルをつっかけたラフな格好の不破が、ソーセージを手でつまんでゆらゆらと揺らしている。その視線を清人がたどると、二メートルほど先の路上に太った三毛猫が寝そべっていた。たしか一階の占い師が飼っている猫だ。名前を思い出しながら清人は歩みを止める。

「フク、フク」

誘うように不破は名を呼ぶが、フクはニャーともフーとも言わず、ソーセージさえ無視をしておざなりに尻尾を振って、気だるそうに目を細めている。

残念そうな不破を見て、清人は今来た道を前の角まで戻った。スマホを取りだして

「あー、もしもし?」と、わざと聞こえるような声で話しながら歩き出す。ビルの前まで行くと、不破が素知らぬ顔で携帯をいじっていた。

「あれ、不破さん、どうかしたんですか?」

「あ、いや……今、メシを買いに出ようとしたらメールがあって」

「そうなんだ。良かった、すれ違いにならなくて」

フクはもういない。きっと不破が追い払ったのだろう。ハードボイルドを気取る大男が、猫につれなくされてションボリしている図は、見た側も、見られた側もバツが悪い。

これは貸しだな——清人は密かにほくそ笑むのだった。


「それで、俺に頼みたいことというのは?」

事務所のソファに腰を下ろすと、不破はパッケージからタバコを一本引き出す。

「これなんですけど」

くだんの写真を見せる清人。そこに写っているのが父と祖父母であることや、祖父が若い頃に会社を経営していたらしいことを語る。

「僕、じいちゃんの会社がどんなだったか調べたいんです。でも、取っ掛かりがわからなくて。どうやって調べたらいいですかね?」

「親に聞いたらいいんじゃないのか?」

「そうなんですけど、うち、父さんとじいちゃんが仲悪くて……話したがらないんですよ。

母さんに聞いたら、会社は『アララギ通商』っていう名前で、横浜にあったらしいことだけはわかったんですけど」

「なるほどな」

不破はひとしきり写真を眺めた後に、裏返し、『会社前』という文字を見る。

「ところでお前、それを調べてどうするつもりだ？」

「どうするっていうか……」

本当は、隼人とマリコのラブストーリーを練るのに参考にしようと思っているのだが。

「……まあ、ちょっとした好奇心てやつですか？」

不破にバレると知佳とのことまで詮索されそうなので、ここは誤魔化すことにする。

「好奇心、ねえ」

胡散臭そうな顔をする不破が、「ま、いいだろう」と写真を置いた。

「これは、伊勢佐木町だな」

「えっ、どうしてわかるんですか？」

「これを見ろ」

不破は写真の中の一ヶ所を指さす。

隼人たち三人の背後には、大きな通りがまっすぐ後方に伸びている。左右には商業ビルが建ち並んでいる道の最初の角にある、白い中規模なビルを不破は示していた。

「オデヲン座だ。前に古写真で見たことがある。今は建て替えられているが、昔は百年以上、伊勢佐木町を代表するビルだったはずだ」

「へえ、そうなんですか？」

「調べれば場所はわかるだろう。俺が手伝えるのはここまでだ。ああ、昔のことを聞くなら、生活必需品の店にあたるんだな」

それだけ言うと不破はタバコをにじり消し、出かける支度を始めた。


スマホで調べてみると、オデヲン座は明治四十四年オープン。日本初の洋画封切り館で、外国文化の発信基地として人々に愛されていたという。

今はさまざまな店舗が入る複合商業ビルへと生まれ変わっているという。

伊勢佐木町に足を運んだ清人は、写真と照らし合わせてアララギ通商があった場所を特定した。それからは周辺の古そうな店に聞き込みをしてみる。米屋、酒屋、タバコ屋、寝具屋……。

昔のことを尋ねると、なるほど、不破が生活必需品の店をあたれと言った理由がよくわかった。こういった職種は客と接する機会が多いので、町の事情に明るいのだ。

聞きこみの結果、隼人の会社を憶えている人が何人かいた。アララギ通商はベネチアングラスを輸入する会社だったらしい。最盛期で社員は五十人くらい。

現在のイセザキモールから一本奥まった通りにあったという自社ビルは、一階が店舗で、ショーウィンドーから見えるシャンデリアやグラスの陳列の華やかさから、クリスタル御殿と呼ばれていたという。

夕刻、伊勢佐木町を後にする清人の心は新鮮な驚きに満ちていた。

じいちゃんがこれほど成功していたなんて。羽振りのいい実業家で、しかもイケメンなら、さぞかしモテただろう。マリコとのラブストーリーも、あながち、あり得なくもないような気がしてきた。

家に帰り、隼人のアパートから持ってきていた遺品を調べてみる。

ごつごつした素焼きの湯呑み、木製のタバコパイプ、LPのレコード盤が八枚。

レコードは全部ジャズだ。カバーを見るとアメリカの黒人バンドのものが多いが、日本人のオムニバスも一枚あった。何げなくミュージシャンの名前を追っていて「えっ？」と思う。何人かのミュージシャンに交じって、そこには『仲邑真莉子《なかむらまりこ》』という名前があった。

＊

横浜には、いったいどのくらいジャズを聞かせる店があるのだろうか。

ジャズクラブ、ジャズ喫茶、ジャズバー……ネットで検索しただけでも、かなりの数ヒットしたが、その中で昭和から続いている店となると絞られる。そんな店のひとつ、野毛にある『スイングビート』に清人は向かっていた。

仲邑真莉子というジャズシンガーが祖父の相手かもしれないという話をすると、知佳は携帯の向こうで、「えっ、有名人なんてすごーい！」と興奮の声をあげた。

「まだわからないけどね、その可能性もあるんじゃないかなって」

ネットで調べた結果、仲邑真莉子は生きていれば、今は七十代半ばくらいになる。日本の女性ジャズシンガーの草分け的な存在で、日本人離れしたスタイルとエキゾチックなルックスから、一時は『和製ビリー・ホリディ』と呼ばれて、もてはやされたらしい。しかし、今は消息不明だという。

「ネットの噂じゃ、芸能界を引退した後に横浜に戻ったらしいよ」

「じゃあ、その時、おじいちゃんと出会って？」

そんな話から盛り上がり、清人はジャズハウスをあたってみることにしたのだ。

昭和三十一年から営業しているという『スイングビート』は、壁を埋め尽くすように、ずらりとレコードが並べられていた。清人は店長に仲邑真莉子のことを知っているか聞いてみる。

「ああ、〝ハマのマリー〟ね。ここに来たことあるよ」

「えっ、本当ですか？」

「だいぶ前だけどね。ほらサインも」

そう言ってマスターが見上げた壁には、サイン色紙が何枚も飾られていた。その中の一枚に、クセのある字で『ＭＡＲＩＫＯ』の字が見て取れる。

「本当だ。マスターは真莉子さんに会ったんですか？」

「いや、前の店長の時だからね。年は取ったけど綺麗だったって常連さんが言ってたな」

やはり真莉子は横浜にいた。もしかしたらこの店は、祖父との思い出の店なんじゃないか。そんな風に考えて、隼人の写真を見せてみる。

「この人がお客で来ませんでしたか？　あ、もう少し年をとっていたと思うんですけど」

「誰だい、この人？」

「あ、うちの祖父なんですけど。若い頃の」

「え……シブいじゃん。……でも、ごめん、わからないや」

礼を言って店を出る。隼人の情報は得られなかったが、清人の心は明るかった。

仲邑真莉子はこの店に来ていた。それは引退してもジャズを捨ててはいなかったということだ。祖父もジャズが好きで、伊勢佐木町の会社はここから遠くない。これは可能性ありだぞ、と期待を膨らませ、清人は次の店に向かった。


夜、ビビンバ丼をおかわりする清人に、萌子は「すごい食欲ね」と目を丸くした。

「いいだろ、夏だし、エネルギー補給しないと」

今日は炎天下の中を歩きまわって、すっかり体力を消耗してしまった。

結局、真莉子が糸文字のマリコだという確認は得られなかった。けれど芸能界を引退して横浜に戻った彼女は独身を通して、伊勢佐木町でバーを開いていたらしいという噂を仕入れた。

もっと隼人の情報が欲しくて、清人はテレビの野球中継を見ている圭介にさりげなく話を振ってみる。

「そう言えばさ、じいちゃんの遺品にロックグラスがあったよね。ウィスキーが好きだったのかな」

圭介はテレビに顔を向けたまま、「さあ、どうだったかな」と空返事をしてくる。

「仕事上がりに飲みに行ったりしたのかな。ほら、部下とか連れてさ」

今度は返事がない。さらに清人が話しかけようとすると、圭介は「よしっ！」と声をあげた。贔屓《ひいき》の球団がヒットを打ったようだ。食事そっちのけで「周れ！」と応援する圭介を見て、清人は「何だかなあ」と呆れてしまった。

食事を終えて部屋に戻ろうとすると、萌子が「清人、ちょっと」と声をかけてくる。清人をキッチンの隅に引っ張っていき、リビングにいる圭介に目を配りながら萌子は声をひそめた。

「あのね、おじいちゃんの会社、倒産したのよ」

「えっ、いつ？」

「いつだったかしら。四十年近く前だから、おじいちゃんが四十五か、六くらいの時ね」

これは昔、お父さんから聞いた話なんだけどね、と前置きして、萌子は話し始める。

若い頃の隼人は仕事一辺倒の人で、家庭を顧みることがなかったという。そのため圭介は寂しい少年時代を過ごした。会社は順調に成長したが、気苦労が祟ったのか、雪乃は若くして病気で亡くなった。

それからは隼人のワンマンぶりには拍車がかかり、周囲が止めるのも聞かずにハイリスクな投資をするようになった。結果、失敗して倒産。

当時大学生だった圭介は退学を余儀なくされ、一時は借金取りに追われる生活を送った。その後、圭介は苦学して公認会計士の資格を取り、安定した生活を手に入れたが、隼人との心の溝はついぞ埋まることはなかった。

「お父さんとおじいちゃんのことは肉親だけに根深くてね、だからお母さんも立ち入れないのよ」

「知らなかった……そんなことがあったなんて。教えてくれれば良かったのに」

「まあねぇ、お父さんも、あまり言って欲しくなさそうだったし、あんただって聞いても楽しい話じゃないから」

「あのさ、じいちゃんて、ジャズが好きだった？」

「え、どうして？」

「いや、遺品の中にレコードがあったからさ」

「ああ、あれは浩之《ひろゆき》があげたのよ」

「えっ、ヒロ叔父さんが？」

「そう、二十年……もっと前かしら、おじいちゃんの何かのお祝いに。プレイヤー持ってるなら、音楽が好きかもなんて選んだらしいんだけど、あまり嬉しそうじゃなかったわね。

そりゃそうよ。おじいちゃんは演歌ひと筋だったもんねえ」

　萌子は思い出したようにクスクスと笑った。


「何だよ、もう〜」

　部屋に戻った途端、清人は気が抜けたようにベッドに沈みこむ。

　とんだ勘違いで一日を棒にふってしまった。何だかあちこち歩きまわった疲れがどっと出てきたみたいだ。気分転換にゲームでもやるかと手を伸ばしかけた時、携帯が鳴った。

「よっす、清人、俺。——何してる？」

　相手はゼミ仲間のアツシである。飲み会をしているようで、周りがやけに騒がしい。

「あー、とりあえず、家《うち》。なに、盛り上がってんじゃん」

「おう、同中《おなちゅう》仲間の飲み会でさ、ほら、成人式で会ったじゃん？」

「ああ、そんなこと言ってたね。ところで、何？」

「そうだ、例の軽井沢の件、どうなった？」

　清人は「あ」と小さな声を漏らす。

「それが……親がうるさいみたいでさ、知佳ちゃんは行きたいって言ってるんだけどね、目下、口説き中って感じ？」

「ははは、お前、警戒されてんじゃねえの？　エロいオーラ出してんだろ」

「ないない、そんなの」

笑いながらも、そうかなあと思う。

「どうでもいいけど、早くキメろよな。それと知佳ちゃんに、可愛い友達連れてくるように言っといてね」

「そこかよ！」

「それから……あっ、ちょっと待って。バカ、それ俺の……あっ悪《わ》りぃ、またかけるわ」

妙なテンションで通話は切れた。「何だよ」とぼやきながら携帯を投げ出す清人。

――さて、これからどうしようか。

とりあえず知佳には、糸文字のマリコは仲邑真莉子だったということで押し通そう。

裕也にはシニアタレントの件は頼んである。あとは隼人とマリコのロマンチックなストーリーを作るだけだ。

デスクにつき、パソコンを開くと、そこには昨日打ち込んだ文章がある。


〝芸能界を引退した真莉子は、野毛のジャズバーで歌うようになる。そこへ妻を亡くした隼人が客として来る。心に空虚なものを抱えていたふたりは、やがて魅かれあい、めくるめく恋に身を焦がすようになる。しかしベネチアへ買い付けに行った隼人が暴漢に襲われ、記憶喪失になってしまう。

一方、真莉子も悪徳芸能プロデューサーに借金の返済を迫られていた。借金のカタに海外へ売られそうになった真莉子はコンテナ船から逃げ出し、横浜から姿を消すことを決める。さよならの意味を込めた白いハンカチを隼人の部屋のコートに残して。〟

「……ちょっとあざとすぎたかな」

清人は気はずかしくなる。昨夜はノリノリで書いてみたけれど、改めて読み返してみると、妙に空々《そらぞら》しい。これではいくら知佳が夢見がちな性格でも、背中がムズ痒《がゆ》くなってしまうだろう。

「書き直しだな」

そこにある文章を消して、清人はキーボードに指を走らせた。

3

次の日、横浜サンドリヨンのドアを押すと、更紗は窓辺のテーブルチェアにいた。ストレートの髪をほどき、開け放った窓からそよぐ風を受けて涼んでいる。白いブラウスの胸元が風をふくみ、わずかにはだけていた。

目を細め、景色を眺めていた横顔が、こちらを向いてニコッと微笑む。

「いらっしゃい、清人さん」

「あ、ごめんね、休憩中だった？」

「仕事部屋は機械が多いから暑くて。さ、どうぞ」

更紗は清人を向かいの席にうながすと、奥の部屋から、アイスティーを持ってくる。

「ごめんなさい、おじい様のコート、ちょっと苦戦しているんです。黒カビって落とすのが大変で。……あ、でも、きっとキレイにしますから」

「うん、ありがとう」

礼を言いながらも、清人はちょっと後ろめたい気分になる。知佳との旅行資金にするためにコートを売るとは、口が裂けても言えない。罪悪感から逃れるように、さり気なく言い訳をしてみる。

「あ、でも、あのコート、洗い上がっても僕は着ないかも」

「どうしてですか？」

「あー、ええと……よく考えたら、重い服って苦手なんだよね。なんか肩凝っちゃって」

「重いのは当たり前ですよ。トレンチコートは戦う男の服ですから」

「え、どういうこと？」

「それはですね」

更紗は微かに身を乗り出すと、説明を始める。

トレンチコートは、第一次大戦下、英国軍の軍用服として広まった。塹壕《トレンチ》で激しい戦いが繰り広げられていたことから、この名前がついたという。

戦う男を守る服なので、何よりも丈夫さが求められる。トレンチコートに使われているのは、雨に濡れても丈夫なギャバジンという生地で、これはバーバリーの創始者、トーマス・バーバリーが農夫の着ているリネン素材にアイデアを得て考え出したものだ。

素材だけでなくデザイン面でも、トレンチコートには戦時下におけるさまざまな工夫がなされている。例えば、肩についているベルト状の細長い布はショルダーストラップと呼ばれ、水筒や双眼鏡をぶら下げるためのもの。ウエストのベルトについている「D」の形をした金属リングは手榴弾を下げるためのもの。左肩のみにつけられた布はガンフラップといって、銃の台尻を当てるためのもの、といったふうに。

「こういったパーツの多くは、平和な現代では無用の長物でしょう。化学繊維の開発も進んでいますし、ギャバジンよりも強くて軽い素材はいくつも生み出されています。それでもなお、当時と変わらないデザインと生地が愛されているのは、なぜでしょうか？　国を守り、家族を守り戦った男たちの精神が受け継がれているからだと私は思うんです」

一気に喋って、更紗は満足げに息をつく。

「そうなんだ。ただ重くて地味な服だと思っていたけど、いろいろ意味があるんだね」

あと十年くらいしたら着てもいいかなと、清人は少しだけ心が動いた。とはいえ、今は十年後のコートより、目先の旅行資金だ。……と、そこまで考えて、ここに足を運んだ目的を思い出した。

「ところでさ、今日来たのは、更紗さんに頼みがあったからなんだよね」

「なんですか？」

清人はバッグから、糸文字の縫いつけられたハンカチを取りだす。

「このハンカチの持ち主を、プロファイルしてもらえないかな？」

更紗は驚いたようにハンカチを見つめ、その視線を清人に戻す。

「……どうして、それを知りたいのですか？」

「どうしてって」

オウム返しにつぶやいて、不破にも同じように訊かれたな、と清人は思い出す。

昨夜、あれから隼人とマリコのストーリーを考え続けたが、まったく浮かばなかった。

そこで、マリコがどんな女性だったかヒントをもらえれば、インスピレーションが湧くんじゃないかと思ったのだ。

「まあ、ちょっと気になってさ。じいちゃんの元カノだったら、孫として興味あるし」

笑ってみせると、更紗は真剣な表情を向けてきた。

「ひとつお聞きします。清人さんは、おじい様のトレンチコートを押し入れの中から見つけたと言いましたが、それはどのような状態だったのでしょうか？」

なぜかハンカチからトレンチコートに話が戻ったので、清人は戸惑いながらも説明する。

「そうだな、押し入れの一番奥に、長い間放置されてたって感じかな。積み重ねられたダンボール箱の奥に……蓋なんかもう、フニャフニャになってて」

「そうですか」

更紗は口元に手をやり、何か考えこむような仕草をする。

伏せたその視線を上げることなく、更紗は静かに告げた。

「残念ですが、ハンカチのプロファイルはできません」

「えっ、どうして？」

「どうしてと言われても……どうしてもです」

更紗は顔を背け、膝の上に置いた手をギュッと握っている。

「あの……もしかして、何か困ってる？」

清人が問いかけると、更紗はぷるぷると首を横に振った。

「だったら……」

「ごめんなさい。私がシミや汚れの原因を考えるのは、服をキレイにして、着る人に幸せになってもらいたいからで……でも、これは……おじい様のコートは洗いますけど、ハンカチの件は……すみません、勘弁してください」

なんともちぐはぐな返答をして、更紗は逃げるように席を立ってしまった。


すっかりアテが外れた気分で清人は、サンドリヨンを後にする。

――もっと気軽に引き受けてくれると思ったのに。

そもそも糸文字に気づいたのは更紗だし、少なくともあの時は謎を解くことに乗り気だったような気がする。それがどうして急に態度を変えたのだろうか――。

元町の道路脇に並ぶブティックのショーウィンドーを流し見ながら帰っていると、ガラスに映る人波の中に知佳の横顔がちらりと見えた気がした。「あっ」と思って振り向くと、やはり本人である。前に合コンで一緒だった女友達ふたりと談笑しながら、前を歩いて行く。声をかけようか迷うが、不意にイタズラ心が頭をもたげた。

知佳たちがどんな話をしているか盗み聞きしてやろう。運が良ければ、ノロケ話のひとつも聞けるかもしれない。

少し離れて後を尾けると、知佳たちはファーストフード店に入って行く。少し時間を置いて清人も入ると、奥のボックス席に知佳たちはいた。

清人はカウンターでオーダーを済ませ、パーテーションで区切られた隣のシートに腰を沈ませる。会話が聞こえるか心配だったが、三人の話し声は周囲を気にしないほど賑やかだった。ときどき湧き上がる甲高い笑い声が妙に耳障りだ。

――あれ、この娘たち、合コンでこんなだったっけ？

清人は妙な違和感をおぼえた。

ファッションの話、タレントの話、取り留めのないガールズトークが十五分ほど続いた後に、友達が知佳に話を振る。

「そういえばさあ、知佳、この前のチャラ男クンとはどうなったの？」

「そうそう。合コンでも知佳狙いなの、ミエミエだったよね」

「会ったよ。この前、映画見て、ごはん食べた」

「嘘っ、やること早～い！」

「っていうかさ、探偵事務所でバイトって笑えない？」

そこまで聞いて、清人は初めて自分が話題にされているのだと気がついた。

「それで、どうなの？　知佳、付き合うの？」

「まさか。ルックスはまあまあだし、ごはん奢ってくれるから遊んだりはするけど、彼氏にはねえ。てか、泊まりがけで旅行行こうとか、ウザいんだけど」

「げっ、必死すぎ」

「それで知佳、断ったの？」

「保留。いちおうキープしときたいから、絶対できなさそうなこと頼んで、返事引き延ばしちゃった」

「うわー、悪魔」

「いいでしょ？　男と女は騙し合い」

知佳は笑いながら、ペロッと舌を出した。


「……はは、やられたね」

乾いた笑いが清人の口から漏れたのは、店を出て川沿いの道を歩き始めた頃だった。

不思議に、怒りも悲しみも湧いてこない。我ながらチープな恋をしたものだと思う。

いや、本当に恋だったのだろうか。思えばそれほど夢中でもなかったような気がする。

そういえば、前に付き合った女の子から言われたことがあったっけ。清人君って、明るくて楽しいけど、ときどき何考えているのかわかんない時あるよね……と。

清人は思う。きっと自分は周囲の空気を読んで、明るい清人を演じているだけなんだ。本当は父さんのように、家族にも誰にも興味のない冷たい人間なんだ。

「男と女は騙し合い……か」

改めて、知佳の言った言葉を嚙みしめてみる。

額に滲んだ汗をウェットティッシュで拭いたくて、バッグの中をかき回す。その時、不意に例のハンカチが目についた。何げなく手に取り糸文字を見つめていると、突然、今つぶやいた言葉がパズルの最後のピースのように、カチッとはまった気がした。

そうか、そうだったんだ。

だから更紗さんは、ハンカチの持ち主をプロファイルしたがらなかったんだ。

霧のように頭の中に立ちこめていた疑問が、みるみるうちに晴れていく。

次の瞬間、清人は突き動かされるように駆け出していた。

「もしかして気づいてた？」

カウンターの中から驚いて見つめる更紗に、清人はつかつかと歩み寄る。

「気づいてたよね。このハンカチ、本当はマリコさんじゃなくて、ばあちゃんのものだったんじゃないかって」

「いえ、あの……」

「そう思ったからプロファイルしたがらなかったんだよね？　そうだよね？」

「清人さん……」

泣き出しそうな更紗をそれ以上追い込むのは止めて、清人は「僕の考えを話すね？」と、自分の推理を語り始めた。

そもそも糸文字は、一部のクリーニング業者しか知らないものだ。ではなぜそれが、ハンカチに縫い付けられていたのか——？

それは暗号の役目をしていたのではないかと清人は考える。

糸はハンカチと同じ色で縫い付けてあって、目を凝らさなければ気づかない。万が一見つかったとしても、一般の人には何が書かれているのかわからない。

では、隼人がマリコという女性と秘密のやり取りをしていたのか。いや、それは考えにくい。隼人は仕事で出ていたし、相手と連絡を取りあうことは容易にできる。

では、糸文字の暗号は誰が送ったのか——？

「ここからは僕の想像なんだけど」……そう前置きをして、清人は話を続ける。

「この暗号を送ったのは、ばあちゃんじゃないかな。でも、ばあちゃんは糸文字のことなんか知らないから、誰かが教えたんだよ。それはクリーニング屋の人で……つまりばあちゃんは、その人と暗号をやり取りする関係——不倫をしていたんじゃないかな」

言い終わると、部屋には沈黙が落ちる。外は少し風が出てきたようだ。

「……僕の考え、間違ってるかな？」

すくい上げるような視線を向けると、更紗は静かに首を横に振った。

「私も……清人さんと同じようなことを考えていました」

まるで自分が悪いことでもしたかのように、申し訳なさそうな表情だ。

「糸文字の『マリコ』が何を意味するのかはわかりません。ハンカチがおじい様のコートのポケットに入っていた理由も。ただ、当時クリーニング屋さんには、各家庭にうかがって服を集荷配達する、『御用聞き』というシステムがありました。クリーニングに出す服のポケットに糸文字入りのハンカチを潜ませれば、メッセージの役目を果たせたのではないかと思います」

ただし、と更紗は続ける。

「これはあくまでも想像でしかありませんし、もしそうだとしても、きっとそこには、そうなるまでの事情があったのだと思います。これも想像でしかありませんけれど、おじい様は、このことに気づいていたのではないでしょうか。気づいていて、忘れようとした。だから押し入れの奥深くにコートを仕舞った。……いずれにしろ、全ては終わったことです。おじい様も、おばあ様も、今はこの世にはいません。過去に何があったのかを掘り起こすよりも、このままそっとしておいた方が良いのではないでしょうか」

＊

口では「そうだね」と言ったものの、清人の中には釈然としない気持ちが残った。

心にはいくつもの疑問が湧いてくる。

——ばあちゃんは、どうして浮気をしたんだろうか。

——相手はどんな人だったんだろうか。

——家族を裏切って、罪悪感はなかったんだろうか。

——そして、ばあちゃんは家族のことを愛していたんだろうか。


家に帰って、「ばあちゃんって、どんな人だった？」と訊いてみる。

「どうしたんだ、いきなり」と怪訝な顔をしながらも、隼人の時とは違って、圭介の口は軽かった。

「どんな人かと言われると困るけど……穏やかで家庭的な人だったかな。料理が上手で、手先が器用で……服なんか、けっこう自分で縫ってたな。授業参観があると手製の服を着てきて、同級生から『お洒落なお母さんだね』って褒められて鼻が高かったよ」

おそらく家族に見せる顔は、恋人に見せるそれとはまた別のものだったのだろう。祖母が家族のことをないがしろにしていなかったのは良かったが、半面、表と裏を使い分ける女のあざとさが透けて見えるようで清人は嫌な気分になった。

「父さん、たまにはばあちゃんと出かけることとかあったの？」

「たまにな。そういえば写真があったはずだぞ」

圭介は一枚の写真を持ってくる。それはこの前の、入学式の日の写真と同じくらい古いものだった。

動物園の象の檻の前で、男の子がピースサインをしている。その両端にはふたりの女性がいる。ひとりは雪乃だとわかるが、もうひとりの若い女性は誰だかわからない。タートルネックのセーターとチェック柄のスカート、どこか垢抜けない感じだ。

「この人は？」

「ああ、お手伝いのミツコさんだ」

「えっ、お手伝いさんなんかいたの？」

「うちはけっこう広かったからな。年寄りも同居していたし」

「このミツコさんって今、どこにいるのかな？」

つい訊いた後で、清人は自分が当時のことを知りたがっているのだと気がついた。

――この人なら、ばあちゃんと浮気相手のことを知っているかも知れない。

「お前、どうしてそんなことが知りたいんだ？」

圭介に怪訝な顔をされ、咄嗟に清人は口から出まかせを言う。

「いや、ちょっと……昭和の風俗みたいなの、ゼミの課題になっててさ」

「そうか。残念だが、わからないんだ。昔のことだしな、この写真を撮って半年くらいで辞めてしまったし」

「そうなんだ」

自分でもバカなことを訊いてしまったと反省しつつも、改めて写真に目をやる。

「ここ、動物園だよね？」

「ああ、野毛山の。母さんがときどき連れて行ってくれたんだ。うちは洪福寺の近くだったから、市電で一本だったからな」

写真の中で雪乃は笑っている。隼人と撮った写真とは別人のような笑顔だった。見つめていた清人の中に、再び〝あの疑問〟が湧いてくる。

——ばあちゃんは、家族のことを愛していたんだろうか……。


翌日、横浜サンドリヨンの前まで足を運びながら、清人は中に入ろうかどうしようか迷っていた。更紗に会っても、何をどう話したらいいのかわからない。

——やっぱり帰ろう。

踵を返すと、ちょうど紬とばったり会った。

「あ、清人君！」

「つ、紬ちゃん……おかえり、早いね」

「部活がなかったからね。ところで今、うちに入ろうとしてなかった？」

「……あっ、うん、ちょっと、用事ができて」

「ふーん。そうなんだ」

紬は、なぜか観察するように清人を見つめる。

「ところでさ、お姉ちゃん昨日から、何か様子が変なんだけど、どうしてか知らない？」

「え、そうなんだ。……さあ、僕は」

「そっか。とにかく顔だけでも見てってよ」

そう言うと、紬は清人の腕を引っ張ってドアを開ける。清人は「ち、ちょっと」と慌てるが、紬は「おねーちゃん、清人君」と奥に向かって叫んだ。

すぐに現れた更紗は、「あっ」と小さな声を漏らし、戸惑いの表情を浮かべる。

「ごめん……連日押しかけちゃって」

バツの悪い清人。

「い、いえっ……もしかしたら来るかなって、思って、いましたから」

落ち着かない様子のふたりをよそに、紬は「さてと、冷たいものでも持ってこようかな」と聞こえよがしに言って奥の部屋に向かう。

「あっ、飲み物なら私が」と更紗は追いかけようとするが、「いいから、いいから」と紬は手をひらひらさせて行ってしまった。

残された更紗は途方に暮れたように閉まったドアを見ているが、肩で大きく息をすると、清人のほうに向き直った。

「清人さん、今日いらしたのは、例のハンカチのことですね？」

「うん……何ていうか、知りたいんだよね、ばあちゃんの相手」

「清人さん……」

更紗は困ったような表情になる。何か言おうとするが、それを制して清人が口を開いた。

「わかるよ、そっとしておいた方がいいって、更紗さんが思う理由。探ったら嫌なものも見えてくるだろうし、そうなったら僕、ばあちゃんのこと軽蔑するかも知れないし。ばあちゃんの気持ちはばあちゃんのもので、いくら調べたって、本当のところはわからないわけだし……でも、やっぱり知りたいんだよね……家族だから」

感情のほとばしるまま一気に喋った後で、清人の中に気恥ずかしさが湧いてくる。なに熱く語ってんだよ、そういうキャラじゃないだろ?

自分で自分につっこみを入れていると、更紗が黙って部屋を出ていった。

やがて戻ってきたその胸には、古いアルミ製の菓子箱が抱かれている。それをテーブルの上に置くと、更紗は「こちらにどうぞ」と窓辺のテーブルに清人をうながした。

蓋を開けると、箱の中にはたくさんの書類が入っていた。その一番上にある、厚紙で縁どられた大判の記念写真を更紗は差し出す。

受け取って清人が見ると、そこには正装した男女が二十人ほど整列して写っていた。場所は屋外、集団の中央には人の背丈ほどの高さの石碑がある。下に紅白の幕が落ちているところからみて、何かの式典だろう。

「これは?」

「クリーニング発祥の地記念碑を建立した時の、記念写真です」

「え、そんな碑があるの?」

「すぐそこの谷戸《やと》坂に。横浜はクリーニングが始まった街ですから。碑が建てられたのは昭和四十八年。そこに写っている人の多くは、当時、横浜でクリーニング業を営んでいた方たちです。——その中に、おばあ様のお相手がいるかも知れませんね」

「あっ……！」

清人は思わず写真を見つめる。写っているひとりひとりの顔は小さくて判別もできないほどだが、考えてみればたしかに、雪乃が生きた時代と符合《ふごう》する。

「もしそうでなくても、とにかく訊いてみてはいかがでしょうか。これは式典の参列者の名簿です」

更紗は箱の中にあった冊子を差し出してくる。そこにはクリーニング店らしき店名と、代表者名、住所などがずらりと記されていた。

「あ……ありがとう。恩に着るよ」

「見つかるといいですね」

そう言うと、更紗は今日初めての笑みを見せた。

うなずき、勢いよく立ち上がる清人。店を出ると後ろから、紬の大声が追いかけてきた。

「ちょっと清人君、アイスコーヒー……もうっ！」

元町を後にした清人は、みなとみらい線で横浜駅へ向かった。

圭介は昨日、子供の頃、洪福寺の近くに住んでいたと言っていた。だとすれば、祖母の相手が働いていたクリーニング店もその辺りにあるのではないかと思ったのだ。

足を運ぶと洪福寺の周辺は、整然とした住宅地になっていた。どうやら区画整理がなされたようだ。昔の町並みをうかがい知ることはできない。それでも気合を入れて聞きこみを開始する。式典の参列者名簿に載っている店の中で、この地区に該当するものは三軒ある。あたってみると、いずれも廃業して個人住宅に変わっていた。

諦めずに少し範囲を広めてみる。北に行くとアメ横のような庶民的な商店街があり、古い町並みが残っている。名簿によれば、商店街から一本奥まった通りに『ランドリー涼《すず》風《かぜ》』という店があるはずだ。

行ってみると、そこは今もクリーニング店だったが、店名が変わっていた。今や、格安を売りにした全国展開しているフランチャイズの名前がついている。

店に入ると、清人はカウンターの中にいる五十代半ばと思われる男性に話しかける。

「あの、ちょっとお聞きしますけど、こちらのお店って、昔、ランドリー涼風っていう名前でしたよね？」

「そうだけど？」

「この近くに昔、蘭《あららぎ》っていう家族が住んでいたんですけど、知りませんか？」

「蘭さんって、丘の上の？」

「えっ、知っているんですか？」

「知ってるよ。お大尽《だいじん》だったからね。うちのお得意さんだったし」

清人は思わず息を呑む。はやる心を抑えながら訊ねる。

「今から四十年、いや、五十年くらい前かも知れませんけど、こちらの店で働いていた男性を憶えていませんか？　蘭家に御用聞きに行っていた人なんですけど」

「悪いけど、君は？」

店主の探るような目に、清人はまだ自己紹介もしていなかったことに気がついた。

「すみません、僕、蘭家の者なんですけど、先日、祖父の隼人が亡くなって……昔、こちらの店員さんにお世話になったって感謝していたものですから……ひと目会って、お礼がしたいなって」

祖母の愛人を探しているとはさすがに言えない。人の良さそうな店主は、清人の話を信じたようだ。「そうですか。そりゃあわざわざ」と感心したように目をまたたかせる。

「協力したいのは山々だけどね、五十年前っていったら俺も子供だったたし、見習いさんも入れ代わり立ち代わりだったから、誰のことを言ってるのやら」

「糸文字が使える人なんですけど」

「糸文字？」

「知りませんか？　昔、服に糸で名前を縫いつけていたっていう」

「糸文字ねえ」

首をひねる店主に、妻らしき中年の女性が横から声をかけてきた。

「ねえ、あの人じゃない？　お焼香に来た」

「心当たりがあるんですか？」

「探してる人かどうかはわかりませんけどね、三年前にこの人のお父さんが亡くなったのよ。それからしばらくして、昔ここで働いていたっていう男の人が……ねえ？」

「綾瀬《あやせ》さんだろ？　焼香に来たんだよ。その後、ちょっと茶飲み話をしてね」

「言ってたじゃない、あの時、若い頃、お義父さんに面白いこと教わったって。糸で名前がどうとかって」

清人は色めき立つ。

「どういう人なんですか、その綾瀬さんって？」

「いや、それがさあ、よく覚えていないんだよな。この前の話じゃ、うちにいたのは俺が小学生の頃で、二年間くらい働いていたって言われたけど」

「ああ、あちらは懐かしそうだったじゃない。あんたに読み終わった本をあげたって」

「ああ、ポアロとかホームズとかな。不思議と、それは覚えているんだよな」

どうやら綾瀬は推理小説が好きだったようだ。漠然とだが、清人にはその男性が雪乃の恋人のように思えた。なぜなら糸文字でメッセージを送るという行為は、どこかミステリーじみているからだ。

「綾瀬さんは今、どこにいるかわかりますか？」

「そういえば年賀状が来てたな」

店主がいったん奥に引っこみ、それを探してくる。手渡されたハガキには『綾瀬修二《しゅうじ》』という名前があった。

家路につく清人の心は達成感に満ちていた。

ついに祖母の恋人らしき男性を探しあてた。年賀状によれば、綾瀬修二は鎌倉で、『ランドリーあやせ』というクリーニング店を営んでいるらしい。明日はその住所を訪ねてみようと心に決め、横浜を後にした。

その夜、清人が萌子と夕食を食べていると、帰ってきた圭介はなぜか機嫌が悪い。

「清人、お前、じいさんのことをいろいろ聞いてまわっているそうだな」

「えっ？」

責めるような口調に、萌子がキッチンに向かいながら「どういうこと？」と問いかける。

「どうもこうも……電話があったんだ、会社に」

圭介によれば、清人の聞き込みでアララギ通商のことを思い出した人物が、会計事務所の番号を調べて、連絡してきたという。知り合いが選挙に出るので一票を投じて欲しい、と……。

「まったく、仕事中だってのに昔話を延々とされて、まいったよ。清人、お前、どうしてじいさんのことなんか調べたんだ？」

「どうしてって……知りたかったからだよ。いいだろ、別に」

「くだらない。そんな暇があったら公務員試験の勉強をしろ。いつも言ってるだろう」

そっけなく言い捨てて隣室へ行く圭介。ネクタイを緩める後ろ姿を見ていると、清人の中にはやり場のない怒りがこみあげてきた。

「……くだらないってなんだよ」

自分でも知らないうちに、低いつぶやきが口をついて出ていた。

「家族のことを知りたいって思うのがそんなに悪いかよ。あのさあ、おたくらがどういう親子だったか知らないけど、じいちゃんだって、きっといろいろあったんだよ。悩んだりキツかったりしたこともあって……そういうの見ないフリして、なかったことになんかすんなよ！」

着替えている圭介の動きが止まる。そのまま凍りついたように固まり、こちらを振り向こうとしない。そんな父の背中を清人は睨みつけていた。

リビングには重苦しい空気が張り詰める。食卓に並べられた料理や、テレビから流れる間抜けな笑い声、キッチンのコルクボードに止められた買い物のメモまで、いつも当たり前にそこにある光景が、音を立てて壊れていく気がした。

それでもいい。かまうもんか、こんな上っ面ばかりの日常――。

「清人、あのね」

沈黙を破って声をかけたのは萌子だった。清人がふと見ると、母の顔は必死に笑いを作りながらも、今にも泣きそうだ。清人の中に急に罪悪感が押し寄せてくる。慌てて「なーんてね」と笑顔を取り繕った。

「ごめん、卒論のことでイライラしてて。……ごはん、もういいや。ごちそうさま」

やっとそれだけ言うと、清人は逃げるようにリビングを後にした。

「何やってんだよ、もう……！」

部屋のドアを閉めると同時に、激しい自己嫌悪に襲われる。

——あんなささいなことでキレるなんて。いつもみたいに笑って受け流せば良かったのに。それもこれも、全てはあれのせいだ。

清人は机の引き出しを開けて、糸文字つきのハンカチを摑む。

——このまま捨ててしまおうか。

糸文字のことは忘れて、ばあちゃんの彼氏を探すのも止める。じいちゃんのコートが洗い上がったら、予定通りネットオークションで売って小遣いを稼ぐ。その金でアッシを誘って合コンをして、知佳よりもずっと可愛くて、ずっと性格のいい彼女をゲットする。

——それで、いいじゃないか。

「……できるわけ……ないっしょ」

力なくつぶやいて、ハンカチを机の上に置く。

一度知ってしまったことをなかったことにするなんてできない。それほど要領のいい性格じゃないのは、自分でもわかっている。

明日は鎌倉に行こう。綾瀬修二に会って、そして全部終わりにしよう。

清人はもうひとりの自分に確認するように、心の中でつぶやいた。

4

緑色の江ノ電が、住宅街を縫ってのろのろと走って行く。

電車と線路脇の家とが驚くほど近い。窓から手を伸ばせば壁に触れられそうだ。

——そういえば、昔、乗ったよな。

清人は子供の頃、家族で江の島へ遊びに行った時のことを思い出す。

乗ったのは、もっとレトロな車輌だった。床は板張りで、冷房がなくて、天井で扇風機がまわっていた。はしゃいで窓から顔を出していたら、お気に入りの麦わら帽子を風で飛ばされてしまった。泣きベソをかいていると父さんが、「男の子は失敗するくらいが、元気が良くていいんだぞ」となぐさめてくれたっけ。大きな手で頭を撫でられて、メガネの奥で笑う目が優しくて、すごく安心したのを憶えている。

今朝はわざと寝坊して、時間をずらして食卓についた。顔を合わせなくてほっとしたのは、きっと向こうも同じだろう。

やがて前方の車窓には、右に左に、こんもりと木々が生い茂った低い丘が見えてきた。その脇を回り込むように電車は走り、何度目かのカーブを過ぎると、住宅街の向こうに海の青が広がる。

小さな駅舎を出て、スクールゾーンと書かれた舗装道路をゆるゆると上がって行く。十分ほどすると、前方の道の脇にカラフルなのぼり旗が何本もはためいているのが目に入る。そこには『ワイシャツ一〇〇円』『翌日仕上げ』などの文字がおどっていた。

サンドリヨンのようにハイカラな店ではない。いつか写真で見た、昭和の駄菓子屋を思わせる懐かしい造りだ。

すりガラスがはめこまれた引き戸を開けると、そこはコンクリートの土間になっていた。足を踏み入れてまず目に飛び込んできたのは、まるでカーテンのようにぶら下がっている膨大な数のクリーニング済みの服だ。

それらに囲まれるように、初老の女性が座っていた。手元で何か手芸をしていたようで、前屈みになっていた姿勢を戻して、「いらっしゃいませ」と顔を上げる。

穏やかな雰囲気の女性だ。髪は白髪まじりで、目尻や口の脇には皺が刻まれているが、若々しい印象を受けるのは、目の表情が明るいからだろうか。

「洋服のお引き取りですか？」

女性は人懐っこい笑顔でそう言った。

「あ、いえ、そうじゃなくて……あの、こちらに綾瀬修二さんっていますか？」

「あなたは？」

老眼鏡の奥で、微かに瞳が揺れた気がする。

「蘭清人と言います。……綾瀬さんに、ちょっとお聞きしたいことがあって」

こんな大雑把な言い方で大丈夫かなと思ったが、女性はそれ以上詮索をしなかった。

「この裏が自宅ですから、いったん外に出て、右奥の玄関のほうにまわってくれますか？」

そう言い置いて、自分も椅子を立つ。引き戸を出て清人が右を見ると、隣家との境に小径があった、入って行くと、そこには表通りから隠れるように小さな玄関があり、壁には『綾瀬修二・充子』の表札が掛けられていた。

――奥さんがいるんだ。じゃあ、今の人が……。

清人はいきなり動揺する。妻の前で夫の昔の恋愛話をしてもいいものだろうか。

迷っていると格子の引き戸が開き、中から女性が顔を出した。

「どうしたの？　あがってくださいな」

「あ、はい……」

今さら断れずに中に入る。室内は古いがきちんと片付けられ、牛乳瓶に挿したコスモスの花や、手作りっぽいポプリの皿などが、質素だが満ち足りた暮らしぶりを想像させる。

少し曲がった背中についていくと、通されたのは客間らしき部屋だった。扇風機をつけると、女性は「綾瀬を呼んできますね」と鷹揚に告げて出て行った。

ひとりになって、改めてあたりを見まわす。形ばかりの床の間には、ケースに入った日本人形、板張りの廊下の向こうには猫の額ほどの中庭があり、いくつも盆栽の鉢が並べられ、庭に張り出した軒下では、風鈴がいい音を立てている。

何だか昭和にタイムスリップしたみたいで、妙に落ち着く。

――こんな所で昼寝したら気持ちいいだろうな……。

そんなことをぼんやり考えていると、廊下を歩いてくる足音がした。それは部屋の前でいったん止まり、障子の向こうから、ぬっと初老の男性が現れた。

背はさほど高くないが、がっしりした体軀《たいく》だ。今まで作業をしていたのか、白いシャツの襟元にはうっすらと汗が滲んでいる。

「私が綾瀬です」

男性は低い声で名乗ると、腰を下ろし、ちゃぶ台越しに清人と向き合った。清人も慌てて自己紹介をする。

「あ、僕は……蘭清人といいます。すみません、いきなりうかがって」

「いや……」

「こちらの住所はランドリー涼風さんから——。綾瀬さんが昔、あの店で働いていたって聞いたものですから」

「そうですか」

そこでいったん会話は途切れた。綾瀬は「暑いな」と怒ったように独り言を言い、団扇《うちわ》をあおぎ始める。そんな相手を見て、清人は少し困惑してしまう。

綾瀬は目を合わせようとしない。拒絶しているわけではなさそうだが、どこか持て余しているような感じだ。これではとても祖母との恋愛話など聞ける雰囲気ではない。どうしようかと途方に暮れていると、先ほどの女性が麦茶と茶菓子を持って入ってきた。

「ごめんなさいねえ。暑いでしょ？　うちは年寄りだけだからクーラーがないのよ」

扇風機の風向きを清人のほうに向けると、女性は綾瀬の隣に座った。

「ねえ、清人さんて言ったかしら。あなたもしかして、隼人さんと雪乃さんのお孫さん？」

唐突に訊かれて清人はびっくりする。

「えっ、じいちゃんとばあちゃんのこと知っているんですか？」

「やっぱり。面影があるもの。とくに目のあたりなんか雪乃さんにそっくり」

「あの……うちとはどういう……？」

「あらやだ、ごめんなさい。私、若い頃、蘭家で家政婦をしていたものだから」

アッと気づく清人。先ほどからどこかで見た顔だと思っていた。そうだ、動物園の写真に写っていた、名前はたしか――。

「……ミツコさん、ですか？」

「ええ。おじい様かお父さんからお聞きになった？」

「父から。この前、昔の写真を見せてもらって、――動物園の」

「ああ、野毛山のね。こんなおばあちゃんになっててびっくりしたでしょう？」

「いえ……」

朗らかに笑う充子《みつこ》は、たしかにあの写真の中の女性だ。

清人はすっかり混乱してしまう。

蘭家のお手伝いだった女性と、祖母の恋人だったかもしれない男性が夫婦となり、一緒に暮らしている。これはいったいどういうことなのだろうか。

もはやあれこれ考えるのが煩わしくなり、バッグの中からハンカチを取りだした。

「すみません、僕、回りくどいのが苦手なんで、ぶっちゃけて聞きますけど、綾瀬さん、これって、うちのばあちゃんがあなたに贈ったものですか？」

ちゃぶ台の上のハンカチに綾瀬は視線を落とす。いぶかしげに見ているが、次の瞬間、その目が見開かれた。

「これは……」

口から漏れた声は上ずっていた。震える手がハンカチを掴む。

「どうして……ここに……」

広げられた布の表面に走る白い糸を、綾瀬は信じがたい表情で見つめる。

「どこに……どこにあったんだ。教えてくれ、これはどこにあった！」

ちゃぶ台の上に身を乗り出す綾瀬。

清人は圧倒されながらも答える。

「死んだじいちゃんのコートに……ポケットに入っていました」

「隼人さんが亡くなった……」

綾瀬は金縛りにあったように動きを止めると、やがて浮かした腰を力なく落とした。

「そうか……隼人さんが亡くなった……あの人がこれを……」

しみじみと手元のハンカチを見つめる綾瀬は、それを通して遠い昔を見ているようだ。

放心したような夫に代わり、充子が話を引き継ぐ。

「隼人さんのこと、お悔やみ申し上げます。……それで今日は、このハンカチのことが聞きたくておいでになったの？」

穏やかな問いかけにうなずく清人。

「知り合いにクリーニング店をやっている女性がいて、彼女がそのハンカチを見つけたんです。若いけどクリーニングのことなら何でも知っていて……あの、そこに縫い付けてあるのって糸文字ですよね？　解読したら『マリコ　Z』って読めて……最初はじいちゃんが女性からもらったのかなって思ったんです。でも、何だか違うみたいで、もしかしたらばあちゃんに恋人がいたんじゃないかって、探っているうちに綾瀬さんにたどり着きました」

綾瀬はうつむいたまま何も言わない。清人はさらに続ける。

「今日ここに来たのは、責めるとかそういうんじゃないんです。恥ずかしいけれど僕、これまで家族のこととか、あまり知らなかったんです。知ろうともしなくて……でも、そのハンカチを見てから、妙に気になって……じいちゃんとばあちゃんは、どんなこと考えて生きてたのかなって。だから……教えて欲しいんです。綾瀬さんにとって、ばあちゃんはどんな人だったのか」

心に浮かぶままの言葉を吐露したつもりだ。言い終わって清人は視線を向けるが、やはり綾瀬は口を固く噤んで開こうとはしない。部屋には再び沈黙が満ちた。

「私が……」

やんわりと助け舟を出したのは充子である。

「私がお話ししましょう。あなたのおじい様とおばあ様のことなら、近くにいて、いつも見ていましたから」

その瞳が閉じられ、昔を思い出すように充子は静かに語り始めた。

「私が蘭家にいたのは、十八から二十歳までの三年間。雪乃さんとは九つ違いで、実の妹のようにかわいがってもらいました」

その頃、雪乃は空虚な日々を送っていたという。夫の隼人は当時の言葉で言うなら〝モーレツ社長〟で、仕事のことしか頭になかった。同居している舅《しゅうと》と姑《しゅうとめ》は気難しく、息子、圭介の養育は姑が独占していた。

雪乃は本来、闊達《かったつ》な女性だった。社会問題への関心も高く、短大に通っていた頃には学生たちの集会や討論会にも顔を出していた。そんな娘の将来を危ぶんで、両親が早めに結婚を決めてしまったのである。

意に沿わない結婚、旧弊な家、家庭を顧みない夫、雪乃の世界は精彩を失っていった。

「雪乃さんは、よくおっしゃっていたわ。自分だけが時代に取り残されていく。日本はどんどん変わっていくのに、自分だけが古いまま老いていく気がすると。そんな満たされない雪乃さんの心を埋めたのが、この人だったんです」

充子は柔らかいまなざしを綾瀬に向ける。

じっと手元のハンカチを見ていた綾瀬が、重い口を開く。

「私は盛岡の生まれで、高校を卒業するとすぐに上京したんだ。しかし都会の暮らしに馴染めず、職を転々として、二十四の時に横浜に流れ着いた。ランドリー涼風で働くようになって、雪乃……君のおばあさんと知り合った。……あの人は都会の女だった。洒落てて、頭が良くて、そしてなぜかいつも寂しそうだった。私が惚れたんだ……私が先に」

綾瀬の言葉が静かな熱を帯びる。

「やがて、私たちは外で会うようになった。喫茶店で話をしたり、海辺を散歩したり、学生のデートに毛が生えたような青臭いものだったが、私たちにとってはかけがえのない時間だった。雪乃さんはこの関係が家族にばれて、ふたりがひき離されることを恐れた。そこで私が、待ち合わせの場所を伝えるのに糸文字を提案したんだ。彼女は面白がってくれて……ふたりとも推理小説が好きだったから、暗号なんてホームズの『踊る人形』みたいだって笑って」

「あの……糸文字には『マリコ　Z』ってありましたよね？　マリコっていうのは誰なんですか？」

「ああ、それは」

綾瀬の表情がふっと和らぐ。

「君は知らないだろうな。野毛山動物園には、かつて二頭の象がいたんだ。大きい方がはま子、小さいほうがマリコ。つまり……マリコの檻の前で会おうという――」

「えっ、象？」

「ああ。後ろの文字はローマ字の『Z』じゃなくて、『一』と『一』……つまり、一日の午後一時に待っているということでね……」

「そうだったんですか」

探し求めていた謎の答えがあまりにたわいないものだったので、思わず脱力する。

「……くだらないだろう？」

申し訳なさそうに肩をすくめる綾瀬を、清人はつい、かわいいなと思ってしまう。きっとばあちゃんは、この人のこういう純朴なところが好きだったんだろう。じいちゃんや家族の前では外せなかった仮面を、この人の前では外せたのかも知れない。

そこまで考えて、心には新たな疑問が湧く。

「でも、このハンカチがどうしてじいちゃんのコートのポケットにあったんでしょうか」

「それは……」

綾瀬の表情が再び強張る。

「それは……私のせいです」

そう声をあげたのは充子だった。心なしか顔が少し青ざめている。

――いったいどういうことなのだろうか。どうして充子さんが……？

「いいだろう、そのことは、もう」

なぜか、怒ったように綾瀬が言う。

「いいえ、良くありません。私には話す義務があります」

静かだが凛とした声に綾瀬は黙りこんでしまう。充子は改めて清人のほうを向いた。

「本当は、ずっとこの日を待っていた気がするの。雪乃さんが現れて、あの日、何があったのか聞いてくれる日を。でも、雪乃さんが亡くなって、それは永遠に叶わなくなってしまった。そして今日、雪乃さんの血を引くあなたが現れた。きっとこれも運命なんだと思います」

そう前置きすると、充子は語り始めた。

「蘭家で働いていた頃の私は、この人と雪乃さんの関係に何となく気づいていたの。気づきながら、見て見ない振りをしていた。……若かったから、どうしていいかわからなかったし、雪乃さんのことも、この人のことも好きだったから」

充子にとって、綾瀬は心を許せる兄のような存在だった。顔を合わせればよく立ち話をして、その中で糸文字のことも聞いていた。

やがて綾瀬と雪乃の仲は抜き差しならないものになってくる。ある日、充子はふたりが駆け落ちの相談をしている場面に出くわしてしまう。

「横浜を出よう。遠くの町に行って暮らすんだ」

「無理よ。圭介と離れてなんか生きられないわ」

「だったら圭介君も一緒に連れて来ればいい。三人で暮らそう」

話を聞いた充子は激しく動揺した。

私の好きな若奥様と修二さんがいなくなる。あの可愛い圭介坊っちゃんを連れて。そんなことをして大丈夫だろうか。見つかって大旦那様や大奥様に折檻《せっかん》されないだろうか。

「私はすっかり混乱してしまって、途方に暮れるうちに何日かが過ぎていったわ。そして明日は大旦那様と大奥様が旅行に行くという日に、雪乃さんからスーツを預かったの。これを今日中にクリーニングに出して、と言われて。いつも通りランドリー涼風に連絡したらこの人が出て、すぐに取りに行くからって。その強張った声を聞いて、私は何かが起きるんじゃないかって心がざわめいたわ」

クリーニングに出す服を調べていた充子は、雪乃のスーツの上着の内ポケットにハンカチが入っているのに気がついた。

何気なく広げてみると、そこには糸で妙な縫い付けがあった。いつか綾瀬から教えてもらった糸文字だ。解読してみると、『マリコ　Z』の文字が浮かび上がる。

マリコが象の名前だと気づくまでに時間はかからなかった。野毛山動物園へは、ときどき圭介を連れて遊びに行っている。沢山いる動物の中でも、象のマリコが圭介は一番のお気に入りだった。

「これは駆け落ちの待ち合わせ場所を示すメッセージなんじゃないか。そう気づいたら私は怖くなって……そして……服からハンカチを抜き取ったんです」

「え？」

驚いて充子を見る。

ばあちゃんのメッセージは、この人のせいで綾瀬さんに届かなかった。いったいどうしてそんなことをしたのか。駆け落ちを止めるなら、他にも方法はあっただろうに。

理解しがたい思いに駆られるが、苦しげな充子の表情を見て、清人は悟った。

きっとこの人も、これまでに何千、何万回と、この質問を自分自身に投げかけてきたのだろう。人は切羽詰まると自分でも理解できない行動をとる。現に僕だって、自分で何をしたいのかわからないままに、ここにいる。

充子は目を伏せ、溢れそうになる感情を必死に抑えているかのようだ。そこには最後まで何があったか語ろうという強い意志が感じられる。清人も逃げてはいけないと思う。

「……それから、どうなったんですか？」

先をうながすと、充子は自分を鼓舞するように再び語り始める。

「次の朝、若旦那様は会社に、大旦那様と大奥様は旅行に、それぞれ家を出られた。お屋敷には私と雪乃さんと圭介坊っちゃんが残って……私はいつものように掃除を始めたの。それからしばらくすると、雪乃さんが圭介坊っちゃんを連れて二階から降りてきたわ。昔の友達に会うから、ちょっと出かけてくるって。その手には、小さなスーツケースがあった。……私は、雪乃さんが駆け落ちを思い止《とど》まってくれればいいと願っていたの。いくら待っても、この人は来ないんだから。諦めて屋敷に戻ってくれれば、これまで通りの平穏な暮らしが続けられる。だけど……おふたりは戻らず、外はだんだん日が暮れてきて……私の頭には悪い想像ばかりがよぎった。そして、とうとう居てもたってもいられなくなって、伊勢佐木町にある若旦那様の会社に走ったの。ハンカチを見せて、『若奥様が駆け落ちをしようとしています。野毛山動物園の象の檻の前にいるから迎えに行ってください』って訴えたわ。若旦那様はハンカチを摑んで部屋を出て行かれた。そしてその夜遅く、雪乃さんと圭介坊っちゃんを連れて帰ってこられたの」

「……。じいちゃんとばあちゃんの間に、何があったんですか？」

清人の問いかけに、充子は力なく首を横に振る。

「……わからないの。次の日から、おふたりは何事もなかったように過ごされて……圭介坊っちゃんに聞いても要領を得ないし……雪乃さんは私を責めなかったわ。だけど私は居づらくなって、それからほどなくお暇をいただいたの」

長い懺悔《ざんげ》を終えたように、充子はほっと息をつく。

「私があなたのおじい様とおばあ様について知っているのは、これが全てです」

清人は充子から、横にいる綾瀬に視線を移す。

「綾瀬さんは、その後どうしたんですか？」

「私は……いくら待っても雪乃さんから連絡がないので不安になって、思い切って屋敷を訪ねた。そしたら雪乃さんが出てきて、今までのことは遊びだった、忘れてくれ、と。私は失意のうちに横浜を去り、あちこちを転々として、四十の時にここへ流れついた。クリーニング店を始めてからこいつと再会して……。こいつから真相を聞かされるまでは雪乃さんのことを恨みもした。だけど今は、こうなる運命だったんだと思っている。たとえハンカチが届かなくても、連絡を取ろうとすればいくらだってできたはずだ。しかし、雪乃さんはそうしなかった。自分の意志で屋敷に残ったんだ。そして私も」

そこで、いったん言葉を切り、綾瀬は横にいる充子の手を握る。

「この暮らしが、今は何よりもかけがえのないものだと思っている」

その言葉を聞いた充子は、そっと涙をぬぐう。

噛みしめるようにそう言った綾瀬の表情は、とても穏やかだった。

糸文字入りのハンカチはどうしようか迷ったが、結局、持ち帰ることにした。

江ノ電の車窓に広がる海は茜から紺色に染まりかけている。波は静かで、激しかった今日一日の暑さを忘れさせるような穏やかな夕暮れだ。

鎌倉まで足を運んだのは無駄ではなかったけれど、結局のところ、祖父母がその後どんな気持ちで暮らしていたのかはわからない。

――じいちゃんは、よその男と駆け落ちしようとしたばあちゃんを許したんだろうか。

――恋を諦めたばあちゃんは、じいちゃんと一緒にいて幸せだったんだろうか。

取り留めのない疑問が泡のように湧いては消えていく。

武蔵小杉の家に着く頃、あたりはすっかり暮れていた。清人が玄関のドアを開けると、奥から明るい笑い声がした。見ると玄関の片隅には、女性ものの白いローファーがきちんと揃えてある。怪訝に思いながら奥へ進むと、リビングのテーブルで向き合い、なんと更紗と萌子が談笑していた。

「え？　どうして？」

「あ、おかえりなさい。……お邪魔しています」

更紗は立ち上がり、少し慌てた様子でペコリと頭をさげる。

「更紗さん、クリーニングから上がった服をわざわざ届けてくれたのよ」

萌子は清人に「可愛い人じゃない」と意味深に笑いかけて、キッチンへ消えて行った。

「まったく……相変わらず服のこととなると強引だよね」

清人は微苦笑で溜息をつき、更紗の隣に腰を下ろす。

「……ごっ、ごめんなさい。でも、どうしても気になることがあって」

清人はキッチンの萌子を気にしながら、声をひそめる。

「あのさ、糸文字のことなら後でちゃんと話すから」

「いいえ、今日来たのはそのことではなくて」

その時、玄関で「ただいま」と声がした。ほどなくリビングに入ってきた圭介は、更紗を見て、説明を求めるように清人にとまどいの視線を向ける。

「……あ、おかえり。彼女、友達の白石さん。元町でクリーニング店をやってるんだ」

清人が紹介すると、更紗は弾かれたように立ちあがる。

「しっ、白石更紗ともうします。本日はお夕食時にもかかわらず押しかけてしまって、どうもすみません！」

テーブルにぶつけそうなほど深くお辞儀をする更紗に圭介は面食らいながらも、「清人がお世話になっています」と通り一遍の挨拶を返す。そこへ萌子がやって来た。

「お父さん、更紗さんね、清人の出したクリーニングを届けに来てくださったのよ。それでね、あなたに何かお話があるんですって」

「私に？」

圭介は怪訝な表情になる。清人もまた「え？」と更紗を見る。

更紗は打って変わって真剣な仕事の顔つきになり、圭介のほうを向く。

「その前に、まずはお詫びをしなくてはなりません。先日、清人さんからクリーニングの服をお預かりしたのですが、汚れが酷くて落としきれませんでした」

「それが私とどういう――？」

「清人さんは、自分ではその服を着ないとおっしゃっていました。恐らく、お父様へのプレゼントではないかと思うのです。でも、汚れが落ちなければ、それを捨ててしまうかもしれない、と思ってしまって……。迷ったのですが、お伝えに来てしまいました」

清人はしまったと思うが、もう遅い。今さらオークションで売るとは言えない。「そうなのか？」と驚いたように訊く圭介に、曖昧な笑みを返すしかなかった。

「その服というのは、こちらなのですが」

更紗は傍らに置かれた紙袋の中から畳まれた布地を取りだし、広げてみせる。

「それは……」

圭介の口から驚きの言葉が漏れる。萌子も思わず目を丸くする。

「まあ、ずいぶん高級な。すごいじゃない。清人、あんた、どこで？」

「じいちゃんの部屋にあったんだよ。遺品整理をした時、押し入れから見つけてさ、かなり傷んでたから、着るにはどうかなと思ったけど」

仕方なく答えた清人に続いて更紗が説明する。

「このコートは長いこと放置されていたらしく、表地と裏地に黒いカビが生えていました。表地は取れたのですが、裏地にはまだ少し残っていて……ただ、日常的に着るには差し支えない程度だと思います。できれば捨てずに着ていただけたらと思うのですが」

チェック柄の裏地には、たしかにうっすらと黒い点々が残っている。しかしよく見なければわからない程度だ。

「着たらいいじゃない、お父さん。生地もしっかりしてるし、なんてったって高級品よ」

とりなすような萌子の声をよそに、圭介は瞬きも忘れたようにコートを見ている。

やがてその唇がぽつりとつぶやいた。

「覚えている……これを着て出かける背中……毎朝、母さんと見送ったんだ。必死に手を振ったのに、いつだって振り向いてくれなくて……」

虚ろな表情の圭介に、更紗が語りかける。

「このコートの前襟の部分に、他とは違うシミがありました。スケールルーペで調べてみたところ、それは塩の結晶で。――涙の痕ではないかと私は思うのですが……」

「涙？」

「はい。シミの位置から見て、たぶん、ちっちゃな子供のものではないかと……それで私、気になってしまって、お父様ならご存知じゃないかと……」

コートを見つめていた圭介の口から、急に「ああ」という低い叫び声が漏れた。

「あれは八歳の時だ。母さんに連れられて動物園に行ったんだ。……これから友達と旅行に行くんだって……そんなこと滅多にないから、私は浮かれていて……」

しかし『友達』は来なかった。やがて夜になり、幼い圭介は心細くなって、何度も「ねえ、帰ろうよ」と母に言った。しかし雪乃は動かない。

そのうち動物園は閉館になった。それでも雪乃は正門の前で待ち続けた。何かじっと思い詰めている感じで……しかし今にも消えてしまいそうに儚《はかな》くて。

圭介は怖かったけれど、男の子の自分が母さんを守ってやらなきゃいけないんだと思って、じっと手を繋いで暗闇を睨んでいた。

「そしたら、父さんが来たんだ。暗い道を、トレンチコートをなびかせて。父さんは母さんの前に来て、『帰るぞ』って言った。母さんは長いこと黙っていたけれど、こくりとうなずいて……それから三人で市電に乗ったんだ。家の灯りを見ていたら、私は泣きたくなってきて、そしたら父さんが『男なら泣くな』ってきて、コートを肩からかけてくれたんだ。重くて、大きくて……ああ、守られているんだなと思ったら、涙が止まらなくなった。……どうしてだろうな……今になってこんなこと思い出すなんて……もう父さんはいないのにな」

メガネを外し、圭介は目頭を押さえる。

その姿を、更紗と清人は静かに見ていた。


「お父様の涙が、おばあ様の恋を思い止まらせたのかもしれませんね」

駅までの帰り道、更紗が並んで歩く清人にそう言った。鎌倉での出来事を、清人から聞いた後のことだ。

「綾瀬さんがおっしゃった通り、おばあ様は自分の意志で屋敷に残ったのでしょう。そして、そんなおばあ様を、おじい様は許した」

「でもさ、じいちゃんは、どうしてコートとハンカチを密かにとっておいたのかな」

「さあ、どうしてでしょうか。これは私の想像ですけど、あるいは自分への戒《いまし》めのためだったのではないかと思うのです」

「戒め？」

「ええ。二度と家族をないがしろにしないようにという」

隼人にとって、トレンチコートは戦う男の象徴だった。仕事ばかりで家庭を顧みなかった自分の態度が雪乃を浮気に走らせ、圭介に悲しい思いをさせた。そう思い、後悔した隼人は、あの日を境に戦闘服を箱に入れてクローゼットの奥深く封印した。妻の情念が残るハンカチを静かに眠らせる棺のように――。

「そうかもね。あの日から、じいちゃんがトレンチコートを着てるの見たことないって父さんも言ってたし」

——でも、だとしたら、じいちゃんはちょっとかわいそうだ。家族を想う気持ちはうまく父さんには伝わらなかったし、ばあちゃんも若くしてこの世を去ったのだから。

「不器用すぎだろ……」

思わずつぶやくと、前を歩く更紗がくるりと踵を返した。

「ところで清人さん、そのハンカチはどうするのですか？」

「そういえば……どうしようか」

まだその問題があった。清人はズボンのポケットに潜ませていたハンカチを取りだす。

「普通のハンカチに戻してあげたらどうですか？」

「……そうだね」

清人は微笑んだ。

ハンカチに縫いこまれている糸の真ん中あたりを引っ張ってプツリと切る。端をつまんで引っ張ると、糸はすーっと抜けた。

糸文字のハンカチは呪縛から解かれたように、刺繍入りのただのハンカチに戻った。

「これ、母さんにあげるよ」

「それがいいでしょう。きっとハンカチも喜びますよ」

月を背にして、更紗は明るく微笑んだ。

「へえ〜、清人君って、ミステリー作家になりたかったんだ。意外」

目をパチクリさせる紬に、清人は照れ隠しに渋い顔を作ってみせる。

「悪かったね、イメージじゃなくて」

「あはは、ごめんごめん」

紬は笑いながらソーダフロートのアイスを口に運ぶ。

元町の喫茶店にふたりはいる。せっかく作ったアイスコーヒーを無駄にしたお詫びにと紬にせがまれて清人が何か奢ることになったのだ。

「それで、推理小説ってどんなヤツ書くの？」

「どんなって……」

清人は、この前考えた隼人とマリコのストーリーを思い出してみる。結局、途中までで書くのを止めてしまったけれど、いつか長編小説にしてコンクールに応募しようと思う。

「まあ、いろいろ？」

「ふーん。……ねえ、ところでこの前の糸文字の件は？　マリコって誰かわかったの？」

清人は少し考えた後に微笑む。

「わかったよ」

＊

「えっ、すごい、どんな人?」

「マリコっていうのはね……」

——さあ、どんな物語を紡ごうか。

舞台は横浜。主人公はクリーニング店で働く髪の長い女性。そこへある日、トレンチコートを着た男性が現われる。やがてふたりは恋におちて……。

喪服の謎とティータイム

1

最近、清人がそわそわしている。どうせまたろくでもないオンナに惚れたのだろうと思ったら、どうやら違うらしい。

チャーミングセールが近いんですよ——清人はそう言った。

「チャーミングセール？」

昭和を思わせる、なんともレトロなネーミングだ。説明を求めるように不破が目をすがめると、清人は嬉々として語りだす。

毎年二月と九月に行われるチャーミングセールは、元町を挙げての大イベントだ。今でいうバーゲンセールの走りのような催しで、その歴史は半世紀をはるかに超える。キタムラ、フクゾー、ミハマをはじめとする、全国的に有名な元町ブランドがディスカウント価格で買えるとあって、セール期間中は四十〜五十万人の人出が見込まれるという。

「とにかく、すごい人なんですよ。いい物はすぐに売れちゃうんで、不破さんも今から彼女へのプレゼントとか下見しておいた方がいいですよ」

どうせ暇なんだし、とさりげなく付け加えつつ、清人はいそいそと事務所を出て行った。暇は余計だと舌打ちする不破。たしかにここ半月ほど、仕事用の固定電話はうんともすんとも言わないが、呼びこみをするような仕事でもないし、探偵が暇なら世間は平和、結構なことじゃないかと無理やり自分を納得させる不破だった。

表に出たのは、暇つぶしにフクをかまってやろうと思ったからだ。ここのところ、よく階段の下で仰向けになってごろごろしていたのだが、今日に限ってその姿がない。何度か名前を呼んだが、ついぞフクは現れなかった。

仕方なく、夕食までの間、中華街をぶらつくことにする。午後の陽射しはまだ夏の猛々しさを残しているが、海から吹く風には秋の気配が感じられる。

——この町に来て半年か。

なんとなく感慨にふけっていると、後ろから名前を呼ばれた。

「不破さん？　不破さんではありませんか？」

記憶のある声に、厄介ごとが舞いこむ予感をおぼえて振り向くと、やはりあの女だった。

「奇遇ですね。お散歩ですか？」

はにかみながら駆け寄ってくる更紗には連れがいた。なんと外国人だ。

年齢は四十代半ばだろうか。輝くようなブロンドをシニヨンにまとめ、鼻の上にちょこんと小さなメガネを乗っけている。黒いブラウスにタイトスカートで、まるでアニメに出てくる女家庭教師みたいだ。

「サラサ、お友達ですか？」

　金髪女性は話しかける。

「あ、はい。実はさっきお話しした」

「ああ、日本のシャーロック・ホームズね？」

　メガネの奥で青い瞳が微笑む。更紗が嬉しそうに「はい」と答え、改めて不破のほうを向いた。

「ご紹介します。この方はローズさん。サンドリヨンのお得意様で、プライベートでもお付き合いさせていただいています」

「はじめまして。私はローズ・マクダウェルです」

「どうも……不破直也《なおや》です」

　気圧《けお》されながらも挨拶した後、不破は更紗に向き、「ところで、俺のことを話したというのは？」と問いかける。

「あ、そうでした。実は不破さんに、相談に乗ってもらいたいことがあって」

「サラサ、あのことはいいです」

　ローズが慌てて横から口を挟む。

「そうおっしゃらずに、話を聞いてもらうだけでも……。とにかく、お茶にしましょう。まだ例のアレも食べていませんし」

「そうですね」

ローズが曖昧な笑みを浮かべたのを了解のしるしと受け取って、更紗は不破を誘う。

「不破さん、私たちはこれからお茶にしますけど、良かったらご一緒にいかがですか？」

とくに喉は渇いていなかったが、〝相談に乗ってもらいたいこと〟というのが気になる。

「それじゃあ」と不破は申し出を受けることにした。


更紗とローズが連れ立って入ったのは、中山路《ちゅうざんろ》にある中華風のティーサロンだった。窓際のテーブルに腰を落ちつけ、不破はふたりと向き合う。ほどなくジャスミンティーとともに運ばれきた菓子を見て、不破はふと笑う。

「月餅、久しぶりに見ました。ローズさんなかなかシブいですね」

ローズは得意気な表情になる。

「ただのゲッペイではありませんよ。これはスペシャルスイーツです」

「スペシャル？」

「はい。中秋月餅《ちゅうしゅうげっぺい》といって、中秋節の頃にしか食べることができないものなのです。餡《あん》の中に鹹蛋《タンファン》というアヒルの卵の塩漬けが入っていて……見てください」

そう言うと、ローズは真ん中から月餅を割ってみせる。ずっしりと詰まった黒い餡の中に、ビー玉ほどの大きさの、オレンジ色の黄身が入っていた。

「どうです？　夜空に浮かぶ月のようでしょう？　日本では、中秋にはお団子を食べながら月を見る風習がありますが、中国では月餅を食べるのです」

「なるほど」

不破も皿からひとつ取り、半分に割って味わってみる。とろりとした鹹蛋の塩味と餡の甘さが相まって、なかなか美味だ。半分ほど食べ、口の中の甘さをジャスミンティーですっきりさせた後にさっきの話を持ち出す。

「ところでローズさん、先ほど言っていた相談というのは？」

「あれは……」

ローズの表情がにわかに曇った。それを見た更紗が、「私が」と説明を買って出る。

ローズは横浜駅前のカルチャースクールで、紅茶とテーブルマナーの講座を受け持っている。二時間ほどの講義が終わると毎回、教室で小さなお茶会を開くのが恒例だ。

季節の紅茶とお菓子を味わいながら話に花を咲かせる優雅なひとときは、生徒同士の交流の場でもあり、好評を博していたのだが――。

そのお茶会で事件が起きたのは、二ヶ月ほど前のことである。淹れ立ての紅茶を口にした生徒が、「何、これ！」と悲鳴をあげた。調べてみると、なんとシュガーポットに砂糖ではなく塩が入っていた。誰かが入れ間違えたのだろうと、その時は笑い話で終わったのだが。

次のお茶会では、ミルクポットの中にハエの死骸が浮いていた。そしてさらに次のお茶会では、サンドイッチの中にビニールの切れ端が。あまりに妙なことが続くので、生徒たちはナーバスになってきているという。

「私もさっきローズさんから聞いたのですが、誰かのイタズラじゃないかと思うんです。不破さん、犯人を捕まえてください」

更紗の訴えに不破は困惑する。悪意があるにしては事件が小さすぎるし、聞いた感じでは、単なる不注意のように思える。どちらにしても探偵が動くような仕事ではない。

そんな不破の思いを表情から察したのだろうか、ローズが慌てて言う。

「いいんです。ナオヤ、忘れてください。紅茶にもフーズにも気を遣っているつもりでしたが、私がミスしたのでしょう」

「でも……」

なおも心配そうな更紗の気分を変えるように、ローズは明るい笑顔を作った。

「本当に大丈夫ですから。ところでサラサとナオヤ、今度の日曜日、うちでお茶会があるのですが、来ませんか？」

「え、ローズさんのお宅で？」

「はい。アンティーク陶器のバイヤーをしているお友達のサヨコが、素敵なティーセットが手に入ったので、お披露目の会を開きたいというのです。八人くらいのこぢんまりした集まりですが、良かったら？」

「素敵ですね」

更紗はうっとりした表情になる。

「不破さん、ローズさんは山手にあるお屋敷に住んでいるんです。以前、私もお邪魔したことがあるのですが、カーテンもテーブルクロスもそれは素晴らしくて、とくに応接間のタペストリーは一見の価値ありです。行きませんか？」

「そうだなあ」

不破は曖昧に答える。紅茶は嫌いではないが、お茶会に出かけるほどではないし、ましてやカーテンやテーブルクロスにはもっと食指が動かない。無礼でない断りの理由を探していると、ローズが微笑んだ。

「ナオヤはお茶会には興味がなさそうですね。イギリスでは、紅茶はミルクティーにして飲むのが一般的ですが、ナオヤの紅茶には特別にブランデーを入れましょう」

「え、ブランデーですか？」

「ティー・ロワイヤルと言います。香りが良くて美味しいですよ。ブランデーは主人が好きでしたから、たくさんストックがあります。良かったらテイスティングしてみますか？」

「いや、そういうことでしたら、ぜひに」

真面目腐った顔で答える不破に、更紗とローズは思わず噴き出すのだった。

「良かった。不破さんが一緒なら心強いです」

ローズと別れて歩き出すと、更紗は不破に笑いかける。

「それはそうと、彼女、何者なんだ？」

「え？」

「山手といえば、横浜きっての高級住宅地だろう。あのあたりに屋敷を持っているとなれば、さしずめ金持ちの有閑《ゆうかん》マダムといったところかな？」

探偵根性で詮索する不破に、更紗は困ったような顔になる。

「ローズさんは……イギリス出身です。ロンドンのカレッジを卒業して、バックパックで世界中を旅している途中で日本に立ち寄り、ご主人と知り合ったそうです。ですが七年前に、ご主人は病気で亡くなって……」

「……未亡人なのか？」

更紗はこくりとうなずく。

「ご主人は日本人の実業家で、親子ほど年が離れていたそうですが、心から愛していたのでしょう。ローズさんは今でも月命日になると、お墓参りを欠かさないのです」

「だからか。じゃあ、今日も？」

不破はローズが喪服のような黒い服を着ていたのを思い出す。

「いえ、あれはいつものことで――。ローズさん、ご主人が亡くなってからずっと黒い服ばかり着ているんです。ですから周りの人は、陰で『ミセス・ブラック』と呼んでいます」

「ミセス・ブラック」

不破は改めてローズのことを思い出す。

エレガントな黒い服は彼女の肌の白さを際立たせてはいたが、まだ四十代であろうローズに喪服は、どことなく哀れに思える。

「黒は女性を引き立たせる色です。シックに着こなせば最高のお洒落になるのでしょうけど、今のローズさんには、もっと似合う色があるように思えてならないのです」

そう言うと、更紗は長い睫毛をそっと伏せた。

＊

週末の日曜は、お茶会にはうってつけの秋晴れとなった。

元町商店街で待ち合わせることにしたのは、昨夜の電話で、何か手土産を持っていこうと更紗が提案したからである。フェニックスアーチの脇で不破が腕時計を見ていると、

「不破さーん！」

手をぶんぶん振りながら紬が近づいてくる。

「あれ、お前、どうして」

「ピンチヒッターだよぉ。お姉ちゃん、チャーミングセールの手伝い頼まれちゃってさ」

「そうなのか？」

「あれで意外と人気あるんだよね。商店街の社長さんたちに『更紗ちゃんはマスコットガールだから、いてくれるだけでいいよ』……とか言われて、抜けられなくなってた」

「なるほど」

正直、少し気が抜けた。そもそもお茶会は、更紗が行きたいと言うから付き合ったよう

なものだ。これなら休日を潰して来る必要もなかったのにと不満をつのらせていると、急に背中をバシッと叩かれた。

「もうっ、お姉ちゃんが来ないからって、がっかりしないの！」

「別にがっかりはしてないが……お前、ローズさんには言ってあるのか？」

「もちろん。『ツムギは可愛いから、いつでもウェルカムですよ』だってさ」

「ならいいが。さてと、土産は何にするかな」

さっさと歩き出すと、紬が「ちょっとちょっと、今のセリフにリアクションとかないわけ？」と、仔犬のようにまとわりついてきた。

うざったそうにショーウィンドーを流し見ていた不破の歩みが止まったのは、花屋の前である。ディスプレイされているカサブランカを四、五本見繕って花束にしてもらう。

「へえ、ゴージャスーっ！　じゃあ、あたしはケーキにしよっかな」

紬はイチゴと生クリームがたっぷり乗った、ショートケーキをホールで買った。

これで準備万端とばかりに、川岸に停めておいた軽自動車に乗り込む。助手席に腰を下ろすと、紬が思い出したように口を開いた。

「ところでさ、今日の不破さんは横浜サンドリヨンの店員ってことにするから」

「え、どうしてだ？」

「決まってんじゃん、例の犯人を捕まえるためだよ。そのためには探偵だってバレないほうがいいでしょ？」

「ああ」

どうやら紬は例の一件を更紗から聞いているようだ。

「今日来るの、あたしたち以外はみんな紅茶教室の生徒なんだって。その中に犯人がいるかもだし、ふたりで、悪いヤツ捕まえようね」

「ああ、そうだな」

作り笑顔で答えて、本当に犯人がいるならな、と不破は心の中で付け加えた。


石川町方面から裏路地にある坂を上がり、紬のナビで山手本通りを進む。山手教会の近くで車を降り、徒歩でローズの屋敷に向かったが、途中で迷ってしまった。紬が「あっ、この道だ！」と安堵の声を漏らしたのは、約束の時間を五分ほど過ぎた頃だった。

まず目に入ったのは、見事な庭園である。バラ、ダリア、ゼラニウム……何十種類という花が咲き乱れている様は壮観としか言いようがない。

そんな庭と向き合うように、古めかしい洋館が建っている。サンドリヨンよりずっと大きくて立派だ。門の横にあるベルを押すと、ほどなく家政婦がやって来て、「どうぞこちらへ」と中にいざなわれた。

屋敷に入ると、そこは玄関ホールになっていた。

「ツムギ、ナオヤ、ウェルカム！」

両翼階段の脇の廊下から、ローズが現れる。

「ローズさ〜ん、遅れてごめんね。途中で迷っちゃって」

すまなさそうに言う紬の頭をローズは「あらまあ」と撫でると、続いて不破に向く。

「ナオヤ、よく来てくれましたね」

「今日はお招きいただいてありがとうございます。これは、つまらないものですが」

不破は、少し照れながらカサブランカの花束を差し出す。

「まぁ、すごく綺麗ですね。サンキュー、ナオヤ」

感激するローズに、紬もケーキの箱を突き出す。

「あっ、これはあたしから！　っていうか、お金はお姉ちゃんが出したんだけどね、お茶受けのケーキ、みなさんでどうぞ」

「サンキュー。気を遣わなくてもいいのに。……ハルヒコさーん、手伝ってください」

ローズが呼ぶと、奥から「はーい」とエプロンをした小太りの男性が駆けてきた。

「紹介しますね。彼は私が講師をしている横浜ベイ・カルチャースクールのスタッフ、ミスター・ハルヒコ・アオヤマさんです」

「はじめまして、青山《あおやま》です。今日はローズ先生のお手伝いで来ました。おふたりとも、楽しんでいってくださいね」

青山は人の良さそうな笑顔を不破と紬に向けた。

「では、他のゲストの方たちを紹介しましょう。みなさん、お待ちかねですよ」

ローズは青山にケーキの箱をあずけると、花束を抱えて歩き出す。

今日のローズは、襟元にフリルをあしらった膝下丈のワンピースを着ている。歩くたびに光沢のある黒い生地が揺れるのを、不破は複雑な気分で眺めながら後に続いた。

「こちらですよ」

ドアを開けると、中央に応接ソファを配したその部屋には、五人の男女がいた。

男性がふたり。女性が三人。年齢も雰囲気もまちまちだ。

「みなさん、お友達が来てくれましたよ。ナオヤとツムギ。ツムギは元町にある、横浜サンドリヨンというランドリー・ショップのお嬢さんです。ナオヤは、そこの従業員さん」

どうやら紬は、あらかじめローズに話を通しておいたようだ。紹介を受けて、紬が「こんにちは！」と元気よく挨拶をする。

「白石紬、高校三年生です。今日は楽しみにしてきました。お茶会のマナーとかぜんぜん知らないんで、みなさん、教えてください」

可愛らしく肩をすくめてみせる紬に、不破は「ぶりっ子しやがって」と、つぶやく。

「高校生だって。やだ、若～い！」

はしゃいだ声をあげたのは、ソファに座っている花柄ワンピースの女性だ。

「本当いいなぁ。お肌なんて、ぴっかぴか」

横にいる友達らしき女性も明るい声で同調する。こちらはダークグレーのパンツスーツで、髪の毛はショート。背も高く、まるで宝塚劇団の男役スターのようだ。

「こんにちは。私は奥田理恵《おくだりえ》、彼女は篠崎華《しのざきはな》。高校からの腐れ縁でね」

「本当は他にも仲間がいたんだけど、みんなママになっちゃって。私たちは現在、自分磨き中でーす！」

そう言うと、はじけるように笑う。どうやらふたりとも明るい性格のようだ。「花柄が華さん、宝塚が理恵さん」と不破は小声で言って覚える。

「ねえ、横浜サンドリヨンて、坂の途中にある？」

声をかけてきたのは、忙しそうにスマホでメールを打っていたアラフォーらしき女性である。真紅のブラウスに黒のタイトスカートという、刺激的で艶やかなスタイルだ。

「よくご存知ですね」

女性に顔を向けられたので、不破が答える。

「腕がいいって評判だもの。これをご縁に寄らせてもらうわ。ああ、私は橋本小夜子《はしもとさよこ》。アンティーク陶器のバイヤーをしています」

「じゃあ、今日のお茶会を提案したという」

「ローズさんから聞いたの？　そう、私よ。掘り出し物が手に入ったからみなさんにお見せしたくて。ビクトリア朝時代のティーセットなんだけど、素敵なのよ。……ね？」

同意を求められて、青山が仰々しくうなづく。

「はい。僕もさっき、テーブルセッティングの時に見たんですけど、本当に素晴らしいものでで……さすがは小夜子さんの目利きです」

「というわけで、みなさん、今日のお茶会は期待していてね」

小夜子が茶目っ気たっぷりにウィンクした。

「さて、これでレディたちの紹介は終わったようですね。次は」

ローズは男性ふたりの間で視線を彷徨《さまよ》わせる。それに応えるように、書棚の前で古書を開いていたインテリ風の中年男性が前に進み出た。

「それでは私から。私は月影《つきかげ》——東神奈川大学の英米文学部で教授をしています。ひとつよろしく」

不破と紬がペコリと頭をさげると、月影は咳払いをして話を切り出した。

「ところで、会ってすぐにこんなことを言うのは心苦しいのだが、君達、ちょっと礼儀がなってないんじゃないかね？　約束の時間に遅れたのに、我々に詫びの言葉もない。こちらは貴重な時間を潰して待っていたんだよ」

「えっ？」と驚く不破と紬。青山が慌てて月影をなだめる。

「ま、まあ……教授、それはいいじゃありませんか」

しかしそれを制して月影は続ける。

「良くはないでしょう。それに、その手土産、おふたりだって困ったはずですよ？」

不破と紬はさらに驚き、ローズの腕にある花束と、青山の抱えたケーキを交互に見る。

「あのっ、あたし達のお土産のどこがいけないんですか？」

紬が憤然と問いかけた。

「やれやれ、そんなこともわからないとは。だったら教えてあげよう。まずは、その花だ。

紅茶は味と同時に香りも楽しむものだよ。百合のような匂いの強い花を持ち込んだら、それが台無しになってしまう。それにそのケーキ。お茶会では、食べ物はホストが用意するものなんだ。そこへすぐに食べなくてはならない生菓子を持っていくということは、『あなたの家で出される物は、私の口に合いません』と言っているようなものなんだよ」

「えっ、そうなの？　……知らなかった」

ショックを受ける紬。それを見て、華と理恵が堪らず声をあげる。

「ちょっと月影さん、そこまで言わなくたっていいじゃないですか」

「そうよ。紬ちゃんと不破さんは教室の生徒じゃないんだから、わからなくたって当然よ」

しかし月影は、ふんと鼻を鳴らした。

「私は、そこのお嬢さんが教えて欲しいと言うから教示したまでだよ。それにマナーを忘れたら、この会はただの仲良しクラブになってしまう。もっとも、恋人探しに来ている生徒には、それでもいいのかも知れないがね」

「恋人探しって！」

理恵と華が嫌な顔をしたのは、それが自分たちに向けられた嫌味だと感じたからだろう。険悪な雰囲気になった三人に割って入ったのは、それまで黙っていた若い男性である。

「恋人探し、いいんじゃないですか？　昔は貴族もパーティーやお茶会で、がんがん婚活していたんですよね。ちなみに僕も彼女募集中です」

「四ノ宮《しのみや》さん……」

「でも、付き合うんなら、やっぱりマナーを大切にする女性がいいなあ。ケーキのこと、知りませんでした。教授、教えてくれてありがとうございました」

「いや、そう言われると……」

両者の空気が和んだところで、ローズが気分を変えるようにパンパンと手を叩いた。

「さぁさみなさん、この話はこれでおしまいです。スコーンが焼き上がるまで、ガーデンを散歩していてください。今は秋バラがとても綺麗ですよ」

ローズの笑顔にうながされて、ゲストたちは談話室を出て行った。


「なんなの、あのおじさん。インテリぶって、やーな感じ！」

庭に出ると、待ってましたとばかりに紬は怒りを爆発させる。

「落ち着けって。遅れたのは、たしかにこっちが悪いんだしな」

「だからって、お土産にまでイチャモンつけなくたってさあ」

ぷうっと頬をふくらませる紬とは違って、不破はさほど月影に腹を立てていなかった。

先生と呼ばれる人種にはああいう手合いが多い。権威主義で、頭が固くて、変化を嫌う。プライドが高い分だけ、懐に入れればコントロールしやすい。むしろ読めないのは……。

「それにしても、王子はステキだったな」

今まで怒っていた紬が、がらりと変わって、うっとりした声でつぶやく。

「……王子？」

「ほらあ、あたしを庇《かば》ってくれた人だよ。王子様みたいだったじゃん？」

曖昧に「ああ」と相槌を打ち、今ちょうど頭に描いていた、四ノ宮という若い男を思い出す。年齢は理恵と華と同じくらいだろうか。整った顔立ちで、ボリュームのある髪をセンターから後ろに流していた。

オフホワイトのスーツにブルーの開襟シャツの取り合わせは、好意的に見れば、たしかに王子様みたいなのだろうが、意地悪く見れば、ホストみたいとも言える。

「それで、これからどうする？　気が乗らないんなら、急用ができたと言って帰るか？」

「ダメだよぉ、悪いヤツを捕まえるんじゃん」

「は？　その話、まだあったのか」

不破は少々げんなりしてくる。

「もちろんだよ。今日のメンバーに犯人がいるとは思えないけど、とにかく、事件当時の状況を探らないと。手分けして聞き込みしよう？」

「それは構わないが……」

「それじゃああたしは理恵さんと華さんと王子をあたるから、おじさんは小夜子さんとあの月影っていう教授をあたって。ファイト！」

言うが早いか、紬は生垣の向こうへ消えてしまう。

「お、おいっ……くそ、自分ばかり楽なメンツ選びやがって」

舌打ちしていると、目の端に、こちらに近づいてくる真紅のブラウスが見えた。不破は社交的な笑顔を作り、「やあ、どうも」と挨拶をする。小夜子は微笑んで、それに応じた。

「どうも。さっきはいきなり叱られてびっくりしたでしょう？　気にしなくていいわよ。月影さんはいつもああだから」

「いや、遅れてきた俺たちが悪いんで。すみませんでした、お待たせして」

「ふふ、意外と素直なのね」

小夜子は面白そうに目を細める。

「橋本さんは、紅茶教室は長いんですか？」

「小夜子でいいわよ。三年になるかな？　まあ、私の場合は人脈作りも兼ねているから」

「アンティークのバイヤーでしたっけ。儲かるんですか？」

「ストレートに聞くのね。それこそ人脈次第かな。数奇者《すうきもの》やリッチな人と知り合えたら、それこそラッキーよね」

どうやら小夜子はあけすけな性格らしい。例のいたずらについて、少し探りを入れてみようと思う。

「紅茶教室って楽しそうですね。生徒さん、何人くらいいるんですか？」

「三十人くらいかな。最近は出席率が悪いけど」

「それは、もしかして例のトラブルの影響で？」

小夜子の頬がピクリと動いた。

「それって、ローズさんから聞いたの？」

「あ、はい、でも、自分のミスだろうって」

「そう。ローズさんはそう思っているんだ」

小夜子は何か考えるような表情になる。

「小夜子さんは、違うんじゃないかと？」

「まあね。だってありえないもの、砂糖とお塩を間違えるとか、サンドイッチにビニールなんて。誰かの嫌がらせとしか思えないわ」

「もしかして、犯人に心当たりが？」

「誰かはわからないけど、目的ならわかるわ。この洋館よ」

「というと？」

「ここ、不動産としては最高の物件でしょう？　買い取りたいっていうオファーが後を絶たないのよ。でも、ローズさんはご主人との思い出の家だからって断り続けていて。そのせいか、これまでもたびたび、嫌がらせがあったの。家の前にゴミを捨てられたり、窓から石を投げ入れられたり」

「悪質だなあ。警察には？」

「報《しら》せたわよ。でも、犯人は捕まらなかったらしいわ。今度のことも、その延長じゃないかしら」

「なるほど」

何やらキナ臭いことになってきた。さらに話を聞こうとすると、小夜子の携帯が鳴った。

「ごめんなさい、ちょっと」

小夜子は、流暢な英語で話しながら行ってしまった。残された不破は、今聞いた話を改めて考えてみる。

たしかにこの屋敷の商業的価値はかなりのものだろう。山手という立地、女性の好きな洋館、美しい庭園。カフェやレストランにすれば多くの客を見込める。不動産屋にとっては、喉から手が出るほど欲しい物件だろう。

しかし売却に応じないからといって、砂糖と塩を入れ替えるような幼稚な嫌がらせをするだろうか。

考えをめぐらせていると、どこからか甲高い笑い声が聞こえてきた。見れば庭園の隅のベンチで紬、理恵、華が盛り上がっている。三人の中心には四ノ宮がいた。

「紬のやつ……あれのどこが聞きこみなんだ？」

ひとりごちていると、バラ園の中から眉をひそめて四人を見ている月影と目が合った。手にデジカメを持っていることから察するに、どうやらバラを撮っていたようだ。

「どうも。あちらは賑やかなようですね」

朗らかな笑みを浮かべて声をかけると、月影は表情に不機嫌さを滲ませる。

「君はいいのかね、あちらに行かなくても」

「騒がしいのはあまり好きじゃないんで。それにしても、見事な庭園ですね」

「ローズ先生の丹精のたまものだろう。これほど見事なイングリッシュローズは滅多にないのに、見ようともしない。哀れな連中だ」

その言葉は、花をそっちのけで話に夢中になっている四人組に向けられたものだろう。

「月影さんは、紅茶教室は長いんですか？」

「二年くらいだね。私が入った頃は、英国の文化や芸術を広く語り合える上品でアカデミックな会だったが、近ごろは妙な連中が増えてしまってね」

そういえば、と不破は思い出した。最近は若い女性の間で、ちょっとしたイギリスブームが起きていると紬が言っていた。イギリス貴族を主人公にしたテレビドラマの影響だそうだが、もしかすると、華や理恵は、そんな世界に憧れて入会を決めたクチかもしれない。

「華さんと理恵さんと、もうひとりは四ノ宮さんでしたっけ。紅茶教室は長いんですか？」

「四ノ宮君が入ったのは半年ほど前か。同級生ふたりは、三ヶ月ほど前だったかな」

――トラブルが始まったのは二ヶ月前だ。三人とも犯人になり得るな。

そんなことを不破が考えていると、不意に月影が問いかけてきた。

「不破君と言ったか。君は、イギリス文学に興味はあるかな？」

「あ、はい。読みたいとは思っているんですが、どうもとっつきにくくて」

調子を合わせると、それからはイギリス文学の講義が始まった。

十五分ほど経って、不破が空返事をするのにもいいかげん疲れてきた頃に、ローズが玄関に現れた。

「みなさーん、お茶の用意ができましたよー」

胸を撫で下ろす不破。庭に散っていたゲストたちは、おのおの屋敷へ足を向けた。

2

横浜サンドリヨンに戻ると同時に、更紗は崩れ落ちるように窓辺の椅子に腰を下ろした。

——疲れた……。

今日やったのは、チャーミングセールの期間中に配るちらし作りなので、それほどの重労働ではなかったのだが、入れ代わり立ち代わり話しかけてくる男の人たちにすっかり気疲れしてしまった。人が足りないからと頼まれて押し切られてしまったが、やっぱり断れば良かったと更紗は改めて思う。

時計は午後四時を示している。お茶会は二時からと言っていたから、ちょうど今ごろスイーツを食べている頃だろうか。

「行きたかったな、お茶会……」

しょんぼりとつぶやいていると、勢いよくドアが開いた。

「あー、疲れた。……あれえ、お姉ちゃん、もう帰ってたんだ」

入って来たのは紬と不破である。

「そういうあなたたちこそ。……もう終わったの？　お茶会は楽しかった？」

「それがさぁ、途中でお開きになっちゃったんだよね」

「えっ、何かあったの？」

「ちょっとね。それより、まずはお茶にしようよ。お菓子もらってきたから、食べながら話そう！」

紬は手にある紙袋を掲げて見せた。

入口の看板を「CLOSED」にして、三人で窓辺のテーブルを囲む。紅茶はティーバッグのものだが、大皿にスコーンやタルトが並ぶと、それなりにお茶会の雰囲気になった。

「それで？　いったい何があったの？」

更紗が気がかりな表情を向ける。

「んー、それがさぁ、私たちにもよくわからないんだよね。お茶会の途中でガチャーンってなって、ローズさんがいきなり席を立って、部屋を出てっちゃったの」

要領を得ない紬から、不破に視線を移す更紗。仕方なく不破が説明をする。

「……お茶会は、穏やかな感じで始まったんだ。ローズさんが俺たちを呼んで、みんなでティールームに案内されて」

＊

「か、かわいい……！」

部屋に入った途端、紬が上ずったような声をあげた。

そこはいかにも女性が喜びそうな空間だった。

壁はピンクの布張り。窓の向こうにはバラが咲き乱れるガーデンが見渡せる。部屋の中央には純白のクロスが掛けられた長テーブルが設えられ、その中央には可憐な花が飾られている。ブーケの脇には三段重ねのケーキスタンド、シュガーポット、ミルクポットなど、さまざまな茶器が置かれ、八脚並べられたビロード張りの椅子の前には、花模様をあしらったティーカップとソーサー、取り皿がセッティングされている。

全てが美しく整えられていて、まるで一枚の絵のようだ。

「私はティーポットのある席に、青山さんは入口に近い席に座ります。あとはご自由に、おかけください」

入口で案内するローズは、先ほどの光沢のあるワンピースから、黒いロングドレスに着替えていた。皆が席についたのを見極めて、ローズが優雅に微笑んだ。

「それでは、お茶会を始めましょうか」

青山がそれぞれの席をまわってティーカップに紅茶を注いでいく。今日の茶葉はセイロン産のルフナだという。その間に、ローズはお茶会に不慣れな不破と紬のために大まかなマナーを説明する。

紅茶のお代わりが欲しい時は、もてなし手であるローズにティーカップを差し出す。自分でポットからカップに注ぎ足したりはしない。スプーンはカップの向こう側に置く。三段重ねのケーキスタンドは、上段にケーキやチョコレート、中段にスコーン、下段にサンドイッチが盛られている。下から上へと順にいただき、ひとつの皿をみんなが食べ終わるまで次の皿には手をつけない。上から下へは戻らない。

「……などと言うと、いろいろと面倒臭そうですが、お茶会で一番大切なことは、紅茶と会話を愉しむことです。日本では、ティーセレモニーの席に『一期一会』という言葉がありますね？　アフタヌーンティーも同じです。このお茶会は一生に一度のもの。どうぞ楽しんでください」

そんな言葉で会は始まった。

小夜子は、このティーセットがどれほどの掘り出し物かを語り、月影は、どうしてイギリスにアフタヌーンティーの習慣が広まったかを講義した。華と理恵は、イギリスドラマの面白さを口々に説明し、お茶会は和気藹々《あいあい》とした雰囲気で進んでいたのだが……。

ガチャーン！

耳障りな音がして、陶器が床の上で砕け散った。

「あ……！」

驚きの声を漏らしたのは、飲みかけのティーカップを手にしているローズだった。蒼白になって、足元に散った破片を見つめている。どうやらテーブルの上にあったソーサーを落としてしまったらしい。

「えっ、私の陶器が！」

小夜子が悲鳴をあげた。

「ご、ごめんなさい。私ったら……」

狼狽したように立ち上がった瞬間、ローズはよろめいた。隣に座っていた不破が咄嗟に肩を支える。

「大丈夫ですか？」

「だ、大丈夫です。……ごめんなさい、ちょっと疲れていて……サヨコ、ティーセットは買い取りますから。みなさん、お茶会を続けてください。ハルヒコさん、あとはお願いします」

言い終わるやいなや、ローズは逃げるようにティールームを出ていった。青山が慌てて後を追い、寝室のドアの外から声をかけたが、中から返事はなかったという。

結局、お茶会はお開きとなり、青山と小夜子に片づけを任せて、不破と紬は屋敷を後にした。


「ローズさん、どうしたのでしょうか。まさかまた誰かがイタズラを」

不破の話を聞いた更紗が、思わず声を詰まらせる。

「いや、見た感じ、紅茶にも食べ物にも異常はなかったように思う。ただ、ローズ先生は途中から口数が少なかった。もしかすると疲れていたのかもな」

「それで、ソーサーを落とした？」

「でも、変だよね、ティーカップならまだしも、テーブルの上のソーサーを落とすなんて」

紬は釈然としない様子だ。

「手に持っていたんじゃないの？」

「ううん、それは違うと思う」

たしかに紅茶を飲む時、ソーサーを左手に持ってカップに添える人がいる。紬もそれが上品な仕草だと思ってやっていたら、目ざとく月影に注意された。ソーサーを手に持つのはテーブルがない時、すなわち立食パーティーのような時だけだという。

「それがマナーなんだってさ。あの時は華さんが話してて、みんなそっちを向いてたから確かなことはわからないけど、ソーサーはテーブルの上にあったと思うよ」

「そう。とにかく、明日、お見舞いに行ってみるわ。ローズさんの体調も気がかりだし」

その日は、そんな会話で終わったのだが——。


「ローズさんの所で、妙な物を見つけてしまいました」

そう言って更紗が不破の事務所にやってきたのは、次の日の午後のことである。

「妙な物？」

不破は清人と探偵事務所のホームページを作成中だった。キーボードを叩く手を止め顔を向けると、更紗は、「これです」と、トートバッグの中から黒い服を取りだす。

「不破さん、この服に見覚えがありますか？」

畳まれてはいるが、光沢のあるその黒い生地に不破は記憶があった。

「ああ、昨日、ローズ先生がお茶会の前に着ていた服だ」

「前というと、お茶会では別の服を？」

「準備をする時はその服で、お茶会の時は長いドレスに着替えていたな」

「着替えた……お茶会の前に……」

更紗は口元に手を当て、難しい顔になる。

「妙な物を見つけたって、いったい何なんだ？」

不破が訊ねると、更紗は意を決したように顔を向ける。

「これを見てください」

更紗がワンピースを広げた瞬間、清人が「うわ、どうしたの、それ」と声をあげた。

スカートの太ももにあたる部分に、五百円玉ほどの大きな穴が空いていたのだ。

「酷いな。焼け焦げか？」

不破も思わず目を見張る。

「みたいです。お茶会の前にローズさんが着替えたのは、お洒落のためではなく、このために服が着られなくなったからみたいですね」

「しかしローズ先生はそんなこと、ひと言も……おい、それより火傷《やけど》は大丈夫なのか？」

「私もそれが心配で……この服の素材はアセテートといって、木材パルプを主原料にした半合成繊維なんです。光沢や感触はシルクに似て繊細なのですが、弱点は熱に弱いことで、これが燃えたのなら、ローズさんは脚に火傷を負ったはずです」

不破は呆然としながらも、お茶会でのローズの様子を思い出す。

最初は穏やかに話していたローズだが、途中から徐々に口数が少なくなっていった。心なしか顔色も悪かった気がする。もしかするとあの時、ローズは火傷の痛みと戦っていたのだろうか。ということは、痛みに耐えかねて、誤ってソーサーを落としたのか。

「ローズ先生の様子はどうだったんだ？　見舞いに行ったんだろう」

「それが、留守で会えなかったんです。お手伝いさんが言うには、行き先を告げずに出かけたらしいんですけど」

「治療を受けに病院に行ったのかもな」

「それにしても、いったいどうして服が焦げたのでしょうか」

更紗のつぶやきを受けて不破は考える。何かが起きたとすれば、皆が庭を散策している間だ。あの時ローズは青山とキッチンでスコーンを焼いていたはずだが。

「今のところ考えられるのは、料理の途中で油のようなものが飛んだか、あるいはタバコの灰が落ちたかだな」

「タバコ？　ローズさんは吸いませんよ」

「人前ではな。隠れて吸う女性だっているだろう」

穴があるのはスカートの右太もものあたりで、椅子に座ってタバコを吸っていたら、ちょうど灰が落ちそうな位置だ。

「それにしても、どうしてローズさんは火傷のことを言わなかったんでしょう」

それまで黙っていた清人が疑問を口にした。

「せっかくのお茶会をフイにしたくなかったのかもな」

不破はローズが語った、一期一会の話を思い出す。

「とにかく、今回のことは少し調べてみよう。お茶会の前にローズ先生といた、カルチャースクールのスタッフに話を聞いてみる」

「え、いいんですか？」

更紗は、不破が自分から調査協力を申し出たことに驚きながらも、安堵したようで、「宜しくお願いします」と深々と頭を下げた。不破はうなずきつつ、〝あること〟に気づいた。

「ところで、このワンピースはどうやって手に入れたんだ？」

「えっ？　そ、それは……」

更紗が急に落ち着かなく目を泳がせる。

「ローズさんの家の……の……に……あって……」

口の中でボソボソ言っているが、聞こえない。

「え、なんだって？」

「だから、あったんです……裏口の脇にあった……ゴミ袋の中に……」

「ちょっ……待てよ。まさか捨ててあるのを持ち帰ったんじゃないだろうな？」

「だ、だってワンピースが、かわいそうで……」

不破はじろりと更紗を見る。

「そ、それに、心配だったんですよ。もしかしたら、例の嫌がらせに関係しているかも知れないし……物を大切にするローズさんが服を捨てるなんて変だから気になって……」

思わず頭をかかえる不破。

「あのなあ、それって犯罪だぞ」

「ローズさんには後で謝ります。だって本当にかわいそうで……」

必死に弁解する更紗を見て、不破は深い溜息をつくのだった。


ローズが講師をしている横浜ベイ・カルチャースクールは、横浜駅からほど近いインテリジェントビルの中にあった。上階の三フロアを借り切って、さまざまな講座が催されている。フラワーアレンジメント、絵画、社交ダンス……それらを横目に見ながら、不破は廊下を進む。突き当たりの事務室で用件を告げると、すぐに青山がやって来た。

「不破さん、お茶会では、どうも」

相変わらず福々しい顔で挨拶をすると、青山は不破をパーテーションで仕切られた接客ブースに案内した。

「昨夜はご連絡いただいて嬉しかったです。あんなことがあったので、気分を害されていないといいなと心配していたんです」

「たしかにちょっと驚きましたけど、楽しそうだし、みなさん、いい人みたいでしたから」

不破も負けじと愛想のいい笑顔で答える。紅茶教室の講座に興味があるので、詳しい話が聞きたいと連絡したのは昨晩のことである。声を弾ませて「お待ちしています」と答えた青山は、今、パンフレットを開いて、テーブル越しに不破と向き合っている。

「ローズ先生の講座は人気がありましてね、受講希望者が多いんです。でも、不破さんなら来期からでも歓迎しますよ」

「そうですか。それは楽しみです」

ひととおりの説明を聞いた後で、いよいよ本題に切り込む。

「ところで青山さん、この前のお茶会ですけど、みんなが庭を散策している間、青山さんはローズ先生と一緒でしたよね。先生の様子はどうでした？」

「あの……どうしてそんなことを？」

怪しげな表情になる青山に、不破はあらかじめ考えておいたストーリーを語る。

「あ、いやね、知り合いにカード会社の保険担当がいるんです。割れたソーサーのことを相談してみたら、状況によっては保険がおりるんじゃないかって」

「えっ、そうなんですか？　あれはローズ先生が買い取ると言ってくれていますけど、実は僕も気になっていて……」

そう言うと青山は、皆が散策中に起きたことを語り始めた。

庭に出ていったゲストたちを見送ると、ローズと青山はキッチンに戻った。スコーンの生地は既に丸く成形され、あとはオーブンで焼くだけだ。ふたりはサンドイッチを仕上げながら、スコーンの焼き上がりを待った。青山がジャムとクロテッドクリームをポットに盛りながら、ふと見ると、開け放たれたドアの向こうに、ティールームに続く廊下を歩く四ノ宮が見えた。

青山がそのことを告げると、ローズは「四ノ宮さんがティールームに？」と、不思議そうな顔をした。しばらくして、スコーンが焼き上がるとローズは盛り付けを青山に任せ、キッチンを出て行った。

ローズがなかなか戻らないので青山がティールームに行ってみると、そこには誰の姿もなかった。不思議に思った青山はローズの寝室に向かい、ドアをノックしてみるとロングドレスに着替えたローズが顔を出した。

「僕が、どうしたんですか？って聞いたら、先生は『寒くなったから、暖かい服に着替えたの』って。その後ふたりでキッチンへ戻って、ローズ先生がみなさんを呼んで、お茶会が始まりました」

「なるほど」

つまりローズは寝室にいたわけだ。やはり密かにタバコを吸っていて、その灰がワンピースに落ちたのだろうか。

「ところで、青山さんから見て、この前のお茶会で妙だと感じたことはありませんか？」

「妙なこと、と言いますと？」

「つまり、いつもと比べて、誰かが違う動きをしたというような」

ローズと青山の他に、紅茶や食べ物に近づいた者がいないかを期待しての質問だ。青山は「どうだったかなぁ」としばらく考えた末に、「あっ、そう言えば！」と声をあげた。

「何かあったんですね？」

「はい。いや、大したことじゃないんですけどね、不破さんは、あの話を覚えていますか？『ミルク・イン・ファースト・オア・アフター』の」

「ああ、月影教授が言っていた」

それはお茶会で月影が得意げに語ったウンチク話である。

イギリスでは、紅茶はミルクティーにして飲むのが主流だが、その際、先に《ミルク・イン・ファースト》ミルクを注ぐか、先に紅茶を注ぐか《ミルク・イン・アフター》で、二百年以上も議論が続いているのだという。紅茶と議論が好きなイギリス人らしい笑えるエピソードとして月影は紹介したのだが。

「ローズ先生はミルク・イン・アフター……すなわち、紅茶を先に入れるスタイルだったんです。でも、この前はミルクが先でした」

「なるほど……！」

感心したようにうなずいてみせたが、なんだ、そんなことかと、不破は密かに落胆した。

カルチャースクールを後にした不破が横浜駅に向かって歩いていると、携帯が鳴った。

今日の更紗の声は、いつもよりトーンが高かった。

「不破さん、私です。ワンピースに穴が空いた原因がわかりました」

「えっ、なんだったんだ？」

「携帯ではちょっと。青山さんの話も聞きたいし、今からサンドリヨンに来られませんか？」

「三十分で行く」

予告した三十分より五分早く、不破はサンドリヨンに着いた。窓辺にいた更紗と紬が、揃って椅子から立ち上がる。

「不破さん、青山さんに会えたの？」

駆け寄る紬をやり過ごし、不破は更紗に顔を向ける。

「その話は後だ。——それで、服に穴が空いた原因というのは？」

「それが、シアノアクリレートだったんです」

「シアノ……？」

「ええっと、ワンピースを観察したところ、穴が空いた部分の周囲に透明の蠟《ろう》が固まったような物質の付着が見られたんです。そこで三十倍のスケールルーペで観察したら……」

「お姉ちゃん！　まだろっこしい説明はいいから、かいつまんで」

「わ、わかったわ。シアノアクリレートというのは、いわゆる、瞬間接着剤の材料です」

「瞬間接着剤？」

「はい。昨日もお話ししたように、溶けたワンピースの素材はアセテートです。シアノアクリレートがアセテートに付着すると、化学反応を起こして激しく燃えるんです」

「つまり、瞬間接着剤がワンピースの上に落ちて発火したということか？」

「間違いありません」

更紗は揺るぎない表情でうなずいた。

「でもさあ、わかんないんだよね。ローズさん、どうしてお茶会の前に瞬間接着剤なんか使ったのかな？」

「不破さん、青山さんは何か言っていませんでしたか？」

「さあ、接着剤につながるようなことは何も」

そう言いかけて、改めて青山とのやり取りを思い出してみる。

「ちょっと待ってくれよ？」

何か大事なことを聞いた気がする。すごくどうでも良くて、すごく大事な何かを。

記憶をたどった不破の脳裏に、不意に〝あるアイデア〟がひらめいた。

「……ソーサーだ」

「えっ？」

「ローズ先生が修理していたのは、彼女が割ったソーサーだ」

「いったいどういうことですか？」

「紅茶じゃなく、ミルクを先に入れた理由だ」

状況が呑み込めずに戸惑っている更紗と紬に、不破は早口で説明する。

イギリスには、「ミルク・イン・ファースト」派と、「アフター」派がいること。

いつもは先に紅茶を入れていたローズが、あの日に限って先にミルクを入れたこと。

このふたつの違いは何か。紅茶は熱く、ミルクは冷たい。イギリス流のお茶会では、ミルクは日本と違って冷たいまま出されるのだ。

「ローズ先生が先にカップにミルクを入れたのは、熱い紅茶が先だと、修理したソーサーの接着剤が溶けると考えたからだ。だから冷たいミルクを先に入れた」

「つまりローズさんは、割れたソーサーをいったん修理して、後で再び割ったということですか？　でも、どうして？　それに誰がソーサーを割ったんでしょうか？」

不破はティールームに向かう四ノ宮の姿を青山が見たこと、それを聞いたローズがキッチンを出ていった話をする。

「では、その四ノ宮さんという方がソーサーを割ったのだと？」

「あくまでも推測だがな」

驚きで言葉を失っている紬のほうを不破は向く。

「四ノ宮ってのはどういう奴なんだ？　お前、一緒だったんだから少しは知ってるだろ」

「一緒だったっていうか……まあ、華さんと理恵さんもいたけどね。四ノ宮さんは、イギリスの自動車会社の日本支店に勤めてるんだってさ。広報とか担当してて、いずれ本社勤務になるから、イギリスのことを知ろうと思って紅茶教室に通い始めたって言ってた」

「外資系の広報か」

たしかにあのキザなスーツは、普通の会社員の感覚ではなかったなと納得する。

「四ノ宮さんってノリがいいし、車に詳しくて話は盛り上がったんだけどさ、途中であたしがドジやっちゃったんだよね」

「ドジ？」

「シミを見つけたの、四ノ宮さんの上着に。後ろ身ごろの裾のあたりで、ちっちゃいけど、オフホワイト地に茶色だから気になって、持ってたシミ抜きティッシュで拭いてあげたんだ。そしたら、服に穴が空いちゃってさ」

「ええっ、服に穴が⁉」

　更紗が絶叫に近い驚きの声をあげた。

「落ち着け。それで、どうなったんだ？」

　不破が先を話すよう紬にうながす。

「えっとそれで、あたし、慌てちゃってさ、『サンドリヨン《うち》で直します』って言ったんだけど、四ノ宮さんは気にしなくていいよって」

「紬ちゃん！　あなた、人様の服に穴を空けておきながら、そのままにしてきたの？」

「あたしだって修理しますって言ったよぉ。でも、四ノ宮さん、いいからって。一応、うちの住所と店名は言っといたけど」

「うう、服が泣いています。私だったら剝《は》いででも回収したものを」

「……だろうな」

　不破は溜息をつき、脱線気味の話を「それから？」と先に進める。

「それから、四ノ宮さんが『それにしても、最近の生地は弱いよね』って笑って、四、五回、漂白しただけで穴が空いてしまうっていう話になって」

「あら、それはおかしいわ。四、五回の漂白で穴なんて、生地にもよるけど、最近の服は総じて強くなっていて——」

「あのなー」

不破がジロリと睨みつけると、更紗は首をすくめて口を閉じた。

「それで結局、四ノ宮はどうなったんだ？」

「結局、服を洗ってくるって言っていなくなったんだ。それであたしたちも解散して、理恵さんと華さんはコスモス畑のほうに向かって、あたしは小夜子さんが暇そうにしてたから話しに行ったんだよね」

「なるほど。四ノ宮は、ひとりになったわけだ」

その時ティールームに向かったのかもしれない。

「あっ、でも四ノ宮さんはソーサーなんか割っていないと思うよ。なんたって王子だし。そういえば写真あるんだ。お姉ちゃん、見る？」

紬がイソイソとスマホを取りだす。画像を開くと、それはティールームで撮った、お茶会の時のワンショットだった。

「これ一枚しかないんだよね。ほんとはもっとバシバシ撮りたかったのに、あの月影って教授がマナー違反だとか言うから。ちなみに王子はこれね。かっこいいでしょ？」

差し出されたスマホに目をやった更紗は、思わずつぶやいた。

「あら、素敵ね」

不破は「へ？」と驚く。この女にも服以外で興味を示すものがあったとは。意表を衝かれた感じでまじまじと見ていると、更紗が指を動かしてスマホの画面を拡大した。

「この服、夏用のベロアね。素材はシルクかしら。光沢が素晴らしいわ」

更紗が見ているのは、ダークグレーに輝く拡大された理恵のジャケットだった。

「お姉ちゃん、見るのは服じゃなくて王子！」

「い、いいじゃない、そんなに怒らなくても」

「まったく……」

姉妹のやり取りにうんざりしながら、不破はこれまでにわかったことを整理してみる。


1・お茶会の前の散策中に、四ノ宮は紬たちと別れて、ひとりで庭園を後にした。

2・ティールームに向かう四ノ宮の姿が、キッチンにいる青山によって目撃された。

3・それからしばらくして、ローズはティールームに向かった。

4・その後、ローズは瞬間接着剤で火傷を負い、服を着替えてお茶会に臨んだ。


これらのことから推測できる流れは、次のようなものになる。

散策中ひとりになった四ノ宮は、ティールームに忍びこみ、ソーサーを割った。

一方、青山から四ノ宮のことを聞いたローズは、ティールームに行き、ソーサーが割れていることに気づいた。

咄嗟にそれを隠そうと思い、ローズは瞬間接着剤で修復を試みたが、誤って膝に火傷を負ってしまう。それを隠してお茶会に臨んだが、ソーサーは小夜子の私物で、お茶会が終われば回収されてしまう。破損を隠し切れないと思い、わざと落として割った。

「と、まあ、これが俺の推理なんだがな」

「つまりローズさんは、四ノ宮さんを庇ったということですよね。優しい方ですから、それはあり得ると思いますが、四ノ宮さんはどうしてソーサーを割ったのでしょうか？」

「それは……」

不破は小夜子が言っていた、不動産絡みの嫌がらせの話を思い出す。

「とにかく、四ノ宮を調べてみよう。勤め先がわかっているのなら、身元を割り出すのも難しくはないだろう」


そう言った不破が、自分の見こみは甘かったと思い知らされたのは、それから数日後のことである。

楽勝だと思っていた四ノ宮の身元調査は見事に難航した。イギリスの自動車メーカーの日本支店を軒並み当たったが、四ノ宮という人物はいなかったのだ。

青山から四ノ宮の携帯番号を聞き出して、かけてみたが繋がらない。この番号は現在使われていないという案内が流れるだけだった。仕方なく、今は横浜市内にある自動車販売店に片っ端から電話をかけ、四ノ宮という人物がいないか調べている。

「よくやりますよね。だいたい、四ノ宮っていう名前が本名かも怪しいんでしょう？」

チャーミングセールで買いこんだ服を広げながら、清人が呆れたようにつぶやく。

「いや、四ノ宮は本名だ。スクールの会費は銀行口座引き落としだからな。偽名を使うことはできないはずだ」

「それにしても、不破さん、変わりましたよね」

「変わった？　どこがだ？」

「だって、前は更紗さんに協力するの嫌がってたじゃないですか。クライエントのプライバシーに踏みこむのはプロじゃない、ルール違反だって。今回の件って、ローズさんから調査を依頼されたわけじゃないんですよね？」

「それはそうだが」

不破は思わず、言葉に詰まる。

お茶会で何があったのか調べる気になったのは、探偵としてのプライドからである。最初に相談を受けた時、不破はどうせローズのミスだろうと決めつけ、真剣に取り合わなかった。そしてお茶会でトラブルが起き、ローズは傷ついた。

もしもあそこに誰かしらの悪意が働いていたとすれば、自分は犯行を目の当たりにしながら、むざむざと見逃したことになる。このまま犯人を野放しにしておくわけにはいかない――そう思ったからこそ、不破は依頼者がいないままに調査をしているのだが、正直、このまま続けていいものかどうか、迷っている。

「今回は特別だ。それに事件は調べているが、あの女に協力しているわけじゃない」

ぶっきらぼうにそう言うと、清人は「ふーん」と意味深な笑みを浮かべた。

「どうなんですかねぇ。口ではそう言ってるけど、実は恋しちゃったんじゃないですか？」

「――は？　恋って、誰が、誰にだ？」

「だから、不破さんが、更紗さんにですよ」

予想を超えた展開に、一瞬思考が止まってしまう。いったいどういう論理の飛躍だ。怒るのもバカらしくて、「ありえないだろ」と鼻で笑った。

「え、なんで？　いいと思いますよ。更紗さん、可愛いじゃないですか。ちょっと、いや、かなり変人だけど、ピュアだし、性格もいいし」

「あのなあ、あの女の頭にあるのは服のことだけだぞ。この前だって妹がイケメンの写真を見せたら、隣の女の服のほうを見てた。……ないないない、洋服オタクと恋なんて、たとえどんなにあの女がめかし込んできても、あれとだけは断じて、ない！」

そう言いきったところで、ドアが開いた。入って来たのは噂の当人――更紗である。

「すみません、急にうかがって。……いいですか？」

いつものようにはにかんで、小首をかしげる更紗に、清人が慌てふためきながらも笑顔を取りつくろう。

「い、いらっしゃい。ええっと……何か用？」

「はい。不破さんに、ちょっとお願いがあって」

「俺に？」

「私、今からローズさんに会いに行くのですが、付き合ってもらえませんか？」

どうやら今の話は聞かれていなかったようだ。不破は安堵しながら問いかけた。

「急に、何かあったのか？」

「嫌な噂を耳にしたんです。ローズさんが洋館を引き払ってイギリスへ帰るって。私、事情が聞きたくて……服を持ってきたことも謝らなくてはいけませんし」

少し考えた後に、「いいだろう」と答える不破。ここまで調べて、真相に迫らずに終わるのは癪《しゃく》だし、その後の、ローズの様子も気になる。

ジャケットを羽織り、車のキーを手にすると、ニヤニヤしながら清人が「がんばれ」というようにガッツポーズをしてくる。舌打ちして事務所を後にする不破だった。

＊

丘の上の洋館を訪れたのは、お茶会以来一週間ぶりである。あの日みんなでテーブルを囲んだティールームで、不破は更紗と並んでローズと向き合う。

捨てたはずのワンピースを更紗が持って帰ったことを知ると、ローズはさすがに驚いたようだった。しかし更紗が何度も詫びると、最後には溜息混じりの微笑みを浮かべた。

「……困った人ですね。でも、私のことを心配してくれたのでしょう？」

「本当にすみませんでした。どんなに叱られても仕方がないと思っています」

「もういいです。頭を上げてください、サラサ」

姿勢を戻すと更紗は、様子をうかがうような視線をローズに注ぐ。

「あの……ローズさん、街の噂でイギリスへ帰ると聞きましたけど、そんなことはありませんよね？」

「それは……」

ローズは困惑したように答えを濁す。短い沈黙の後で、やがて小さくつぶやいた。

「噂は……本当です」

「そんな！　……どうしてですか？　横浜が好きだっておっしゃっていたじゃないですか。この街の人たちだってローズさんを慕っています。なのにどうして！」

気色ばむ更紗を不破が「おい」といさめる。ローズは苦しげな表情で訥々《とつとつ》と語った。

「……イギリスにいる両親から、ずっと『早く帰って来なさい』と言われていたんです。父も母も年ですし、一緒に暮らしたほうがいいとわかってはいたのですが……夫が愛したこの屋敷や横浜の街を去るのが寂しくて……でも、疲れてしまいました」

そう言って薄く笑うローズは、何だか年老いて見える。まるで黒い服が、若さや生気や気力を吸い取ってしまったかのようだ。

「原因は、四ノ宮さんじゃないんですか？」

更紗が唐突に問いかけた。

「え……？」

不破は慌てて「おい、止めろ」と更紗を制する。しかし更紗は口を閉じなかった。

「お茶会でソーサーを割ったのは四ノ宮さんですよね？　それをローズさんは庇って、瞬間接着剤で火傷を……そのことで悩んでいるのではありませんか？」

「止めろって！」

「どうして四ノ宮さんはそんな酷いことをしたんですか？　四ノ宮さんというのはどういう人なんですか？　教えてください、ローズさんの力になりたいんです！」

テーブルの上に身を乗り出す更紗。ローズは顔を背け、相手の目を見ようとしない。

ティールームに重い沈黙が訪れた。

「……シノミヤさんは、関係ありません。サラサ、ナオヤ、前に話したことは忘れてください。それが私の望みです」

それだけ言って、ローズは席を立った。


洋館を後にした更紗と不破は、車を走らせながら長いこと黙っていた。山手本通りから坂道を下り、中村川に出たところで、ハンドルを握っている不破がやっと口を開く。

「調査は、これで打ち切りにしよう」

助手席の更紗が驚いたように顔を向けた。

「そんな……ダメです。まだ何もわかっていないのに」

「わかっただろう。ローズ先生は四ノ宮が好きなんだよ。だからこれ以上、詮索されたくないんだ」

「えっ、ローズさんが四ノ宮さんを？　……でも、だって、四ノ宮さんって写真を見たところ、三十歳前後ですよね。ローズさんとは、ひとまわり以上も違うんじゃ」

「男と女に年は関係ないだろう。ローズ先生だって、旦那と父親ほど年が違う」

「それは、そうですけど」

不破がローズの気持ちに気づいたのは、呼び方だった。みんなを親しげにファーストネームで呼ぶローズが、なぜか四ノ宮だけは苗字で呼んでいた。そのギャップが、むしろふたりの関係を隠したがっているように感じられたのだ。

そう考えて今までのローズの行動を振り返ってみると、説明できる。火傷をしてまで彼女が四ノ宮を庇った理由も。

「四ノ宮は不動産屋の回し者だったんだ。色仕掛けで洋館を売却させるためにローズ先生に近づいた。紅茶教室で妙な事件が起きたのも、ローズ先生を窮地に立たせようと画策した四ノ宮の仕業だ。そうとは知らずにローズ先生は四ノ宮のことを好きになった」

「ちょっと待ってください。不動産屋さんって何のことですか？」

「あの屋敷を狙っている奴らがいるんだよ。とにかく、お茶会の準備をしていたローズ先生は、四ノ宮がソーサーを割ったことに気づいた。咄嗟に修理して庇ったが、奴が嫌がらせの張本人だと知ってショックを受けた。おまけに事件の後に四ノ宮は雲隠れ。ローズ先生は心と体に傷を負った……と、そういうわけだな」

不破の推理を聞いた更紗は途方に暮れる。

「よくわかりませんけど、それって不破さんの想像ですよね。ちゃんと調べてみないと。それにもし本当なら、傷ついたローズさんをなぐさめなければ」

「ダメだ。本人が放っておいて欲しいと言っているんだ」

ローズは事を荒立てずに身を引こうとしているのだ。それが四ノ宮のためか、自分のプライドを守るためなのかはわからないが、とにかく本人がこれ以上詮索しないで欲しいと願っている。それを無視して手を差し伸べたいと思うのは親切の押し売りでしかない。

しかし、更紗は言い募る。

「私、思うんです。あの穴の空いた黒いワンピースはローズさんの心です。亡くなったご主人のことを思い続けるのは立派ですけど、このまま喪服を着ていていいわけがありません。だからこそ、どうにかしないと」

「また服の話か」

不破はウンザリする。またこの議論の蒸し返しだ。

「……もういいです。不破さんには頼みません。どうせ私の気持ちなんかわからないでしょうから。洋服オタクですし」

前の信号が赤に変わり、ブレーキを踏むと同時に助手席から低い声がした。

不破が「えっ？」と顔を向けると、更紗は目に涙をためている。聞いていたのか——内心密かに不破は焦る。言い訳をしようとするが、こんな時に限って、うまく頭がまわらない。

「い、いや、あれはだな……」

「私だって、不破さんのためにめかしこむ気なんかありません。オタクだからってバカにしないでください！」

言い捨てて車を降りる更紗。

「おい、待っ……」

不破の静止も聞かずに駆け出していってしまった。

「……あー、もうっ！」

頭を掻きむしる不破。後続車にパッシングされ、ふと見ると、前の信号が青に変わっていた。慌てて発進させ、ゆるゆると走るが、なんとも落ち着かない気分だ。

オタクと言ったのは悪かったが、本当のことじゃないか。だいたい、事あるごとに服のことを持ち出してくるあいつが悪い。そうだ、話をこじらせたのはあっちのほうだ。

苛立ち紛れにハンドルを操るが、五分ほど走った角で、車をUターンさせた。

「……ったく、違反切符きられたらアイツのせいだからな！」

元の場所に戻り、路肩に車を駐車させる。更紗が消えていったのは元町のほうだ。

商店街の入口に足を踏み入れた途端、不破は息を呑み、その場に棒立ちになる。

通りを行き交う人、人、人。――そうか、チャーミングセールだ。

クラッとめまいがするが、気を取り直して、買い物客で溢れかえる通りを進む。

肩がぶつかりそうになるたびに「すみません」と謝りながら、睨まれたり、足を踏まれたり、買い物袋で小突かれたり。バーゲンにかける女の執念のすさまじさを小一時間ほどたっぷり味わわされた後に、メインストリートから外れた、ひと気のない古い店のショーウィンドーを眺めている更紗を見つけた。

どうやら仕立て屋のようで、白い上品なワンピースが一着ディスプレイされている。

「おい」

息を弾ませながら声をかけると、少女の面影を残した顔が振り向く。その瞳が不破を映し、驚いたように唇が開かれた。

「不破さん……どうしてここに？」

「どうしてって……それは」

お前を探して歩きまわったんだとは言いにくく、ぶっきらぼうに答える。

「……チャーミングセールが、見たくなったんだ」

「服なんか興味ないくせに」

呆れる更紗の表情が、ほんのわずかだが和らいだ気がした。

「オタクと言ったのは悪かった」

真顔で不破が告げると、更紗はショーウィンドーに顔を戻す。

「……いいです。不破さんも猫オタクだし、引っ越しオタクだし、飲んだくれだし……総じて見れば、私と同じくらいダメな人間ですから」

「猫は、別に好きじゃない」

「おまけに、嘘つきのひねくれ者です」

「それはそうかもな。人嫌いだし」

「嘘つき……」

ショーウィンドーを眺める更紗の横顔が、くすっと微笑んだ。


元町の喧騒を避けて、港の見える丘公園のベンチにふたりして腰を下ろす。

ベイブリッジや埠頭の倉庫が広がり、遠くにはマリンタワーやみなとみらいのビル群が見渡せる。暮れ始めた景色に目を細めながら、更紗が静かに語り始める。

「横浜サンドリヨンは私で六代目になりますけど、初代の店主は、クリーニングの勉強をするためフランスに渡ったそうです。そこでソフィという女性と知り合って恋におち、横浜に戻って、ふたりで店を始めました。……サンドリヨンの名前はシンデレラのフランス読みなんです」

耳をかたむけていた不破は「ああ、そうか」と気づく。横浜サンドリヨンの庭にあった風見は一般的な鶏ではなくハイヒールだった。あれはシンデレラの靴だったのか。しかしなぜシンデレラなんだ？

その疑問に答えるように、更紗は続ける。

「シンデレラは魔法のドレスを着たことで、舞踏会に行く勇気をもらえた。自分達もシンデレラの魔法使いのように、服で人を幸せにできたら……そんな願いを込めて店の名前をつけたそうです」

海からの風を受け、素直な長い髪がそよいでいる。

「私、ローズさんを見ていると、海を越えて来たというソフィさんを重ねてしまうんです。好きという気持ちひとつだけで海を渡った……勇気のあることだと思います。だから私、ローズさんには幸せになってもらいたくて」

不破は思う。こいつの話は、いつも押しつけがましい。幸せかそうでないかなんて、本人でさえもわからない時代なのに。だが、きっとこいつには、服を通して、いろいろなものが見えるのだろう。着ていた本人も気づかない、隠れた本当の気持ちが――。

そんなことを考えながら更紗の話を聞いていた不破が、ふと、口を開く。

「そういえばさっき、ローズさんの家に行った時に気づいたんだが、キッチンからティールームに続く廊下は、けっこう暗いんだな」

「……え？」

「お茶会が開かれたのは午後二時。さっき俺たちが屋敷を訪ねたのとほぼ同じ時刻だ。廊下の窓は小さく東向きで、室内は薄暗かった。なのにどうして青山さんは、ティールームに行く人影が四ノ宮だとわかったのかな？」

　更紗は「あっ」と声を漏らす。

「言われてみれば。それにキッチンからだと、廊下を行く人物は後ろ姿しか見えないはずです。なのにどうして――」

　こうなると、青山が嘘をついた可能性も出てくる。四ノ宮がティールームに入っていったのを見たと言っているのは青山だけなのだ。本当は青山がソーサーを割り、それを四ノ宮の犯行だとローズに誤解させたとも考えられる。

　――しかし、なんのために？

「考えていても始まらないな。とにかく会いに行こう」

　さいわい、路上駐車の愛車は違反切符を切られることなく待っていた。不破と更紗は横浜ベイ・カルチャースクールに向かい、面会を求める。青山は以前と変わらない人の好さそうな笑顔で迎えてくれた。

「不破さん、どうも。あれ、その方は？」

　青山は不破の後ろにいる更紗に目を留める。

「前にお話しした、保険会社の知り合いです。ところで青山さん、お茶会が始まる前のことについて、もう少しお訊きしたいのですが」

「あ、はあ……」

　薄暗い廊下を歩く後ろ姿を見ただけで、どうしてその人物が四ノ宮だとわかったのか不破は訊いてみる。

「そういえば、どうしてでしょうねぇ」

青山自身も不思議といった表情だ。

「ポットにジャムを入れていたら、ドアの向こうに廊下を行く人影が見えて、『ああ、四ノ宮さんだ』って、咄嗟に思ったんですけど、改めてどうしてかって訊かれると」

青山は考える。やがて「ああ、そうだ」と叫んで手をぽんと叩いた。

「服ですよ、オフホワイト服！　たしかに廊下は薄暗かったんですけど、壁の高い所に明かり取りの窓があって、そこから陽が射しこんでいたんです。一瞬、通った人が見えて、オフホワイト服を着ていました。あの日、オフホワイトを着ていたのは四ノ宮さんだけだったじゃないですか。だから、そう思ったんです」

スクールを出るやいなや、更紗はつぶやく。

「青山さんは勘違いをしているのではないでしょうか」

「どういうことだ？」

「これを見てください」

更紗はスマホを取りだし、画像を開く。それは紬が撮った、お茶会のショットである。テーブルの一番端に座っている四ノ宮はダークブルーの開襟シャツで、オフホワイトの上着は椅子の背にかけられている。

「四ノ宮さんの上着は穴が空いたのですよね？　それを着続けていたとは思えません」

「だが、当日、オフホワイト服を着ていたのは四ノ宮だけだぞ？」

「そうでしたね」

更紗は困惑したように再びスマホの画像に視線を戻す。

そこに写っているお茶会の参加者たちは——小夜子は真紅のブラウス、月影はチャコールの背広、華は花柄プリントのワンピース、理恵はダークグレーのパンツスーツを身に着けている。オフホワイト服に該当する人物は四ノ宮の他にはいない。

その時、更紗の唇がつぶやいた。

「ベロア……！」

「——え？」

更紗の瞳が熱を帯びたようにキラキラと輝いている。

「不破さん、この日のメンバーが写っている写真は他にありませんか？　室内の写真ではなく、庭を散策していた時のものです。ソーサーを割った真犯人がわかるかも知れません」

＊

「話って、何ですか？」

喫茶店に呼び出された理恵は、不機嫌そうにミルクを紅茶に注いだ。

テーブルを挟んで向き合い、不破は穏やかに用件を切り出す。

「理恵さん、ローズ先生の紅茶教室が無くなることは聞きましたか？」

「ええ、生徒が集まらなくなったって。青山さんから連絡がきましたけど」

「いろいろありましたからね。ミルクにハエ、サンドイッチにビニール片……この前のお茶会では、小夜子さんの大切な茶器を割ってしまった」

「あの、いったい何のご用ですか？　私、お昼休みを潰して来ているんですけど？」

理恵は落ち着かない様子でカラカラと紅茶をかき混ぜる。

「そうですね、お互い時間を無駄にするのはよしましょう。単刀直入に言います。今までの嫌がらせは、理恵さん、全てあなたがやったことですね？」

理恵は一瞬、凍りついたように不破を見つめる。しかしすぐにぷいっと視線を逸らした。

「……いったい何を言っているのかわかりませんけど？　何か証拠でもあるんですか？」

「はい。青山さんが見ていたんですよ。お茶会の散策中に、オフホワイト服を着た人物がティールームへ向かうのを」

「そんなこと？　バカみたい。あの日、私が着ていたのはダークグレーのパンツスーツよ？」

「たしかにダークグレーでした、日陰ではね」

「ちょっと、いったい何が言いたいのっ？」

理恵は精一杯の虚勢を張るように睨みつける。それを真っ向から受けとめて、不破は目を逸らさず、更紗から言われたことを語り始めた。

「あの服の素材はベロアですよね。ベロア生地の特徴は、光のある所とない所では発色が大きく変わるということです。日陰ではダークグレーだったあのジャケットは、光の下ではシルバーに発色します。——この通り」

不破はスマホを取りだし、月影が撮った画像を見せる。

見事なバラの向こうに、談笑する紬、華、理恵、四ノ宮が写りこんでいる。理恵の服は陽射しを浴びて、鮮やかなホワイト・シルバーに輝いていた。

「青山さんはあの日、屋敷の中でのあなたしか見ていなかった。だからこの可能性に気づかなかったんです。ティールームに続く廊下は薄暗く、数ヶ所だけ高窓から光が射しこんでいました。そう、まるでスポットライトのように。その下を通るシルバーの上着に目を奪われ、青山さんは、あなたを四ノ宮さんだと勘違いしたのでしょう」

理恵は顔面蒼白になる。

「だ、だからって……私がソーサーを割ったという証拠にはならないわ」

「華さんからも話を聞いているんですよ。お茶会の散策中、四ノ宮さんと別れたあなたは、華さんに『メイクを直してくるから』と言って庭園を後にし、ずっと戻らなかったそうですね。華さんは四ノ宮さんに会いに行ったのではないかとヤキモキしたそうですよ」

「知らない……証拠を出しなさいよ……！」

「理恵さん、ベロアの特徴をもうひとつ言いましょう。とてもホコリを吸い寄せやすいんです。あの日着ていた服を調べれば、ソーサーを割った時に出た陶器の粉塵が付着しているかもしれませんね。なんなら、警察に調べてもらいますか？」

　大きく目を見開いた理恵は、やがて手で顔を覆って泣き出した。

「憎らしかったのよ！　みんなにミセス・ブラックとか呼ばれて貞淑な顔してるくせに、裏じゃひとまわりも下の生徒をたらし込んで……とんでもない女。いい気味だわ！」

＊

「……そうですか。嫉妬が原因で、あんな嫌がらせを」

　不破から話を聞いた更紗は深い溜息をついた。

　サンドリヨンの窓辺にあったテーブルは、いつの間にかフロアの中央に動かされ、椅子が四人分設えてある。腰を下ろしている不破がうなずき、説明を続ける。

「理恵さんも四ノ宮のことが好きだったらしい。教室が終わってから話しかけようと後をつけたら、ローズ先生と待ち合わせをしているのを見かけてしまった。悔しくなって嫌がらせを始めたそうだ」

　話を聞いた紬が残念そうに顔をしかめる。

「あーあ、ローズさんってやっぱり四ノ宮さんと付き合ってたんだ。何かショック」

「恋に年齢は関係ないからね。それにしても、その四ノ宮さんて何者なんですかね？」

　清人に問われて、不破は眉根を寄せる。

「それが問題なんだ」

四ノ宮が犯人でなかったのは良かったが、未だにその素性と行方はわかっていない。

「なんかさあ、シンデレラの逆バージョンみたいだよね」

落ちこみから素早く立ち直り、紬がつぶやいた。

「シンデレラ？」

「だって、お茶会を最後に、煙みたいに消えちゃうなんてさ」

「たしかに。シンデレラみたいにガラスの靴は残していかなかったけどね」

その時、考えをめぐらすように沈黙を続けていた更紗が口を開いた。

「ガラスの靴はありませんが、手がかりならあるかも」

「えっ」と見つめる三人。

「もしかしたら無駄足になるかも知れませんが、みなさん、協力してもらえますか？」

そう言うと、更紗は強いまなざしを向けた。

3

仰向けに寝転んだ顔の上で、複雑に絡み合うパイプやシリンダや銅線の状態を入念にチェックしていく。ジャッキで持ち上げられた車の下は狭くて息が詰まりそうだが、ドライバーを動かす手は休めない。このネジの締め具合が肝《きも》なのだ。

「シノ、お客さんだぞ」

足元から呼ぶ声がして、四ノ宮は「うぃーす」と寝板の滑車を滑らせた。

車の下から這い出して見ると、ガレージの入口にはふたつの人影がある。ひとりはお茶会で会ったクリーニング屋の店員だ。もうひとりは……初めて見る女性。若くて髪が長く、可愛らしい顔立ちをしている。

「どうも、四ノ宮さん。お茶会以来ですね」

男が笑みを浮かべながら、ゆっくりと近づいて来る。全てを見透かすような嫌な笑いだ。

「どうも。……ええと」

「不破です」

「ああ、不破さん。あの、どうしてここに？」

「どうしてっていうか、あなたに会いに来たんですけどね。四ノ宮さん、携帯番号変えたでしょう。探しましたよ」

「いや、だからどうして。……っていうか、俺に何か用ですか？」

「ちょっとね、折り入って訊きたいことがありましてね」

意味深な笑みを浮かべる不破を前にして、四ノ宮の心はざわめく。

「……ここ、どうしてわかったんですか？　言ってないっすよね？」

「まあ、そこはいろいろと。探偵ですから」

「探偵？」

四ノ宮は思わず不破を見つめる。

「だってあんた、クリーニング店の店員だって」

「すみませんね。あまり表立って言える商売じゃないもんで。でも、身分を偽ったのはお互い様ですよね？」

片頬だけで笑う不破の表情には、強《した》かさと抜け目のなさが垣間見える。どうやら探偵というのはジョークではなさそうだ。

「それで？　……何ですか、聞きたいことって」

四ノ宮は動揺を押し隠し、作業用のつなぎを上半身だけ脱ぐ。下に着ているシャツは汗でぐっしょりと濡れていた。壁にあるタオルに手を伸ばしたところで、入口にぽつんと突っ立っている不破の連れに気づいた。

「えっと、もしかして、どこかで会った？」

女性は首をぷるぷると横に振ると、上ずった声をあげた。

「すっ、すみません、私は白石更紗と申します。お茶会では、妹の紬が大変な粗相をしてしまい……失礼しました」

「もしかして、紬ちゃんのお姉さん？」

「はい」

更紗が微笑んだ時、先輩らしき整備士が四ノ宮に声をかけてきた。

「シノ、あとはいいから、休憩入れや」

「あ、はい。すみません、じゃあ」

四ノ宮は不破と更紗のほうを向くと、「行こうか?」と目でうながした。

整備工場から少し歩いた所に、ひと気のない公園がある。その片隅で、更紗、不破、四ノ宮は向き合った。

「まずは聞かせてくれよ。どうして俺があの工場で働いているってわかった?」

缶コーヒーのプルトップを引きながら、四ノ宮が切り出す。

「そこは探偵の力で、と言いたいところだが、実は彼女がプロファイルしたんだ」

タバコをくわえながら、不破がベンチに腰かけている更紗を顎で指した。

「あんたが?」

四ノ宮の驚きの視線を受けて、更紗は遠慮がちに話し始める。

「……四ノ宮さんを探すためには、まずどんなお仕事をしているのか、知る必要がありました。私はいつも、着ている服から持ち主をプロファイルするのですが、今回は服がありませんでした。ですから、妹から聞いた話を参考にしたのです。まず気になったのは、シミの話でした」

「シミ?」

「はい。お茶会の日、四ノ宮さんは服に小さなシミを付けていましたよね。それを妹がティッシュで拭いたところ、生地に穴が空いたと——。シミは目立つ所にあったようですし、話を聞いた感じでは、ずっと前から付いていたとは考えられませんでした。付着してすぐに生地をダメにするほど強力な液体というのは、私たちの日常では、意外と少ないものなのです。そんな中で、私にはひとつ、心当たりがありました。電池や車のバッテリーなどに使われる不凍液です」

不凍液には『希硫酸』という、繊維を溶かす非常に強い成分が入っている。なので衣類に付いたらすぐに落とさないと、服がダメになってしまうのだ。

「そしてもうひとつ、四ノ宮さんの職業を推理する手がかりがありました。——会話です」

「会話？」

「はい。あなたは妹に、『最近の服は弱い。四、五回漂白したら穴が空いてしまう』と言いましたよね。でも、それは特別な条件下でのみ起こる現象なのです」

衣類の漂白剤には、酸素系と塩素系の二種類がある。このうち、金属粉の付着した服を酸素系漂白剤で洗うと、強烈な酸化反応が起こり、生地に穴が空く。たとえば時計やネックレスなど、固形の金属であっても、身に着けていれば金属成分が服に付着し、繊維を酸化させ穴へと成長させていく。なぜかワイシャツの左側の袖口だけが破れやすいということがあったら、腕時計の影響を疑っていいかもしれない。

「そしてこの金属成分が非常に多く含まれているのが、自動車のエンジンオイルなのです。四ノ宮さんが四、五回の漂白で服に穴が空いてしまうと言ったのは、おそらくオイルの付着した作業着を酸素系漂白剤で漂白したからではないでしょうか——これらのことから私は四ノ宮さんが、自動車のオイルやバッテリー液に触れる仕事……つまり、自動車整備士ではないかと考えたのです。あとは不破さんにお願いして、横浜中の整備工場を当たってもらいました」

圧倒されていた四ノ宮が、やっと声を漏らした。

「……何か、すごいな」

そこからは不破が話を引き取った。

「彼女は簡単に言ったが、四ノ宮って従業員がいないか探すのはけっこう大変だったんだぜ。なあ、あんた、どうして身元を偽ったりなんかしたんだ？」

四ノ宮は急にバツの悪い顔になる。

「それはつまり……言えるわけないでしょう。洋館でバラ見てお茶会するような人たちに、自動車整備工場で油まみれになって働いていますなんて」

「そのどうでもいい見栄のお蔭で、ローズ先生はトラブルに巻きこまれたんだぞ？」

「えっ、ローズさんが？」

不破は、理恵が四ノ宮に好意を抱き、嫉妬からローズに嫌がらせをしたことや、その延長でお茶会の前に理恵がソーサーを割ったこと、それを四ノ宮がやったとローズが思いこんで、庇うために火傷を負ったことなどをかいつまんで話した。

「じゃあ、ローズさんはお茶会の間、火傷を我慢して……それでどうなんですか、傷は大丈夫なんですかっ!?」

「気になるなら、会いに行けよ。あんたら付き合ってたんだろ？」

「付き合ってなんかいませんよ！」

四ノ宮は、怒ったように答える。

「……振られたんです、俺」

「どういうことだ？」

四ノ宮はやるせなさそうにローズとの間にあったことを話し始めた。


四ノ宮は、以前からローズのことが気になっていた。月に一度、花を持って現れる金髪の喪服の女性。四ノ宮が働く修理工場は、ローズの夫が眠っている墓地へ続く道の脇にあるのだ。ローズが山手の洋館に住む未亡人だということは、仲間の噂で知った。

ローズがカルチャースクールで紅茶の講座を受け持っていることを知った四ノ宮は、これに入会しようと思いついた。しかし授業を見学してみると、生徒はハイソな感じの人たちばかり。気後れした四ノ宮は、外資系自動車メーカーに勤務していると身分を偽った。

参加してみると、紅茶教室は意外と面白かった。紅茶も美味いし、女生徒たちにちやほやされるのも気持ちが良い。昔から頭は悪かったが、女にだけはモテていた。

自信をつけた四ノ宮は、ある日、勇気を出してローズをドライブに誘ってみた。てっきり断られるかと思ったが、ローズは意外にも、誘いに応じた。

すっかり舞い上がった四ノ宮は、友人からオープンカーを借り、着慣れないスーツに身を包んでデートに臨んだ。

しかし途中でトラブルが起きる。ひと気のない山道で、車が脱輪してしまったのだ。ローズがハンドルを握り、四ノ宮が車を押す羽目になり、さらには雨も降ってきて、びしょ濡れになってしまった。

てっきり怒られるかと思ったが、意外にもローズは楽しそうに笑った。

「子供の頃を思い出します。弟とふたりで裏の山を駆けまわったのを」

ローズはイギリスのカントリーサイドの生まれだったのだ。気取りを捨てたローズは溌《はつ》剌《らつ》としていて、まるで少女のようだった。四ノ宮はさらにローズに惹かれ、それからも何回かデートを重ねた。しかし、そんなある日のこと、

「ごめんなさい、タケル。あなたとはもう個人的には会えません」

唐突にローズに告げられた。四ノ宮はショックを受けたが、相手にそう言われれば受け入れるしかない。それでもローズとは離れがたく、紅茶教室だけは通い続けていた。

教室で起きた一連のトラブルを、四ノ宮は疲れからくるローズのミスだと考えていた。お茶会でローズがソーサーを落とした時も、普段からは考えられないミスに、そこまで自分が彼女を悩ませているのだと反省し、姿を消す決心をした……。

「嘘をついていることも苦しかったし、考えてみたら、紅茶教室なんてガラじゃないし。だから二度と連絡が取れないように携帯番号を変えたんだ。でも、思い出すのはローズさ

んのことばかりで」

四ノ宮は肩を落とし、はあと深い溜息をつく。どうやら派手な外見とは対照的に、意外とウジウジした性格のようだ。不破は呆れつつ声をかける。

「あんたさあ、まだちゃんと告白してもないんだろう？　諦めるのは早いんじゃないか？」

「無理ですよ！　あの人は亡くなった旦那さんのことを今でも愛しているんです。だって、言ったんですよ。『喪服が泣いてる』って」

「喪服が泣いてる？」

「それはどのような状況で言われたのでしょうか？」

更紗がいきなり話に加わったので、四ノ宮は驚きながらも、その時の状況を説明する。

「……それが、不思議なんだよね。ローズさん、デートにはいつも黒い服を着てくるんだけど、家に帰ると、なぜか手首の部分に赤いシミが浮き出ているんだって。それで彼女、まるで血みたいだ。亡くなったご主人が泣いているみたいだって」

「それは不思議ですね。そのシミは、四ノ宮さんと会う時だけ浮き出るのですか？」

「そうらしいんだ。それで、俺もちょっと怖くなって」

「なるほど」

更紗は納得したようにうなずく。

「おい、何かわかったのか？　シミの原因はなんなんだ？」

待ちきれないように不破が答えをうながす。

「わかりました。原因は――」

そこで更紗は言葉を切り、すうっと目を細めた。

「亡くなったご主人の、呪いです」

「……は？」

不破は唖然とする。

――まったく、この女は何を考えているのか。ここはいつもの無駄に詳しい知識で、四ノ宮を元気づける場面じゃないのか？

何か言おうとするが、更紗はいたって真面目な顔で説明を続ける。

「喪服は死者を悼むためのものです。それだけに霊が憑《つ》きやすいとも言われています。手首に浮かんだのは血。亡くなったご主人が、四ノ宮さんと仲良くするローズさんを恨んで呪っているのでしょう」

「やっぱり……」

四ノ宮は蒼白になって、腰が引けている様子だ。ヘタレな奴……と不破は溜息をつく。

「それで、呪いをかけられたローズさんはどうなるんですか？　俺が会わなきゃ、この後は何も起こらないんですよね？」

「そうですね、何も起こりません。ローズさんはこのままずっと喪服を着たまま、穏やかに年をとって、平穏に一生を終えることでしょう」

「そう、良かっ……」

胸を撫で下ろした四ノ宮の笑みが途中で止まってしまう。

「……それで、いいのかな？」

四ノ宮のつぶやきに、更紗は「どういうことですか？」と問いかけた。

「知らないかもしれないけど、ローズさんさ、ほんとはすげえお転婆なんだよ。好奇心旺盛だし、冒険が好きだし……穏やかな一生ってことは、退屈ってことだよね？　そんな人生で、彼女いいのかな？」

「四ノ宮さんはいいんですか？」

「……え？」

「ローズさんはイギリスへ帰るつもりですよ」

四ノ宮は呆然とする。

「……嘘だろ？」

更紗は「嘘ではありません」という風に、静かに首を横に振る。

「ローズさんのいない人生で、四ノ宮さんは本当にいいんですか？」

「それは……」

四ノ宮の油で汚れたこぶしが、やがて強く握られた。

＊

今が盛りとばかりに咲き乱れるバラを、ローズは見ていた。

丹精こめて育てたこの子たちともうすぐ別れることになるのは寂しいけれど、これでいいんだわとローズは思う。

バラは亡くなった夫が好きな花だった。七年前、彼が亡くなった時は哀しくて、切なくて、まるでこの身が半分もがれたような気がした。

ひとりになった心に空いた穴を埋めるように、夫が愛したこの屋敷と庭を守るために心を砕いてきた。

夫との思い出があれば、それでいいと思っていた。

なのにいつからだろうか。そんな人生が空しいと感じるようになったのは。

タケルからドライブに行こうと誘われた時、この人は不動産会社の回し者だと思った。

これまでも屋敷を売って欲しいという申し出はときどきあった。断ると嫌がらせをしてくる不動産屋もいた。タケルはそんな彼らの手先で、私を誘惑して屋敷を売らせるハニートラップを仕掛けにきたのだと思った。だから懲らしめてやるために誘いに応じた。

数回デートして、それから手ひどく振ってやる計画だった。だけど期せずして、タケルに惹かれてしまった。タケルはあまりに若くて、あまりに眩しかった。

――タケルは悪い男。好きになってはいけない……。

そう思いながらも、心がときめいてしまう自分が浅ましく思えて嫌だった。

そんな時だった、服に赤いシミを見つけたのは。

タケルと会った時だけ浮き出てくるシミ。喪服の手首に滲む血のような赤に心が震えた。

――きっと夫が怒っているんだ。心変わりした私を恨んでいるんだ。

だから悩みながらも、もうふたりだけでは会わないとタケルに告げた。タケルは何か言いたげだったけれど、最後はそれを受け入れた。

紅茶教室で頻発するトラブルは、タケルの仕業かもしれないという思いもあった。だけど信じたくなかった。生徒の誰かがミスをしたのだ――そう思いこもうとしていた。

だけど小夜子にせがまれて開いたあのお茶会の日、キッチンで料理をしている青山から、「四ノ宮さんがティールームに行きました」と聞かされた。嫌な予感がして、部屋へ行ってみるとソーサーが割れていた。

――タケルがやったんだわ。私を苦しめるために。

心の中に怒りと悲しみが湧いてきた。その一方で、このことが公になったらタケルが困るだろうとも思った。ふたつの心はせめぎ合ったが、憎しみよりも愛情が勝ってしまった。

ソーサーを修理し、何事もなかったようにお茶会を開こう。

そう決めて修理を試みている時にトラブルが起こった。接着剤が一滴スカートの上に落ちて、燃えたのだ。太ももに火傷を負ってしまった。とりあえず応急処置をして、ドレスに着替えて、何くわぬ顔でお茶会に臨んだ。

しかし痛みは次第に堪えがたいものになり、私の心と体を苛《さいな》んだ。

――この痛みは天から下された罰だ。夫以外の男性に心を動かされた罰……。

ソーサーを落としたのは、わざとではなかった。痛みで手元が狂ってしまったのだ。砕け散った破片を、タケルは怯えたように見ていた。そして……タケルは消えた。

これでいいんだわ、とローズは改めて思う。

嫌がらせの犯人が理恵であったことを昨日、青山から知らされた。だけど、それがどうだというのだろう。タケルは消え、恋は終わったのだ。私に残された道は、タケルといた時に感じた喜びやときめきを喪服の下に押し隠し、静かに日本を去ること……。

ビロードのような花弁のイングリッシュローズを一本手折《たお》ると、ローズは屋敷に向かって歩き出した。その時、

「ローズさん！」

その声にハッとしてローズが振り向くと、ガーデンの入り口に四ノ宮が立っていた。紅茶教室での洒落た装いとは違って、油で汚れた白いつなぎの作業服を着ている。

「タケル、どうして……それにその格好は？」

ローズは驚いて歩み寄る。

「これが俺のユニフォームなんだ。俺、本当は自動車の整備士なんだ」

「セイビシ？」

「あ、わからない？　えーと……なんてったっけ、メカ……」

「ああ、メカニック」

「あっ、いや、英語で言うとなんかカッコいいけど、そんなんじゃなくて……車の下にも

ぐりこんで、油まみれになって、パイプやら銅線やら修理して……とにかく、そういう仕事なんだ」

「では、イギリスの自動車会社の社員というのは？」

「ごめんっ、俺、嘘ついてました。ごめんなさい」

四ノ宮は頭を下げる。

「いったいどういうことですか？」

「言えなかったんだ。こんなショボい仕事してたら、ローズさんに相手にしてもらえないんじゃないかと思って」

「そんなこと……」

「俺、ずっとローズさんのこと見ていたんだよ。月に一度、墓に花を手向けに来る綺麗な女性がいるって。あなたのことを、もっと知りたくて近づいたんだ」

そう言うと、四ノ宮はローズの手を握る。

「ローズさん、喪服の呪い、俺、一緒に受けるから。……でも、亡くなったご主人がローズさんを呪ってるなんて考えられないよ。だってローズさんは笑っている時が一番綺麗だし、ご主人もローズさんに笑っていて欲しいって願っているんじゃないかな」

「タケル……」

「イギリスになんか帰るなよ。横浜にいてよ。俺と一緒に」

ローズの青い目に涙が浮かび、頬を滑り落ちる。

「……はい。あなたと、ずっと一緒にいます」

香りたつバラ園の中で、ふたつの影がひとつになった。

物影から、ローズと四ノ宮の恋を見届けた更紗と不破は、洋館を後にして歩き出す。

「それで、喪服の呪いというのは何だったんだ？」

「ああ、あれは簡単。変色の原因は香水です」

「香水？」

「はい。香水の主成分は純度の高いアルコールです。これが服に付くと色が抜けることがあるのです」

「色が抜ける？　シミが付いたんじゃないのか？」

「違います。服を黒く染める時って、赤、青、黄色の三原色を混ぜて黒色を作るのですが、この中で色落ちしやすいのは青、次は黄色。赤が一番残りやすいんです」

「だから赤が浮き出てきたわけだ」

「ええ。ローズさんは四ノ宮さんと会う時だけ香水をつけていたのですね」

「なるほど」

並んで歩きながら、更紗は語る。

「ローズさんは、喪服を着ることで心の安らぎを得ていました。それがいつの間にか、恋をしてはいけない、人生を楽しんではいけないという想いこみに変わっていったのです。

喪服の呪い――それを解けるのは四ノ宮さんしかいません。だって彼は、ローズさんの王子様なのですから」

「ちょっとヘタレの王子だけどな」

「ですね！」

更紗と不破は笑い合う。

歩みを進めると眼下には、元町の景観が広がり始めた。

〜エピローグ〜

「うわー、お姉ちゃん、気合い入ってるね！」

私がシミ抜きをしていると、妹が声をかけてきた。

作業中は遠慮して、滅多には部屋には入ってこないのに、今、洗っているのが不破さんのジャケットだから気になるのだろうか。

「別に気合いなんて……いつもと同じ仕事をしているだけよ」

そう言いながらも、本当はちょっぴりいつもとは違っている。知り合いの服を洗うのは、やはり緊張するものだ。


このジャケットの幽霊ジミ、覚えている。

あれは四月、不破さんと知り合って少しした頃に付けたものだ。あの時、私はファミレスで中島さんと会っていた。そしたら近くの席にいた不破さんがコーヒーをこぼしたのだ。あの時は本当に驚いた。

不破さんが中島さんを疑っていると知って意見をしたら、別れ際に喧嘩になったっけ。

何だか懐かしくなって、口元がほころんでしまう。

前身ごろの左の方が汚れが多いのは、不破さんが左利きだから。ポケットの生地が少しだけ弛緩しているのは、ときどきネコ缶を入れていたからかもしれない。

服には着た人の足跡がつく。不破さんの服に付いたシミや汚れのいくつかを、私が知っているのは、なんだか不思議な気分だ。


「お姉ちゃん、この夏、楽しかった？」

不意に妹が訊いてきた。

「え、どうしたの、急に？」

「だってさ、お姉ちゃん、不破さんが来てから、けっこう外に出るようになったじゃん？前は仕事場に引きこもって、シミ抜きばかりしてたのに」

「そ、そうかしら……今だって引きこもっているわよ」

ムキになって言い返した後で、自分でも変な答えだなと気づいて思わず笑ってしまう。

妹もそう思ったのか、面白そうにケラケラ笑っている。

四月のはじめ、素敵な服と出会える予感がした日の午後、お店に不破さんと清人さんが現れた。

清人さんは楽しい人だったけれど、不破さんのことは、なんて無礼で嫌な人なんだろうと最初は思った。けれど付き合っていくうちに、本当は優しい性格で、困っている人を見ると放っておけない人なんだと徐々にわかってきた。

やはりあの予感は正しかったのかも知れない。だってこんな風に男の人と喧嘩したり、真剣に言い合ったりしたことなんて、私にはなかったから。

　仲間ができた――そんな気がする。

　顔をほころばせながらシミ抜きを続けていると、来客を報せるチャイムが鳴った。

　カウンターに出てみると、清人さんだった。

「どうもー。今日、中華街で国慶節《こっけいせつ》のパレードがあるでしょ。不破さんと見る約束なんだけど、ふたりもどうかなって、誘いに来たんだ」

「うわー、行く行く！　行くよね、お姉ちゃん？」

　目を輝かせて妹が訊いてくる。

「え、でも私、シミ抜きが残っているから……」

「えー、いいよぉ、明日にしなよ」

「そうそう。シミは逃げないって。行こう？」

　ふたりして、口を揃えて説得してくる。

「……そうね。ひと晩くらいいいわよね」

　何かを言いかけた更紗がそう答えたのは、思い出の足跡がジャケットから消えるのが、ほんの少しだけ寂しかったからかも知れない。

　仕事部屋に戻り、道具を片付けながら心の中で話しかける。

　――ねえ、ジャケットさん、横浜での半年間は、あなたにとってどうだった？

　武骨な服は何も答えてくれない。服は着る人に似てくるというけれど。

――また来年も、あなたと会えるかしら？

やはりジャケットは何も答えない。

でもそうであって欲しいな、と思う。

「お姉ちゃん、まだー？」

「更紗さん、パレード始まっちゃうよー」

紬ちゃんと清人さんが呼んでいる。急がないと。

――また会おうね。

そっと小さくつぶやいて、私は仕事場を後にした。

あとがき

自分がファッションに興味のない人間だと気づいたのは、物書きになってからでした。これでも会社勤めをしていた頃は、服にもメイクにもそれなりに気を遣っていたはずなのに、家仕事になってからは、すっかり干物女に。いや～、ゴムウエストは楽です。

そんな私が天才クリーニング師を主人公にした話を書こうと思ったのは、とてもシンプルな発想からでした。「衣食住」の「食」をテーマにした小説は山ほどあるのに、「衣」を扱った作品はあまりない。狙い目だ——と。

手始めに、衣服に関係する職業をリサーチしていくうちに、「シミ抜き師」という仕事に出会いました。本文でも記しましたが、シミ抜きの仕事は、まるで科学の実験です。シミの原因に合わせて薬剤を調合し、ハケで塗ったり、特殊な機械で噴射したり。シミ抜きだけでなく、クリーニングや洗濯にまで視野を広げると、面白い小ネタがザクザク出てきました。

——これらを使って、今までにないクリーニング・ミステリーを作ろう！

壮大な野望と意気ごみを胸に、（勝手に）ストーリーを練り始めた私ですが、膨大な情報をドラマとして上手く処理できず、なかなか進みませんでした。さらに「探偵」などという要素を入れてしまったために、もう大変！　あきらかに自分の力量を超えている。

それから

「これは企画倒れになるかも……」

諦めかけていた頃に、『マイナビ出版ファン文庫』創刊の報を見つけました。『キャラクター×プチ謎×オシゴト』のコンセプトは、この企画にぴったり。それからはトントン拍子にことが運び、企画からじつに四年、晴れて書籍化の運びとなりました。

この企画に目を留めてくださった編集の水野さん、筆の遅い私に我慢強く付き合ってくださった佐野さん、そして素敵なイラストを描いて下さったloundrawさん、取材に協力してくださった総合探偵社PRIDE《プライド》の加藤美津子社長にお礼を申し上げます。

そして、この本を手にとってくださった読者の皆さま、ありがとうございました。

長年温めていた企画が、こうして多くの方々の目に触れることになった幸せを心から感じています。ああ、諦めなくてよかった〜!!

更紗と不破は、私の大好きなキャラです。またいつか、このふたりの物語を紡げたらいいなと願っています。今後とも応援をよろしくお願いします。

森山あけみ

この物語はフィクションです。
実在の人物、団体等とは一切関係がありません。
本作は、書き下ろしです。

■参考文献
『苦渋の洗濯?! クリーニング店社長のクレーム始末記』鈴木和幸(アートン)
『クリーニング店の秘密 2人に1人の消費者に「不満!」と言われる』橋本英夫(東邦出版)
一般社団法人 日本衣料管理協会 http://www.jasta1.or.jp/
全国クリーニング生活衛生同業組合連合 http://www.zenkuren.or.jp/

■取材協力
総合探偵社 PRIDE http://detective-pride.com/

森山あけみ先生へのファンレターの宛先

〒101-0003 東京都千代田区一ツ橋2-6-3 一ツ橋ビル2F
マイナビ出版 ファン文庫編集部
「森山あけみ先生」係

ファン文庫

元町クリーニング屋　横浜サンドリヨン
～洗濯ときどき謎解き～

2016年8月20日　初版第1刷発行

著　者　森山あけみ
発行者　滝口直樹
編集　水野亜里沙（株式会社マイナビ出版）　佐野恵（有限会社マイストリート）
発行所　株式会社マイナビ出版
〒101-0003　東京都千代田区一ツ橋2丁目6番3号　一ツ橋ビル2F
TEL 0480-38-6872（注文専用ダイヤル）
TEL 03-3556-2731（販売部）
TEL 03-3556-2733（編集部）
URL　http://book.mynavi.jp/

イラスト　loundraw
装　幀　釜ケ谷瑞希＋ベイブリッジ・スタジオ
フォーマット　ベイブリッジ・スタジオ
DTP　株式会社エストール
印刷・製本　図書印刷株式会社

 ISBN978-4-8399-5819-0
Printed in Japan

Fan
ファン文庫

坂上《さかのうえ》動物園のシロクマ係

当園は、雨男お断り

動物園は今日も雨!?　晴れ女の飼育員×嵐を呼ぶ雨男×可愛すぎる子グマにキュンッ♪

恋に破れた晴れ女・晴子と、恋を見失った雨男・一。ふたりが双子の赤ちゃんグマと愛を育む、雨降って地固まる、ほんわかストーリー！

著者／結城敦子
イラスト／げみ